宋词

换一个角度欣赏

夏爱江 著

中国出版集团
现代出版社

图书在版编目（CIP）数据

宋词，换一个角度欣赏 / 夏爱江著. -- 北京 : 现代出版社，2016.12（2023.9重印）

ISBN 978-7-5143-5511-6

Ⅰ. ①宋… Ⅱ. ①夏… Ⅲ. ①宋词－诗歌欣赏 Ⅳ. ①I207.23

中国版本图书馆CIP数据核字(2016)第300890号

宋词，换一个角度欣赏

作　　者　夏爱江
责任编辑　李　鹏
出版发行　现代出版社
地　　址　北京市安定门外安华里504号
邮政编码　100011
电　　话　010-64267325 010-64245264（兼传真）
网　　址　www.1980xd.com
电子邮箱　xiandai@vip.sina.com
印　　刷　成都新千年印制有限公司
开　　本　787×1092　1/16
印　　张　20
版　　次　2016年12月第1版　2023年9月第3次印刷
书　　号　ISBN 978-7-5143-5511-6
定　　价　59.80元

前言

宋词，中华民族的艺术瑰宝，千百年来为人们所欣赏、喜爱。

作者在阅读前辈们的宋词鉴赏时，总有一种冲动，想把宋词以诗化的语言形式，从另一个侧面把宋词的精彩展现出来，借以表达自己对宋词的敬畏和喜爱。

既然以诗化的语言展现宋词，欣赏宋词，就难免会受诗的韵律、节奏限制。在尽量不损伤词作者原意的基础上，对有些词作做了一些生发或引申，希望读者自己鉴别判断。

“横看成岭侧成峰，远近高低各不同。”欣赏宋词，限于各自的经历和学识水平，不同角度，不同爱好，自然就有不同的理解和认识。

由于不少宋词具有较强的艺术概括力和感染力，因此想通过诗化的语言形式，准确地表达词作者的原意，限于作者水平，或有力不从心之处。但作者竭力化难为易，化深为浅，在帮助初学者理解宋词方面，应该说还是大有裨益的。

我希望广大青少年朋友在阅读本书后，对书内宋词至少有一个简单的粗线条的总体把握，批判性地吸收。在进一步回归原词的学习中，有自己独特的更深入的见解。

另外需要注意的是本书所选宋词，大多源自《宋词三百首》。对于初、高中（人教版）出现的宋词，本书全部收入。有个别词作，目前学术界尚存真伪之争，本书只作诗解，不作甄别和说明。

本书为了尽可能多地反映一些宋代社会的方方面面，因此一些流行观点认为的艺术价值不大高的作品也选入其中，望读者理解。

诚恳地希望专家学者以及广大文学爱好者们不吝批评指正。

序

周啸天

汉语有文言和语体两个系统，文言是秦汉时代就很成熟的书面语言，今人读来，不像语体那样好懂。时代越是靠前的文言文本，越是不大好懂。对于初学而言，便有语译的必要。

语译古代诗歌，实践较早而影响卓著者，有二十世纪四十年代郭沫若《屈原赋今译》，译文平正通达，如《离骚》前四句：“我本是古帝高阳氏的后裔 / 号叫伯庸的是我已故的父亲 / 太岁在寅的那一年的正月 / 庚寅的那一天便是我的生辰。”原文：“帝高阳之苗裔兮 / 朕皇考曰伯庸 / 摄提贞于孟陬兮 / 惟庚寅吾以降。”

还有二十世纪五十年代余冠英《诗经选译》，余译《诗经》，尤其是国风部分，文从字顺，兼能传达风诗之神致。曾引起中学时代的我浓厚的兴趣。自己也曾动手译过几篇，较为好玩的一篇是《野有死麇》：“野外猎得一头獐 / 白茅编袋来包装 / 少女多情人漂亮 / 少年和他搞对象 // 林中乔木连灌木 / 野外猎得一头鹿 / 白茅编袋丝绳束 / 少女纯情美如玉 // 哥哥你别慌嘛 / 别拉我衣裳嘛 / 别使狗儿叫汪汪嘛。”这首诗原文最后一段是：“舒而脱脱兮 / 无撼我帨兮 / 无使尨也吠。”

以上所引诗骚原文，在初学读来，是不是有些“茫若堕烟雾”之感呢。如果没有那样的语译，初学是不是会因而失去兴趣，成为终生遗憾呢。辞达而雅的译文，则可以使许多人避免这样的遗憾，难道不是好事吗。当然，一旦原文烂熟于胸，这样的语译可能被放到一边。得鱼而忘筌，也是顺理成章之事呀。语译的目的已经达到，放到一边又有什么关系呢。事实上，像《屈原赋今译》《诗经选译》那样的书，至今仍插在我的书架上，不被淘汰，因为这里有学生时代的美好记忆。

比起《诗经》《楚辞》来说，唐宋诗词的文本要好懂得多，有一部分诗词文本，本来就是白话。如：

去年元夜时，花市灯如昼。月上柳梢头，人约黄昏后。今年元夜时，月与灯依旧。不见去年人，泪湿春衫袖。（欧阳修《生查子·元夕》）

我住长江头，君住长江尾。日日思君不见君，共饮长江水。此水几时休，此恨何时已。只愿君心似我心，定不负相思意。（李之仪《卜算子》）

茅檐低小。溪上青青草。醉里吴音相媚好。白发谁家翁媪。大儿锄豆溪东。中儿正织鸡笼。最喜小儿无赖，溪头卧剥莲蓬。（辛弃疾《清平乐·村居》）

这样明白如话的词，是不需要语译的。那样做不但是多此一举，而且会相形见绌。不过，疆邨先生编著的《宋词三百首》偏重于骚雅之制，以上几首词虽然算得上宋词名篇，但在该书却未入选。本书作者选《宋词三百首》为译述的对象，是有道理的。

《宋词三百首》先选皇帝，后选女词人。开卷便是宋徽宗《宴山亭·北行见杏花》，这首词水平不低，可颉颃南唐后主。下片清空一气，纯属语体。而开篇却是抛文："裁剪冰绡，轻叠数重，淡著燕脂匀注。新样靓妆，艳溢香融，羞杀蕊珠宫女。"对于中小学生，就有译述的必要。本书作者是这样译的："洁白洁白素雅丝绸，剪裁花朵轻叠枝头。又仿佛淡淡胭脂，把杏花匀匀染就。新奇别样着靓装，美艳四溢香幽幽。连蕊珠宫的仙女，自愧不如而害羞。可惜娇嫩的花儿，最后凋零落尘土。更有无情风和雨，添她多少愁和苦。试问凄凉无人院，春恨秋悲几朝暮？"

这样的译文，对初学当然是有帮助的。译者为此付出如许心血，是值得的。

北宋和南宋，格律词派的势力都很强大，周邦彦、姜夔等人的词作，或以典雅精工见称，或清空骚雅见长，更有语译的必要。如姜夔《疏影》，下片是："犹记深宫旧事，那人正睡里，飞近蛾绿。莫似春风，不管盈盈，早与安排金屋。还教一片随波去，又却怨、玉龙哀曲。等恁时、重觅幽香，已入小窗横幅。"因为用了典故和词藻，初学不免感到艰深，必须借助注释和语译，才能明白它的意思。本书作者译道："记得南朝宫中梅花飞舞，寿阳公主檐下小睡正午。一朵梅花飘落眉间留驻，从此留下'梅花妆'的典故。可惜如今春风昏庸失误，摧残盈盈梅花卷落无数。应该备下藏娇金屋呵护，结果花儿被抛荒野尘土。污泥浊水浪卷沉浮漂渡，哪堪玉龙笛声如泣如诉。诉说历史兴衰无情冷酷，《梅花落》穿越时空千载飞度。待到梅花落尽寻觅幽香处，她却早已被小窗画幅留驻。空留下芳姿倩影天不眷顾，空留下无尽思念千红一窟。"

本书作者长期从事中学物理教学。语文教学并不是他的本行，然而他对宋词迷恋很深。记得朱光潜先生说过，要精通一门学问，最好是写一本关于该学问的书。作者在退休之余，把别人休息的时间都用到学习上，编写了这样一本书，也是自学宋词的有效途径。何况他还有一个更高的追求——“想把宋词翻译成浅近易懂的现代新诗”。这就是说，他想使每一篇译文都能成为一首新诗。这个目标定得很高。而要达到这样的目标，必须是再创作，换言之就是改写，而不仅仅是翻译。必须在对原作融会贯通的基础上另出机杼。改写之后，须达到使人成诵的程度。

余冠英译《诗经》，有时能够做到这样，但也不是篇篇如此。此外，琼瑶《在水一方》主题歌，亦改写自《诗经》：

绿草苍苍，白雾茫茫，有位佳人，在水一方。

绿草萋萋，白雾迷离，有位佳人，靠水而居。

我愿逆流而上，依偎在她身旁，无奈前有险滩，道路又远又长。我愿顺流而下，找寻她的方向，却见依稀仿佛，她在水的中央。

我愿逆流而上，与她轻言细语，无奈前有险滩，道路曲折无已。我愿顺流而下，找寻她的踪迹，却见仿佛依稀，她在水中伫立。

绿草苍苍，白雾茫茫，有位佳人，在水一方。

这首歌词得到普遍传唱，算得上现代版的《蒹葭》，活在人口的《蒹葭》。《蒹葭》原诗三章叠咏，《在水一方》改为两章错综叠咏，就风神而言，与原诗并无二致。宋人陈与义《墨梅》诗云：“意足不求颜色似，前身相马九方皋。”此之谓也。

总的说来，古诗今译而能达到好诗的标准，像《在水一方》那样的例子并不多见。而在外诗汉译中，精彩的例子倒有不少。南北朝时期的《敕勒歌》就是从鲜卑语汉译来的，最后成为汉语诗歌的经典名作。时代较近的例子，则有殷夫译匈牙利诗人裴多菲的《自由与爱情》：“生命诚可贵，爱情价更高。若为自由故，两者皆可抛。”而这首诗的直译是：“自由与爱情 / 我要的就是这两样 / 为了爱情 / 我牺牲我的生命 / 为了自由 / 我又将爱情牺牲”（孙用译）。显而易见，孙用的译文更忠实原诗，而殷夫的翻译更有创意，更是一首汉诗佳作。要不是有殷夫的精彩翻译，很难想象裴多菲的这首诗能在中国得到如此广泛的传播。

殷夫译诗的成功，诀窍只两字，曰：得体。他用绝句译诗，得绝句体。五绝离首即尾，离尾即首，又要起承转合，又要一气呵成，又要回味无穷。译者通过递进的，否定之否定的内在韵律，成功译出了一首绝句佳作。同样道理，用新诗译宋词，则须得新诗体。又要自由，又要法度，应有尽有，应无尽无，“妙处难与君说”。

我曾写过一首七律《甲午清明访徐家坝觅得插队圃余抄书所坐旧凳》：

“我幸成材君幸免，乍逢怯认隔沧桑。自惭欠坐十年冷，俎代教留满面伤。寥落田园何怕饿，蹉跎岁月未抛荒。归来对汝良多感，市已风传为小芳。”兴之所至，又把它改写为一首新诗：“下乡不为寻找你 / 无意间遇到你 / 使我倍感心跳 // 你助我成材走遍四方 / 自己留在原处，幸免成柴 / 才有今天的邂逅 // 那时你我还年轻 / 如今你伤痕累累但与那时相比 / 我更爱你现在备受摧残的面容 // 我今天的意外收获便是 / 赎回了你熟人察言观色 / 作出判断 / 以为一定是会到了小芳”。

改写绝不是逐句的翻译，而是将原来的诗意在另一种诗体中呈现。仅仅“在尽量不损伤词作原意的基础上，对有些词作做了一些生发或引申”（作者前言），是不够的。必须在保留原诗兴奋点的前提下，从语言到结构，推倒重来。有些话原诗中有，译诗中倒没有了。有些话原诗中没有，译诗中反而得有。这就是因体制宜。这就要求译者同时是个诗人。

不过话说回来，昔人说：“取法乎上，得乎其中。”“虽不能至，心向往之。”能够有这样一种精神，我觉得就值得称赞。**何况这本书对青少年和初读宋词的读者有所帮助，从书名所表达的宗旨看，作者的活干得不错。**作者写成这样一本书，首先娱悦了自己，圆了自己的文学梦。而只有娱悦了作者自己的书，也才有可能娱悦读者。

衷心希望夏先生出好这一本书。

2016年6月30日

目 录

contents

燕山亭·北行见杏花[1]

赵　佶[2]

裁剪冰绡[3]，轻叠数重，淡著胭脂匀注。新样靓妆，艳溢香融，羞杀蕊珠宫女[4]。易得凋零，更多少、无情风雨。愁苦，问院落凄凉，几番春暮？

凭寄离恨重重，这双燕何曾会人言语？天遥地远，万水千山，知他故宫何处？怎不思量？除梦里、有时曾去。无据[5]，和梦也新来不做[6]。

【注释】①北行：指作者被金兵押送北上。

②赵佶（1082—1135）：即宋徽宗。1127年和儿子赵恒（钦宗）被金人掳往北方囚禁至死。本词写他在北行途中见到艳丽杏花时的感触，哀诉自己失国被俘的惨痛。

③冰绡：洁白的丝绸，形容花瓣。

④蕊珠宫：道家传说中的仙宫。

⑤无据：靠不住。　⑥和：连，甚至。

北行见杏花

洁白洁白素雅丝绸，剪裁花朵轻叠枝头。
又仿佛淡淡胭脂，把杏花匀匀染就。
新奇别样着靓装，美艳四溢香幽幽。
连蕊珠宫的仙女，自愧不如而害羞。
可惜娇嫩的花儿，最后凋零落尘土。
更有无情风和雨，添她多少愁和苦。
试问凄凉无人院，春恨秋悲几朝暮？

被押解北上的囚徒，离恨重重向谁倾诉？
这双飞的呢喃燕儿，怎懂人间悲凉凄苦！
已走过了万水千山，天遥地远回首无路。
旧日宫阙你在哪里？可知思宫怀国苦楚。
梦中几回重临故土，明知梦境也聊胜无。
梦里魂游片刻慰安，故土容颜锥心刻骨。
最是让人伤心断肠处，近来连梦也无的痛苦。

酒泉子①

潘　阆

长忆观潮，满郭人争江上望②。来疑沧海尽成空，万面鼓声中。弄潮儿向涛头立，手把红旗旗不湿。别来几向梦中看，梦觉尚心寒。

【注释】①潘阆用《酒泉子》写过杭州组词十首，以这首钱塘观潮写得最好，最为后人传诵。

②郭：古代城墙外围加筑的一道城墙。

钱塘潮

最是难忘钱塘潮，倾城人拥钱塘江。
层层围挤踮脚望，争看江面潮水涨。
疑是沧海倾覆尽，波翻浪涌高万丈。
排山倒海涛声壮，犹如万面金鼓响。

戏波踏浪弄潮儿，傲立潮头气轩昂。
手举红旗旗不湿，海空一线任飞扬。
别来几回梦中看，弄潮胆气令人仰。
惊心动魄梦醒后，胆战心寒意惶惶。

木兰花

钱惟演

城上风光莺语乱，城下烟波春拍岸。绿杨芳草几时休？泪眼愁肠先已断。

情怀渐觉成衰晚，鸾镜朱颜惊暗换[①]。昔年多病厌芳尊[②]，今日芳尊惟恐浅。

【注释】①鸾镜：梳妆镜。传说谨罽（jì）王获一鸾鸟，不鸣。在鸟前悬一镜，鸾鸟见镜中身影，哀鸣而去。后世称妆镜为鸾镜。

②芳尊：精美的酒器，这里代指美酒。

芳樽唯恐浅

春光明媚空好景，城头莺歌燕舞乱。
城下春江天际流，水拍浪卷烟弥漫。
绿杨芳草几时休，徒惹烦恼生幽怨。
泪眼凄迷望远处，春华销尽肠寸断。

人生已是入晚秋，多少情怀已衰减。
更怕鸾镜影自顾，惊叹朱颜变苍颜。
只因从前多病魔，常对杜康生厌嫌。
而今为消一身愁，唯恐酒清杯太浅。

范仲淹（989—1052），字希文，属今江苏苏州人。为北宋名臣，著名的思想家、政治家、军事家、文学家。他颇具文才，工于诗文。其词刚健清新，气势挥洒，为苏辛之先导。其词仅存五首。

渔家傲·秋思

范仲淹

塞下秋来风景异，衡阳雁去无留意。四面边声连角起。千嶂里，长烟落日孤城闭。

浊酒一杯家万里，燕然未勒归无计[①]。羌管悠悠霜满地。人不寐，将军白发征夫泪。

【注释】①燕然：山名，即杭爱山，在今蒙古人民共和国境内。汉和帝时期，窦宪大破北匈奴，穷追北单于，曾登此山，在山上刻碑记功。后人则以此作为建功立业的榜样。

秋　思

边塞入秋萧瑟瑟，异域风情几人知！
大雁直向衡阳飞，绝无一丝留恋意。
胡笳号角马鸣嘶，边声凄厉四野起。
阴霾战云暗天际，危机四伏边城地。
层峦叠嶂沙千里，长烟落日孤城闭。

浊酒一杯祭家山，梦魂万里生双翅。
戍边空留思乡情，合家团圆梦里期。
壮志空付燕然石，强虏难灭归无计。
羌笛幽怨诉凄凉，边城寒秋霜满地。
霜满地，人不寐，将军白发征夫泪！

御街行

范仲淹

纷纷坠叶飘香砌[①]。夜寂静，寒声碎。真珠帘卷玉楼空，天淡银河垂地。年年今夜，月华如练[②]，长是人千里。

愁肠已断无由醉，酒未到，先成泪。残灯明灭枕头攲[③]，谙尽孤眠滋味[④]。都来此事，眉间心上，无计相回避。

【注释】①香砌：石砌，石阶。因落花而香。

②月华：月光。练：白色的绸。

③攲（qī）：同“欹”，倾斜。

④谙（ān）：熟悉，深知。

秋日怀旧

黄叶飘坠乱纷纷，台阶满浸香芳菲。
沙沙叶落秋声起，犹把寒夜夜敲碎。
珍珠帘卷观夜月，玉楼人空犹阒寂。
长夜孤星光淡淡，银河如倾天欲坠。
年年今夜月皎洁，如丝如绸布天帷。
良辰美良奈何天，人却千里难回归。

百结愁肠已寸断，纵然豪饮难入醉。
一杯浊酒未上口，早已化作两行泪。
残灯如豆忽明灭，倚枕凝思困难睡。
惯习人间孤独意，尝尽天下苦滋味。
世间忧怨无尽日，合家欢乐有几回？
万千愁情离眉梢，何又偷入心头坠？

苏幕遮

范仲淹

碧云天，黄叶地。秋色连波，波上寒烟翠。山映斜阳天接水。芳草无情，更在斜阳外。

黯乡魂[①]，追旅思[②]。夜夜除非、好梦留人睡。明月楼高休独倚。酒入愁肠，化作相思泪。

【注释】①黯乡魂：因怀念家乡而伤悲。

②旅思：羁旅的愁思。

怀　念

落叶铺缀橙黄地，长空湛兰碧云飞。
波光浩渺江流远，烟雨空濛山欲醉。
无边秋色入秋江，清波寒烟共明翠。
山水苍茫入天际，更有斜阳染余晖。
芳草无情斜阳外，绵延天涯不回归。

秋景牵动思乡魂，平添羁旅愁伤悲。
暗然神伤望家山，家山越远越心碎。
除非夜夜做好梦，才能昏昏催人睡。
高楼夜寒休独倚，哪堪千里明月醉。
杯杯苦酒入愁肠，滴滴化作相思泪！

柳永（约987年—约1053年），字耆卿，初名三变，后因排行第七，又称“柳七”。属今福建省崇安县人。一生仕途坎坷，穷愁潦倒。其词在当时别具一格，善于融入口语，晓畅通俗。词作音律谐婉，含蓄蕴藉，雅俗共赏。相传“凡有井水饮处，皆能歌柳词”。在慢词发展史上作出了贡献，有《乐章集》收词两百多首。

玉蝴蝶

柳　永

望处雨收云断，凭阑悄悄[①]，目送秋光。晚景萧疏，堪动宋玉悲凉[②]。水风轻，蘋花渐老，月露冷、梧叶飘黄。遣情伤。故人何在，烟水茫茫。

难忘。文期酒会[③]，几孤风月，屡变星霜[④]。海阔山遥，未知何处是潇湘[⑤]！念双燕、难凭远信，指暮天、空识归航。黯相望。断鸿声里，立尽斜阳。

【注释】①悄悄：忧愁的样子。《诗·邶风·柏舟》：“忧心悄悄。”
②宋玉悲凉：楚宋玉曾写《秋风赋》咏秋之悲凉，被誉为悲秋之祖。
③文期：古代文人朋友约定吟诗作文的日期。
④星霜：星一年一周转，霜每年定时而降。表流年运转，时间更替。
⑤潇湘：暗用梁柳军《江南曲》，“洞庭有归客，潇湘逢故人”诗意。

悲　秋

登楼远眺凭栏处，雨停云散冷秋光。
眼前秋景渐萧疏，凛冽寒风卷八荒。
此景堪动宋玉情，重赋秋风更悲凉。
水击风摧蘋花老，月凉露寒梧桐黄。
冷落秋风冷落人，无限伤感对残阳。
旧朋故友今何在？烟笼雾绕水茫茫。

难忘当年文友聚，填词赋诗饮酒狂。
春秋年华尽辜负，物换星移几度霜。
山高路远海天阔，未知何处是潇湘。
难托双燕传书信，空认远帆归故乡。
朝朝盼望朝朝误，默默伫立黯神伤。
血色夕阳染江流，孤雁悲鸣天苍苍。

迷神引

柳　永

一叶扁舟轻帆卷。暂泊楚江南岸。孤城暮角[1]，引胡笳怨。水茫茫，平沙雁，旋惊散[2]。烟敛寒林簇，画屏展。天际遥山小，黛眉浅[3]。

旧赏轻抛，到此成游宦。觉客程劳，年光晚。异乡风物，忍萧索、当愁眼。帝城赊[4]，秦楼阻[5]，旅魂乱[6]。芳草连空阔，残照满。佳人无消息，断云远。

【注释】①暮角：黄昏吹响的号角声。

②旋：立刻。

③黛眉浅：远山颜色如女子浅青色的眼眉一样。

④帝城：指京城汴州。赊：遥远。

⑤秦楼：这里代指家乡。

⑥旅魂：羁旅的情怀。

宦　游

小舟卷轻帆，暂泊楚江岸。
楚江水茫茫，夜幕烟淡淡。
孤城鸣号角，胡笳奏悲怨。
惊飞沙洲雁，江面复旋转。
雾霭渐渐收，寒林隐隐见。
造化有神功，画屏天然现。
天际远山小，宛如眉黛浅。

赏心事轻抛，漂泊做官难。
宦游生涯苦，衰迟年光晚。
他乡风物异，萧索不忍看。
京城路迢迢，仕途多阻险。
旅客心意乱，魂魄无所安。
芳草连天际，夕照满山川。
佳人无消息，目断彩云远。

八声甘州

柳　永

对潇潇暮雨洒江天[①]，一番洗清秋。渐霜风凄紧，关河冷落，残照当楼。是处红衰翠减[②]，苒苒物华休[③]。唯有长江水，无语东流。

不忍登高临远，望故乡渺邈[④]，归思难收。叹年来踪迹，何事苦淹留？想佳人，妆楼颙望[⑤]，误几回、天际识归舟。争知我[⑥]，倚栏杆处，正恁凝愁[⑦]！

【注释】①潇潇：雨势急骤的样子。

②红衰翠减：花凋叶残。

③物华：美好的一切。

④渺邈（miǎo miǎo）：渺茫遥远。

⑤颙（yóng）望：仰望，凝望。

⑥争：通“怎”。

⑦恁（nèn）：那么，那样。

遥　望

面对潇潇暮雨急，遍洒江天洗清秋。
霜风凄凉寒渐紧，残阳冷清下江楼。
无尽悲凉八面来，天愁地暗肃杀秋。
美景渐消不再有，花凋叶落山河瘦。
苒苒时光去不返，虚度年华万事休。
心逐楼下长江水，翻涌无语向东流。

不忍登高向远眺，家山渺邈云悠悠。
归乡思绪日渐浓，难以排遣难以收。
来年踪迹飘何处？为何异乡苦滞留？
遥想佳人登高楼，痴望天际盼归舟。
误认一舟又一舟，愁入江流恨悠悠。
可知我也倚栏杆，遥望家乡深深愁。

定风波

柳　永

自春来、惨绿愁红，芳心是事可可[1]。日上花梢，莺穿柳带，犹压香衾卧。暖酥消[2]、腻云亸[3]，终日厌厌倦梳裹[4]。无那！恨薄情一去，音书无个。

早知恁么，悔当初、不把雕鞍锁。向鸡窗[5]，只与蛮笺象管[6]，拘束教吟课。镇相随、莫抛躲，针线闲拈伴伊坐。和我，免使年少，光阴虚过。

【注释】①是事：犹事事，凡事。可可：漫不经心，任其自便。

②暖酥：指肌肤。

③腻云：女子乌黑油亮的头发。亸（duǒ）：下垂，散乱。

④厌厌：精神不振的样子。梳裹：梳妆打扮。

⑤鸡窗：书房。

⑥蛮笺象管：指笔和纸。

悔当初

入春竟无一丝乐，红愁绿惨清泪落。
日上花梢莺穿柳，懒压绣被犹高卧。
酥软香肌日消瘦，鬓发散乱不梳裹。
终日恹恹如病缠，对镜装扮无心做。
只恨薄情人一去，半字书信无收获。

早知如此悔当初，应把马鞍紧上锁。
文房四宝为他备，读书弄墨窗前坐。
终日相随郎身边，不离不分不抛躲。
闲伴身边做针线，停针看他也快活。
胜过如今孤伶仃，青春虚度岁蹉跎。

采莲令

柳　永

月华收，云淡霜天曙。西征客、此时情苦。翠娥执手[①]、送临歧[②]，轧轧开朱户[③]。千娇面、盈盈伫立[④]，无言有泪，断肠争忍回顾？

一叶兰舟，便恁急桨凌波去。贪行色、岂知离绪。万般方寸[⑤]，但饮恨，脉脉同谁语[⑥]？更回首、重城不见[⑦]，寒江天外，隐隐两三烟树。

【注释】①翠娥：眉毛。这里代指女子。

②临歧：岔路口。

③轧轧：象声词，开门声。

④盈盈：体态轻盈状。

⑤方寸：心、心思、心绪。

⑥脉脉：饱含深情的样子。

⑦重城：指城郭。

晨　别

月光渐收淡云浮，满地寒霜晨光露。
游子即将向西行，此刻光景最堪苦。
“咿呀”一声朱门开，美人送郎临歧路。
玉面娇媚体轻盈，无言相对泪如注。
此番柔情令肠断，怎忍依依回首顾。

一叶扁舟凌波去，急赶征途船飞渡。
深悔离别太匆忙，满载万千离恨苦。
自酿苦酒自消受，脉脉深情与谁诉。
回首高城已不见，悠悠江流寒烟雾。
唯见水天相交处，隐隐约约两三树。

蝶恋花

柳　永

伫倚危楼风细细①，望极春愁②，黯黯生天际③。草色烟光残照里，无言谁会凭阑意。

拟把疏狂图一醉④，对酒当歌，强乐还无味⑤。衣带渐宽终不悔⑥，为伊消得人憔悴⑦。

【注释】①伫：久立。危楼：高楼。

②望极：极目远望。

③黯黯：愁闷的样子。

④疏狂：狂放不羁。

⑤强：勉强。

⑥衣带渐宽：人越来越瘦，衣带渐宽松。

⑦消得：值得。

情　痴

伫立高楼倚栏杆，扑面春风风细细。
极目望处暮霭涌，黯黯春愁生天际。
夕阳余晖照春草，光丝如烟似雾迷。
无言登楼凭栏意，幽幽此情又谁知。

纵情高歌狂不羁，好想痛饮图一醉。
谁知强求苦中乐，故作欢颜无兴味。
相思刻骨为佳人，千愁万绪也无悔。
甘愿为她做情痴，衣带渐宽人憔悴。

雨霖铃

柳　永

寒蝉凄切，对长亭晚，骤雨初歇。都门帐饮[1]无绪，留恋处，兰舟[2]催发。执手相看泪眼，竟无语凝噎[3]。念去去[4]，千里烟波，暮霭沉沉楚天[5]阔。

多情自古伤离别，更那堪、冷落清秋节！今宵酒醒何处？杨柳岸，晓风残月。此去经年[6]，应是良辰好景虚设。便纵有、千种风情，更与何人说？

【注释】①都门帐饮：在京城郊外，设帐幕宴饮送行。

②兰舟：泛指精良船只。

③凝噎：喉咙气塞声阻，因悲伤过度而说不出话来。

④去去：重复言之，表示行程之远。又有不忍去而竟去的无奈心曲。

⑤楚天：长江中下游一带，春秋时属楚国。此处泛指江南一带。

⑥经年：年复一年。

离　别

长亭暮色骤雨歇，凄凉寒蝉声悲切。
都门帐中饯行宴，举杯不忍话离别。
执手泪眼自蒙眬，相视无言独哽咽。
兰舟频频催启程，一声珍重人去也。
此去迢迢路千里，忧伤绵绵情难绝。
烟波渺渺楚天舒，暮霭沉沉云山叠。

多情自古易伤感，难分难舍话离别。
最是让人难忍受，偏在冷落清秋节。
今宵孤舟泊何处，隋堤岸边酒醒客。
晓风习习吹寒柳，几点孤星衬残月。
此去又或多少年，良辰美景成虚设。
纵有风情千千种，更对何人泣幽咽。

曲玉管·大石调

柳 永

陇首云飞①，江边日晚，烟波满目凭阑久。一望关河萧索②，千里清秋，忍凝眸③？杳杳神京④，盈盈仙子，别来锦字终难偶⑤。断雁无凭⑥，冉冉飞下汀洲，思悠悠。

暗想当初，有多少，幽欢佳会，岂知聚散难期，翻成雨恨云愁？阻追游。每登山临水，惹起平生心事，一场消黯⑦，永日无言⑧，却下层楼。

【注释】①陇首：山头。 ②一望：极目远望。关河：泛指山河。
③凝眸：注目凝神望。
④杳杳（yǎo）：遥远渺茫。神京：宋京都，汴京。
⑤锦字：指书信。偶：遇。 ⑥断雁：离群孤雁。
⑦消黯：黯然销魂之意。
⑧永日：终日。

别 恨

夕阳血红映江波，暮云昏暗绕山头。
满目寒烟波渺渺，独立秋风凭栏愁。
极目千里关河远，一派肃杀清冷秋。
怎堪对此长凝眸，幽情暗恨泛心头。
遥远京都有佳人，善舞长袖楚腰柔。
自从别后断消息，书信一字也无收。
孤雁冉冉落沙洲，相思无奈怅悠悠。

暗想当初好时光，幽欢佳会多风流。
赏心乐事岂长久？风云变幻几时休。
聚散更是难料定，徒将雨恨云愁留。
如今千里远相隔，更思当年携手游。
每当登山临秀水，却勾往事增新愁。
佳人美景频频忆，相思如水绵绵流。
终日无言暗销魂，踽踽孤影下西楼。

戚 氏

柳 永

晚秋天，一霎微雨洒庭轩。槛菊萧疏，井梧零乱，惹残烟。凄然，望江关，飞云黯淡夕阳间。当时宋玉悲感，向此临水与登山。远道迢递①，行人凄楚，倦听陇水潺湲②。正蝉吟败叶，蛩③响衰草，相应喧喧。

孤馆，度日如年。风露渐变，悄悄至更阑。长天净，绛河④清浅，皓月婵娟。思绵绵。夜永对景那堪，屈指暗想从前。未名未禄，绮陌红楼，往往经岁迁延。

帝里风光好，当年少日，暮宴朝欢。况有狂朋怪侣，遇当歌对酒竞留连。别来迅景如梭，旧游似梦，烟水程何限。念利名，憔悴长萦绊⑤。追往事、空惨愁颜。漏箭移⑥，稍觉轻寒。渐呜咽，画角数声残。对闲窗畔，停灯向晓，抱影无眠。

【注释】①迢递：遥远。 ②潺湲：河水慢慢流动的样子。
③蛩：蟋蟀。 ④绛河：银河。天称绛霄，故银河称绛河。
⑤萦绊：束缚，羁绊。 ⑥漏箭移：指时光流逝。

悲 秋

正是晚秋深深院，一霎微雨洒窗前。栏外秋菊疏花败，井边梧桐黄叶残。
梧菊凋零渐萎靡，老树枯枝生暮烟。秋色苍茫云黯淡，斜阳冷照望江关。
宋玉对此曾悲秋，感时伤世留诗篇。游子倦倦身飘零，长安迢迢路遥远。
陇水潺湲声呜咽，犹似倦客愁漫漫。更有蝉悲蟋蟀鸣，败叶衰草藏秋怨。

月夜悄然入更阑，风清露冷天渐寒。孤独凄凉驿馆静，游子度日如度年。
夜空万里长天净，银河灿灿飞星传。清宵独坐愁永夜，月华如洗扰人眠。
长夜难熬思悠悠，那堪屈指想从前。功名未就狂不羁，纵情恣意对酒眠。
笙歌艳舞醉红楼，花天酒地度华年。怎堪如今凄凉景，无限悔恨泪潸然。

犹记帝都风光好，年少朝暮醉宴欢。更兼狂朋怪侣多，当歌对酒竞留连。
别来时光如飞梭，无情岁月似梦幻。浪迹天涯何时了，烟迷水阻路漫漫。
孤旅天涯为何事，功名利禄长羁绊。落得憔悴身疲惫，落得白发苍老颜。
漏滴将尽催寒夜，画角数声报晓天。形单影只临窗畔，停灯抱影夜无眠。

晏殊（991—1055），字同叔，属今江西省抚州市人。一生著作丰富，但大多失传。词作有《珠玉词》一百三十余首，词作清新雅致，极富韵味。

木兰花

晏　殊

缘杨芳草长亭路，年少抛人容易去。楼头残梦五更钟，花底离愁三月雨。
无情不似多情苦，一寸还成千万缕。天涯地角有穷时，只有相思无尽处。

春　恨

长亭送别柳依依，路边芳草何萋萋！
为何轻易离别去，空留闺中浓情意。
时光渐去恨渐长，无限追悔深深惜。
楼头五更钟声乱，惊断几番梦会事。
花底三月春雨凉，浇下千般愁思绪。

无情怎知多情苦，多情易被相思误。
一寸芳心柳千丝，千丝万缕愁无数。
随风柳絮追天涯，欲把思念对君诉。
无涯地角纵遥远，终是有穷有止路。
相思苦海无舟渡，水天茫茫无尽处。

破阵子·春景

晏　殊

燕子来时新社[①]，梨花落后清明。池上碧苔三四点[②]，叶底黄鹂一两声。日长飞絮轻。

巧笑东邻女伴，采桑径里逢迎。疑怪昨宵春梦好，元是今朝斗草赢[③]。笑从双脸生。

【注释】①社：古代祭祀土地神之礼。新社：即春社，春天里的祭祀活动。（秋天里另有一次活动）通常这一重大活动，妇女可以参加，并赏春踏青。

②碧苔：绿色苔类植物。这里泛指水中漂浮的绿色植物。

③斗草：古代儿童或少女的一种游戏。用有茎的青草打结缠绕，双方对扯，断茎的一方输。至今这种游戏在农村常见，有的地方俗称“打官司”。

春　景

最堪春景留恋处，春分过后是清明。
新燕飞来新社至，迎来喜庆祭神灵。
更有“飞雪”迎丰年，千树梨花照晚晴。
水清池碧縠纹绸，几点绿苔逐波平。
枝繁叶茂婉转曲，万紫千红黄鹂声。
日长夜短春正好，香飘万里飞絮轻。

喜上眉梢忙整容，赶趁春社好踏青。
闺中少女停针凿，靓妆踏青郊外行。
往日采桑小道上，东邻闺蜜喜相迎。
扯把茎草“打官司”，终把东邻女伴赢。
难怪昨夜春梦好，今朝应验显神灵。
笑得香腮飞红云，笑得浅靥花盈盈。

踏莎行

晏 殊

祖席离歌①，长亭别宴。香尘已隔犹回面②。居人匹马映林嘶③，行人去棹依波转④。

画阁魂消，高楼目断。斜阳只送平波远。无穷无尽是离愁，天涯地角寻思遍。

【注释】①祖席：古人出行先祭路神叫“祭祖”，后称饯别送行宴叫“祖席”。

②香尘：暮春三月落花遍地，故称香尘。

③居人：送行的人。

④去棹（zhào）：离去的船。棹：划船的工具，代指船。

送 别

十里长亭送别宴，离别歌声倍伤感。
路途车马飞扬尘，离人背影阻隔断。
眷眷情深不忍别，频频回首相顾盼。
马儿隐在树林间，不堪离愁鸣不断。
船停橹桨情依依，心随小舟江心转。

登楼纵目望江船，唯觉魂消神黯黯。
流光彩霞映斜阳，目断小舟随波远。
无穷无尽到天边，离愁伴随江流转。
时刻牵挂在心间，天涯海角长相伴。
一叶孤舟波渺渺，万里江天云淡淡。

蝶恋花

晏　殊

槛菊愁烟兰泣露。罗幕轻寒，燕子双飞去。明月不谙离恨苦。斜光到晓穿朱户。

昨夜西风凋碧树。独上高楼，望尽天涯路。欲寄彩笺兼尺素。山长水阔知何处。

望尽天涯路

初春拂晓园圃，弥漫轻烟薄雾。
金菊犹带一丝，淡淡忧伤凄楚。
兰草默默啜泣，满地晶莹珠露。
缕缕轻风轻寒，透过重重帘幕。
佳人一夜无眠，空怀往日情愫。
梁燕呢呢喃喃，商议何时南渡。
此刻最是心酸，更添愁怨满腹。
偏有无情月光，偷偷爬进窗户。
冷照画屏鸳鸯，满屋凄凉孤独。
月光怎有情殇，怎懂离情愁苦。

一夜西风悲鸣，凋谢楼下碧树。
消得叶落枝疏，蜕尽新绿装束。
依然矢志不渝，坚守情真意笃。
坚信春的温柔，坚信春的眷顾。
无言独上高楼，望尽天下归路。
欲寄书信红笺，欲把相思倾诉。
只是万语千言，提笔泪如雨注。
山高水阔路远，更有重重迷雾。
可是谁人能知，远行游子何处。
唯有梦里相依，唯求千万别误。

木兰花[①]

晏　殊

燕鸿过后莺归去，细算浮生千万绪[②]。长于春梦几多时[③]？散似秋云无觅处。

闻琴解佩神仙侣[④]，挽断罗衣留不住。劝君莫作独醒人，烂醉花间应有数。

【注释】①此词从表面看是对春光、爱情等美好事物的易逝而发出的人生感慨，实际上寄托着对贤才遭嫉，抱负难伸的现实政治的愤慨。

②浮生：缥缈虚浮的人生。

③春梦：美好而短暂的梦。

④闻琴：指汉卓文君闻司马相如琴声，心生爱慕而与之私奔一事。

解佩：传说汉皋神女解佩赠郑交甫作信物。郑悦，数步之后，信物仙女均消失不见。

闻琴解佩：非指爱情，暗指政治上的失意。

糊涂好

春光渐行渐远去，空留枝上草头露。
又见燕雁南北飞，不听黄莺歌玉树。
人间春去偏留恨，千愁万绪向谁诉。
可怜欢乐时光短，一场春梦此生误。
休言情爱美如霞，散似秋云无觅处。
长叹人生如浮萍，心自飘零无依助。

闻琴夜奔故事美，相如终把文君误。
解佩相赠定终生，汉皋神女戏交甫。
好梦难圆寻常事，挽断罗衣留不住。
天意难违非人力，成败自有天命数。
劝君昏昏糊涂好，清醒反是行无路。
烂醉花间亦风流，无奈且把余生度。

浣溪沙

晏　殊

一曲新词酒一杯，去年天气旧亭台。夕阳西下几时回？
无可奈何花落去，似曾相识燕归来。小园香径独徘徊。

燕归来

曾记去年暮春好，悠闲举杯小亭台。
一曲新词一杯酒，欢声笑语开心怀。
今日独酌无酒趣，犹思对饮情浓时。
夕阳西下几时回？但见阶前光影移。
空有无限怅恨意，徒留彩云长相思。

无可奈何花落去，似曾相识燕归来。
燕燕着意回故居，佳人一去难再还。
孤寂冷清破败庭，物是人非景堪哀。
径边花飞去无影，亭中老树日日衰。
小院余香吹又生，夜夜孤影长徘徊。

清平乐

晏　殊

红笺小字，说尽平生意。鸿雁在云鱼在水。惆怅此情难寄。
斜阳独倚西楼，遥山恰对帘钩。人面不知何处，绿波依旧东流。

恨压帘钩

红笺满小字，欲尽难尽事。
情长纸犹短，难写无限意。
字字铸真情，句句凝相思。
鸿雁天高翔，匆匆不停息。
游鱼水底沉，倏然远逃离。
信使皆不在，惆怅情难寄。

斜阳卧山头，独倚西楼愁。
情系遥山外，恨压满帘钩。
远行游子啊！何时回家顾？
青山年年绿，芳华可再有？
夫君知何处？梦里难寻求。
花魂追绿波，依旧向东流。

采桑子

晏　殊

时光只解催人老，不信多情。长恨离亭，泪湿春衫酒易醒。
梧桐昨夜西风急，淡月胧明。好梦频惊，何处高楼雁一声。

好梦惊

踽踽独行的时光老人啊　为什么你是那样的无情
总是催促人衰老于无形　总不相信有情人的多情
更恨长长驿道边的长亭　为什么你也是冷酷无情
总是让有情人在此离分　总是让有情人痛苦无尽
年年岁岁春去了又冬临　多少泪珠抛在柳下长亭
浸透了春衫浸透了梦枕　本想借酒暂且解愁消恨
只求昏昏长睡不愿清醒　谁知醉里也是相思难禁
为何醉也相思醒也相思　苦闷日子何时才能休止

昨夜急骤西风阵阵寒冷　翻乱梧桐叶拍打着房门
连温柔月光也变得可恨　穿窗而入照着冷被绣枕
风儿月儿叫人如何安心　时时刻刻搅动心上离人
好容易趁朦朦胧胧月影　迷迷糊糊进入追君梦境
看着旅舍清瘦了的郎君　正待上前给他一个轻吻
可恨飞过大雁突然惊鸣　搅乱我苦苦梦来的柔情
也许大雁为我捎来书信　可它一飞而过终归无情
空留下相思痛苦绵绵无尽　老天啊！难熬的日子何时消停

昭君怨·咏荷上雨

杨万里

午梦扁舟花底。香满西湖烟水。急雨打篷声。梦初惊。
却是池荷跳雨。散了真珠还聚。聚作水银窝。泻清波。

咏荷上雨

夏日午间梦酣沉，梦入西湖扁舟行。
身边红花娇滴滴，头上绿叶笑盈盈。
西湖烟波沁香韵，风光十里入画屏。
如豆急雨打船篷，突将泛舟好梦惊。

千点万点答答声，池荷跳雨奏清音。
雨滴碧叶鸣环佩，珠落翠盘弹瑶琴。
忽聚忽散摇光影，散如珍珠聚似银。
荷叶点头水银倾，清波一泻入湖心。

欧阳修（1007—1072），字永叔，今江西吉安市永丰县人，号醉翁，晚年自号“六一居士”。诗词文俱佳，北宋诗文革新领袖，唐宋八大家之一，著名的文学家，史学家。词作有《六一词》《欧阳文忠公近体乐府》三卷及《醉翁琴趣外编》六卷。

浪淘沙

欧阳修

把酒祝东风，且共从容。垂杨紫陌洛城东[①]。总是当时携手处，游遍芳丛。
聚散苦匆匆，此恨无穷。今年花胜去年红。可惜明年花更好[②]，知与谁同？

【注释】①紫陌：洛阳曾为东周、东汉首都，城郊用紫色土铺路。
②可惜：可叹。

伤　别

高举祝祷绿酒杯，挽留春色和东风。
请放慢离去脚步，请不要行色匆匆。
让我们好好观赏，一路上从从容容。
沿垂柳夹道小路，直奔洛阳城头东。
都是当年春游处，细赏每处芳花丛。

方才迎君又送君，何时才能再相逢。
为何是忙忙碌碌？为何是聚散匆匆？
徒留下思念悠悠，徒留下离恨无穷。
今年春花应最美，胜过去年娇艳红。
可叹明年花更好，不知共谁乐融融！

蝶恋花

欧阳修

几日行云何处去[1]？忘了归来，不道春将暮。百草千花寒食路[2]，香车系在谁家树？

泪眼倚楼频独语。双燕来时，陌上相逢否？撩乱春愁如柳絮，依依梦里无寻处。

【注释】①行云：比喻在外游荡的男子。

②寒食：寒食节，清明节前一两天，禁生火取食。

寻郎归

心上人啊如流云，飘荡不知向何处？
难道不知春将尽？忘寄书信回家顾。
眼看快到寒食节，驾车去了何方路？
百草千花易迷途，香车系在谁家树？

泪眼倚楼常自语，心事能对谁人诉。
试问归来双飞燕，与我郎君偶遇否？
春愁胜似柳絮飞，漫天飘荡无依助。
梦里常常去寻他，相见美梦也无路。

玉楼春

欧阳修

樽前拟把归期说，欲语春容先惨咽。人生自是有情痴，此恨不关风与月。离歌且莫翻新阕，一曲能教肠寸结。直须看尽洛城花，始共春风容易别。

盼君归

春风长亭酒宴为君送行　无限眷恋肝胆朋友情深
未曾开口已是热泪盈盈　哽咽未言千言万语已明
尚未启程又盼定下归程　正是春光灿烂五彩缤纷
一声道别骤然风惊云阴　离情别恨热泪湿透衣襟
此恨无关风月洛阳春魂　只因情同手足难舍难分
此地一别思君念君盼君　渴望重温联床夜谈交心
那时同析疑义共赏奇文

道柳依依绿荫鸟鸣喈喈　旧词伤怀新阕缠绵凄绝
强忍悲凉离歌且莫击节　那会使人柔肠百感寸结
新曲开口叫人心上泣血　怎堪忍魂销魄散肝肠裂
洛阳牡丹名扬华夏朝野　誉满神州更有无边风月
千万莫负花红柳绿春色　到那时始共春风容易别
需几日君归重温好时节　最怕是昔人一去乘黄鹤
最怕是空对镜花水中月

踏莎行[1]

欧阳修

候馆[2]梅残，溪桥柳细。草薰风暖摇征辔[3]。离愁渐远渐无穷，迢迢不断如春水。

寸寸柔肠，盈盈粉泪。楼高莫近危阑倚。平芜[4]尽处是春山，行人更在春山外。

【注释】①这首词上片写行者的离愁，下片写行者的遥想。眷眷情深，意味悠远。

②候馆：旅舍。

③征辔（pèi）：骑马人手中的马缰。

④平芜：平坦的草地或原野。

情深意远

旅舍也，落英飞，稀疏残梅香韵断。
溪桥也，柳丝绿，草青风香春正暖。
骑马离人征辔遥，佳人游子神思乱。
羁旅迢迢无穷尽，春恨越积越伤感。
离愁恰似春溪水，来路无穷去程远。

寸寸柔肠闺中人，盈盈泪洗脂粉颜。
劝尔莫要上高楼，倚栏更把愁情添。
纵然登楼望远方，但见茫茫云雾山。
春草绿树无尽头，青山逶迤入云天。
朝朝暮暮盼郎归，行人更在山外山。

诉衷情

欧阳修

清晨帘幕卷轻霜。呵手试梅妆[①]。都缘自有离恨，故画作远山长[②]。思往事，惜流芳，易成伤。拟歌先敛[③]，欲笑还颦[④]，最断人肠。

【注释】①梅妆：古代女子在额头上画朵梅花装饰。
②远山长：画眉细长如远山。这里远山暗含离情。
③敛：敛容，表情庄重。
④颦（pín）：皱眉。

诉衷情

清晨卷起珍珠帘，幕帘尚余薄薄霜。
呵口热气暖暖手，试画一个梅花妆。
终因离愁和别恨，长聚眉尖心上藏。
相思情聚远山外，故意画眉细又长。

追忆年轻往日事，期盼倒流好时光。
触景最易动真情，让人心中徒悲伤。
真想高歌吐一快，蹙眉凝愁若冰霜。
强装笑容故作态，最是让人断柔肠。

王观（1035—1100），字通搜，属今江苏如皋人，曾官至翰林学士，因作词冒犯神宗皇帝而免职，因而自号王逐客。他的词作风趣而近俚俗，时而奇思妙想，喜悦俏皮话而不落俗套。

卜算子·送鲍浩然之浙东

王　观

水是眼波横，山是眉峰聚。欲问行人去那边？眉眼盈盈处。
才始送春归，又送君归去。若到江南赶上春，千万和春住。

千万和春住

山山水水何多情？一路伴君悠悠行。
清澈江水似明眸，流光溢彩眼波横。
秀色山峦耸箭簇，犹似细长黛眉青。
欲问行人去何处？高楼媚眼春盈盈。

才始送春春方去，又送鲍君踏归程。
匆匆赶赴江南春，眼下空留山青青。
家园有人倚栏伫，望穿秋水盼星星。
千万归家和春住，莫待春老花落屏。

张先（990—1078），字子野，今属浙江湖州人，他的作品多为吟花咏月，抒离情别绪。词作兼具各家特色，既有温婉，亦有豪壮，与柳永齐名。张先善以工巧之笔表现一种朦胧的美，尤以善用“影”字，而多有名句。如“云破月来花弄影”“堕絮飞无影”“无数杨花过无影”等。被人戏称“张三影”。著有《张子野词》，仅存一百八十多首。

青门引

张　先

乍暖还轻冷[①]，风雨晚来方定。庭轩寂寞近清明[②]，残花中酒[③]，又是去年病。

楼头画角风吹醒，入夜重门静。那堪更被明月，隔墙送过秋千影。

【注释】①乍：才，刚。

②庭轩：庭院和走廊。轩：走廊，窗，门等

③中酒：醉酒。

秋千影

天气晴好日渐暖，携风带雨犹轻冷。
直到傍晚难消停，风雨交加一天整。
庭院深深窗紧闭，空锁寂寞凄凉景。
又将临近清明节，伤春酒对残花酩。
不胜酒劲人沉醉，又是去年同样病。

高高楼头号角鸣，阵阵寒风吹人醒。
哪堪入夜静悄悄，春暮花残愁更盛。
最是不解人风情，隔墙送过秋千影。
红裙飞来思乡魂，不堪回首当年景。
溶溶月光幽幽恨，长使此生醉难醒。

天仙子

张　先

时为嘉禾小倅①，以病眠，不赴府会。

《水调》数声持酒听②，午醉醒来愁未醒。送春春去几时回？临晚境，伤流景③，往事后期空记省④。

沙上并禽池上暝⑤，云破月来花弄影。重重帘幕密遮灯，风不定，人初静，明日落红应满径。

【注释】①倅（cuì）：副职。

②水调：曲调名。隋唐很流行。

③流景：流逝的年华。

④后期：日后的约会。记省（xǐng）：清楚记得。

⑤并禽：成对双栖。

花弄影

品酒听曲乐声声，愁烦未遣入梦境。
午醉醒来愁未醒，天色昏暗对晚镜。
送春归去白发生，不由伤感叹流景。
老大无成鬓毛衰，徒留韶华空记省。
得意当年风流事，怎堪如今凄凉景！

水池一片昏暝暝，沙滩宿禽双交颈。
皎洁月光破云层，花枝摇曳弄倩影。
重重帘幕遮烛灯，人静欲歇风不定。
一夜难寐听萧萧，明日落红应满径。
花谢尚可待来春，韶华一去安可寻？

一丛花令

张　先

伤高怀远几时穷[1]？无物似情浓。离愁正引千丝乱，更东陌、飞絮濛濛。嘶骑渐遥，征尘不断，何处认郎踪！

双鸳池沼水溶溶，南北小桡通[2]。梯横画阁黄昏后，又还是、斜月帘栊[3]。沉恨细思，不如桃杏，犹解嫁东风[4]。

【注释】①伤高：登高的感慨。

②桡：船桨，代指船。

③栊：窗。

④解：懂得。

伤高怀远

怀念远行天涯客，登楼伤感望苍穹。
思念何时到尽头？更有何物似情浓。
浓愁牵引柳丝动，搅翻思绪乱重重。
通向东郊野外路，柳枝尽吐絮茸茸。
狂嘶狂鸣马儿急，渐行渐远驰如风。
旅途烟尘任飞扬，长亭一路灰蒙蒙。
叫我如何辨郎踪，翘首空望乱山重。

水池鸳鸯羡煞人，追逐相戏乐融融。
南来北往船悠悠，尚可自由两相通。
木梯搭在阁楼后，佳人翘首等待中。
只盼人约黄昏后，相偎相依在帘栊。
斜月穿窗入户来，又是一场梦成空。
翻来覆去细细想，青春消磨几时终。
莫如窗外桃李杏，慧眼识得嫁东风。

木兰花①·乙卯吴兴寒食

张　先

龙头舴艋吴儿竞②，笋柱秋千游女并③。芳洲拾翠暮忘归④，秀野踏青来不定。

行云去后遥山暝，已放笙歌池院静⑤。中庭月色正清明，无数杨花过无影。

【注释】①宋人有“人间佳节唯寒食”这一说法。张先作这首词时八十有六，人虽老心态却年轻。他既爱家乡的热烈欢快，也爱月夜的恬静宁谧。“无数杨花过无影”生动地反映了老人宁静安详的心境。

②龙头舴艋：装饰有龙头的小舟。

③笋柱秋千：用竹搭建的秋千。

④拾翠：拾取翠鸟羽毛作装饰用。

⑤已放：已演奏完毕。

过无影

人间佳节唯寒食，春日赛舟迎清明。
健儿桨鼓声如云，龙头舴艋争相竞。
竹架秋千排空立，少女双双飞蝶影。
游人如织踏青来，声喧秀野悠然行。
桃红柳绿拾翠羽，徜徉芳洲忘归程。

热烈欢快人如潮，熏风犹助游人兴。
行云去后夜降临，遥远青山渐昏暝。
笙箫歌舞随风散，池院村落归幽清。
月光如水洗纤尘，寒食月色正清明。
无数杨花过无影，月华如水满中庭。

菩萨蛮

张　先

忆郎还上层楼曲，楼前芳草年年绿。绿似去时袍，回头风袖飘。
郎袍应已旧，颜色非长久。惜恐镜中春，不如花草新。

家乡情浓稠

又是楼前芳草绿，登高又把郎君忆。
遥想当年离别时，挥手依依情难止。
身着绿袍色鲜艳，满是萋萋芳草意。
最是潇洒夺魂姿，风中回头袖飘逸。
郎君英姿刻心上，日日夜夜长相思。

郎君绿袍应以旧，新鲜美艳难长久。
何不早早回家转，为君重裁新衣袖。
楼下芳草年年绿，楼上桃花岁岁愁。
惜恐镜中人面老，怎堪年年比新秀。
莫恋他山花草新，莫忘家乡情浓稠。

千秋岁

张　先

数声鶗鴂[①]，又报芳菲歇。惜春更把残红折。雨轻风色暴，梅子青时节。永丰柳[②]，无人尽日花飞雪。

莫把幺弦[③]拨，怨极弦能说。天不老，情难绝。心似双丝网，中有千千结。夜过也，东窗未白凝残月。

【注释】①鶗鴂（tí jué）：鸟名。
②永丰柳：唐洛阳城内有永丰坊，多杨柳。
③幺弦：琵琶第四弦，最细，故名。

情网千千结

声声不断悲鶗鴂，又报芳菲已衰歇。
当惜暮春余时光，却是残红受摧折。
轻雨尚有悲悯意，摧花疾风逞暴烈。
正是梅子青青时，春好花红梦幻灭。
孤独寂寞无人瞥，永丰柳絮飘如雪。

切莫琵琶拨幺弦，幺弦怨极恨难竭。
苍天不老爱永在，人间真爱情难绝。
相思心似双丝网，重重叠叠千千结。
此情不移坚如铁，纵使山崩海枯竭。
东方未白夜过也，冷冷西窗凝残月。

王安石（1021—1086），字介甫，号半山。今属江西临川人。其文学成就主要是诗。散文也很有名，被列为“唐宋八大家”之一。词作不多，但清新瘦劲，独具高格。有《临川先生歌曲》一卷，补遗一卷。

桂枝香·金陵怀古[1]

王安石

登临送目，正故国晚秋[2]，天气初肃[3]。千里澄江似练[4]，翠峰如簇[5]。归帆去棹残阳里，背西风，酒旗斜矗。彩舟云淡，星河鹭起[6]，画图难足。

念往昔，繁华竞逐。叹门外楼头，悲恨相续。千古凭高，对此谩嗟荣辱[7]。六朝旧事随流水[8]，但寒烟衰草凝绿。至今商女[9]，时时犹唱，《后庭》遗曲[10]。

【注释】①金陵：今南京。 ②故国：指金陵。 ③肃：肃爽，意秋高气爽。④练：白绸。 ⑤簇：箭头。 ⑥星河：此处指长江。 ⑦谩嗟：空叹。⑧六朝：吴、东晋、宋、齐、梁、陈均建都金陵。 ⑨商女：歌女。⑩后庭遗曲：指陈后主所作《玉树后庭花》。通常后庭遗曲代表忘国之音。

金陵怀古

深秋临江登高处，远眺金陵故国都。
秋风初来萧瑟意，碧空如洗楚天舒。
两岸山峰如箭簇，青翠巍巍顶天伫。
千里长江似白练，清波浩浩向东注。
征帆出没烟波里，残阳余晖酒旗舞。
淡云彩舟起白鹭，入夜星光满江浮。
陶醉江天万里景，画图描绘难以足。

纸醉金迷竞相逐，前车之覆谁人顾？
兵临城下犹歌舞，亡国悲恨连连谱。
登高凭吊六朝事，奢谈兴亡与荣辱。
六朝旧事随流水，寒烟衰草凝绿处。
后庭遗曲亡国音，商女至今趋若鹜。
哀叹奢靡误国是，伤感天下黎民苦。
长江无语向东去，悲歌怎堪留千古。

千秋岁引

王安石

别馆寒砧[①]，孤城画角。一派秋声入寥廓。东归燕从海上去，南来雁向沙头落。楚台风[②]，庾楼月[③]，宛如昨。

无奈被些名利缚，无奈被他情担阁[④]。可惜风流总闲却。当初谩留华表语[⑤]，而今误我秦楼约[⑥]。梦阑时，酒醒后，思量着。

【注释】①别馆：驿馆，旅舍。砧：捣衣石。

②楚台风：指清爽凉风。

③庾楼月：指皎洁明月。

④担阁：耽搁。

⑤华表语：指奏折。

⑥秦楼约：年轻男女的秘密约会。

醒　来

寒夜捣衣砧声急，犹把驿馆紧闭锁。
号角悲鸣古城头，伴随秋风入寥廓。
东归燕从海上去，南来大雁沙洲落。
燕雁犹知早归宿，宦海征袍何时脱？
仕途颠沛犹思乡，一草一木情何多。
楚台雄风庾楼月，美景历历宛如昨。

无奈总被各利缚，兼济天下难为博。
世情俗态瞎耽搁，独善其身空自说。
多少风情闲雅事，可惜轻抛犯浑浊。
海誓山盟秦楼约，终被华表谏书斫。
浑浊世间谁独醒，翻然醒悟荒唐多。
当初为何不身退，酒醒梦回岁蹉跎。

虞美人·寄公度[①]

舒 亶

芙蓉落尽天涵水[②]，日暮沧波起。背飞双燕[③]贴云寒，独向小楼东畔倚阑看。

浮生只合尊前老，雪满长安道。故人早晚上高台[④]，寄我江南春色一枝梅[⑤]。

【注释】①公度：不详，应是舒的一位朋友。

②天涵水：水天相接。

③背飞双燕：此处有劳燕分飞，朋友分离的意思。

④上高台：意指朋友有高升的可能。

⑤一枝梅：寓意朋友高升后照看一下自己。

寄我一枝梅

芙蓉落尽何萧索，极目远望水连天。
落日苍山飞暮云，朔风秋水浮寒烟。
双燕背飞各西东，朋友离别心黯然。
惆怅孑立高楼上，念远怀人独倚栏。

浮生空对酒杯老，借酒遣日仍寡欢。
光阴荏苒又岁暮，大雪纷飞满长安。
朋友早晚上高台，道远雪阻思君贤。
定会寄我一枝梅，江南春色暖心间。

汉宫春·梅

李　邴

潇洒江梅，向竹梢疏处，横两三枝。东君也不爱惜[①]，雪压霜欺。无情燕子，怕春寒、轻失花期。却是有，年年塞雁，归来曾见开时。

清浅小溪如练，问玉堂何似[②]，茅舍疏篱。伤心故人去后，冷落新诗。微云淡月，对江天、分付他谁。空自忆，清香未减，风流不在人知[③]。

【注释】①东君：司春之神，也称东帝，东皇。

②玉堂：指豪门贵宅。

③风流：高尚的品格。

野　梅

独立江边野梅清新俊奇　稀疏竹梢间横斜三两枝
春神却不将她好好珍惜　雪压霜冻风风雨雨凌欺
无情燕子惧怕早春寒袭　轻失寒梅斗雪怒放花期
幸有关塞归雁年年准时　偏爱梅花含笑报春英姿

门绕白练似的清浅小溪　金玉豪门怎比茅舍竹篱
伤心旧日朋友被贬远离　谁能应和吟唱咏梅新诗
面对微云淡月江天诗意　谁能赋诗为她热情洋溢
江梅不减清香高贵品质　别人知与不知从不在意

苏轼（1036—1101），字子瞻，号东坡居士，属今四川眉山人。北宋著名文学家，书法家。散文与父苏洵、弟苏辙并称“三苏”且同属唐宋八大家之列。诗与黄庭坚并称“苏黄”，词与辛弃疾并称“苏辛”；书法与黄庭坚、米芾、蔡襄并称“宋四家”。苏轼是中国文学艺术史上罕见的全才，也是中国数千年历史上被公认文学艺术造诣最杰出的大家之一。苏轼词风有的慷慨豪迈，大气磅礴；有的旷达而略带悲凉；有的清新婉约，空灵隽永，格调健康高远。他的诗作有两千七百余首，词作现存也有三百四十多首。著作有《东坡全集》《东坡志林》《东坡词》等凡数百卷。

浣溪沙①

苏　轼

簌簌衣巾落枣花②，村南村北响缫车③。牛衣古柳卖黄瓜。

酒困路长惟欲睡，日高人渴谩思茶④。敲门试问野人家。

【注释】①苏轼在徐州任上时，曾发生久旱未雨，农民在久旱雨后祭祀神灵。苏轼作浣溪沙五首，写祭神时的所见所感。体现了作者对农民的喜爱、关怀之情，以及对农村风光的热爱、陶醉之情。本词为其中第四首。

②簌簌（sù）：枝叶摇动的声音。

③缫（sāo）车：抽蚕丝的车。

④谩：与“漫”通，不由得的意思。

谢雨途中

道旁枣树飞枣花，落在衣上响沙沙。
村村响起缫车声，家家忙着抽蚕纱。
古柳树下牛悠闲，一声吆喝卖黄瓜。

日高天热口舌燥，酒酣欲睡人困乏。
喜见路边有人家，但求能有一杯茶。
轻声叩门欲求饮，不知是否人在家。

蝶恋花

苏　轼

花褪残红[①]青杏小。燕子飞时，绿水人家绕。枝上柳绵[②]吹又少，天涯何处无芳草[③]！

墙里秋千墙外道。墙外行人，墙里佳人笑。笑渐不闻声渐悄，多情却被无情恼。

【注释】①花褪残红：春光逐渐衰败，红花所剩无几。

②柳绵：柳絮。

③芳草：代指志同道合之人。

天涯芳草

正是人间四月天，花衰红褪春光残。
眼见落英坠纷纷，抛泪离枝为何情。
梅子青青杏儿小，绿水长流农家绕。
归燕匆匆挥玉剪，裁出细柳叶万千。
枝头柳絮风吹下，孤独飘荡游天涯。
看尽萋萋芳草路，何时寻得安身处？
自信身清魂洁好，天涯何处无芳草！

朱红门内琉璃瓦，红墙环绕势豪华。
喧嚣冷清一墙隔，青云黄土两样客。
墙内秋千天上飘，歌舞酒宴贵人笑。
墙外古道行客少，孤零寂寞受人嘲。
渐行渐远声不闻，不闻反是心自宁。
匡时济世成一笑，多情却被无情恼。
看破放下自在行，白云青山天上人。

念奴娇·赤壁怀古

苏　轼

大江东去，浪淘尽，千古风流人物。[①]故垒西边，人道是[②]，三国周郎赤壁[③]。乱石穿空，惊涛拍岸，卷起千堆雪。江山如画，一时多少豪杰。

遥想公瑾当年，小乔初嫁了[④]，雄姿英发。羽扇纶巾[⑤]，谈笑间，樯橹灰飞烟灭[⑥]。故国神游，多情应笑我，早生华发。人生如梦，一尊还酹江月[⑦]。

【注释】①风流人物：指出色的英雄豪杰。

②人道是：据人们说。　③周郎：周瑜，字公瑾。赤壁之战的吴军主帅。

④小乔：吴国美女，周瑜妻。

⑤羽扇纶巾：鸟羽毛制作的扇子；纶（guān）巾，用丝带制作的头巾。

⑥樯橹：樯，船桅杆。橹：船桨。这里代指曹军。

⑦酹（lèi）：以酒浇地，表祭奠天地神灵或人物。

赤壁怀古

万里长江，浩浩荡荡，一泻千里，奔向东方
大江两岸，英雄儿郎，创造历史，灿烂辉煌
俱往矣，大浪淘尽，风流人物，千古时光
有人说：西边故垒，当年赤壁，搏杀战场
火烧曹舟，三国周郎，曾谱一曲，千古绝唱
大江咆哮，乱石陡峭，峥嵘耸立，剑插云霄
拍岸惊涛，卷雪千堆，铺天盖地，浪卷如潮
江山如画，壮美多娇，无数英雄，竞相折腰

遥想公瑾，年少当时，风流翩翩，才华横溢
江东小乔，绝代佳丽，初嫁周郎，百媚娇姿
头戴纶巾，儒雅公瑾，从容笑对，百万狼师
轻挥羽扇，笑谈之间，樯橹灰飞，湮灭尘泥
故地神游，心潮犹激，羡慕公瑾，生逢其时
怀古伤今，慨叹浮沉，空怀志远，功业无成
人生梦境，梦境人生，枉自多情，白发早生
英雄安在？功名何求？清风明月，万世千秋
抛却烦愁，旷达遨游，杯酒祭奠，笑对江流

南乡子①·宿州上元②

苏　轼

千骑试春游，小雨如酥落便收。能使江东归老客，迟留。白酒无声滑泻油。③

飞火④乱星球。浅黛横波翠欲流。不似白云乡⑤外冷，温柔。此去淮南第一州。

【注释】①作者通过对宿州元宵美景的赞美，暗自流露出厌倦仕途，向往人间清景的情愫。

②宿州：今属安徽。上元：即元宵节，正月十五。　③滑：指酒味醇美。

④飞火：元宵礼花。

⑤白云乡：指神仙住的地方，这里代指朝廷所在地。

宿州上元

春天悄然到宿州，千骑万人踏春游。
春雨如丝酥软滑，一落尘土土尽收。
江东退隐归来客，早已厌倦仕途留。
长羡山野清景好，宿州春光最堪游。
更有醇香舒心酒，滋润无声消尔愁。

元宵礼花光灿灿，满天飞窜星火球。
春山如黛水横波，青绿娇媚翠欲流。
白云仙乡无春意，偏有孤寂寒霜秋。
怎比宿州景美幽，更有人间温情秀。
此去淮南寻第一，当是春天到宿州。

减字木兰花

苏　轼

双龙对起，白甲苍髯烟雨里。疏影微香，下有幽人昼梦长。
湖风清软，双鹊飞来争噪晚。翠飐红轻，时下凌霄百尺英。

西湖古松

犹似两条苍髯龙，势若腾飞拔地起。
树皮苍白如鳞甲，蔓藤龙须飘何似。
迷蒙烟雨西湖畔，古松一对傲然立。
日摇疏影影变幻，风送幽香香飘逸。
闲雅独卧古松下，白日梦长一隐士。

清风湖面吹习习，信手拈来软如丝。
双鹊嬉戏林叶间，早争晚噪闹不息。
人世纷争禅房静，远离喧嚣脱尘衣。
翠藤绿蔓随风展，凌霄百尺花绕枝。
缤纷落英云中下，梦里乾坤笑游归。

阳关曲①·军中

苏　轼

受降城下紫髯郎②，戏马台南旧战场③。恨君不取契丹首，金甲牙旗归故乡④。

【注释】①作者借缅怀战功卓著的历史人物，暗斥当朝的腐败无能。抒发渴望杀敌以振国威的爱国主义情怀。

②受降城：汉武帝接受匈奴投降而筑的城。紫髯郎：留紫黄胡子的人，代指匈奴。

③戏马台：楚霸王项羽的掠马台。古迹名，在江苏省铜山县南。

④金甲牙旗：指军队仪仗队。

军　中

汉武修筑受降城，
匈奴长跪苦乞降。
大快人心天下事，
扬眉吐气慨而慷。
项羽鏖兵戏马台，
纵横驰骋古战场。
千秋鬼雄令人仰，
一代人杰世无双。
犹恨已无英雄人，
秋风落叶扫敌狂。
直捣狼穴取敌首，
重把大宋军威扬。
何时齐唱《大风歌》，
金甲牙旗归故乡。

阳关曲·中秋作[①]

苏　轼

暮云收尽溢清寒，银汉无声转玉盘[②]。此生此夜不长好，明月明年何处看。

【注释】①中秋作：苏轼兄弟徐州相会，在中秋赏月时作。

②银汉：银河。玉盘：月亮。

月难圆

时至傍晚，云收雾敛。
幽幽夜空，露寒风卷。
银河淡淡，星光闪闪。
中秋明月，光华灿灿。
恰如玉盘，悄然旋转。
惜福感恩，今宵团圆。
亲朋难聚，月不常圆。
兄弟漂泊，经险历艰。
不知何处，度过明年。
心心相应，共望婵娟。

如梦令·有寄

苏　轼

为向东坡[①]传语，人在玉堂[②]深处。别后有谁来？雪压小桥无路。归去，归去，江上一犁春雨。

【注释】①东坡：此处为地名。作者贬居黄州时，将开垦躬耕处称为东坡。此后，作者便以东坡作为自己的别名。

②玉堂：唐时翰林院设在宫中，称玉堂。

寄东坡

啊！我的老朋友
我思念着的东坡田畴
向你致以亲切问候
我深居玉堂翰林院
衣食温饱自然无忧
只是与你分别已多年
谁会为你眷顾相厮守
恐怕小桥无路积雪厚
更怕清贫荒凉无人留
没有我陪伴的日子
你寂寞孤独也难受
回去吧！回去吧
我还是早早往回走
在潇潇春雨之中
躬耕于东坡田畴
那是我自由的瀛洲

如梦令·春思

苏　轼

手种堂前桃李，无限绿阴青子。帘外百舌儿[①]，惊起五更春睡。居士，居士[②]，莫忘小桥流水。

【注释】①百舌儿：指鸟群。

②居士：在家信佛的人。

雪堂居士

东坡雪堂门前
亲种许多桃李
树绿荫荫四合
结满青青果子
帘外群鸟鸣啼
此起彼伏真是惬意
常常惊我五更春睡
如此生活别有情趣
居士啊居士
何时再作雪堂居士
千万不要忘记啊
小桥流水悠悠情意

虞美人·有美堂赠述古①

苏　轼

湖山信是东南美，一望弥千里。使君能得几回来②？便使樽前醉倒更徘徊。

沙河塘里灯初上，《水调》谁家唱③？夜阑风静欲归时，惟有一江明月碧琉璃④。

【注释】①有美堂：杭州城内吴山之上，因宋仁宗曾写诗赞美吴山美而得名。

述古：太守陈襄，字述古。

②使君：此处指杭州太守陈襄。

③水调：曲调名，音极悲切。

④琉璃：一种涂在缸、瓦、盆、罐等上面的发光釉料。

一江明月碧琉璃

湖光山色何处美？当然东南数第一。
吴山西湖遍江南，美景一望弥千里。
使君今日一别去，重游此地又何时？
千言万语难尽意，狂饮酣醉能几回？
天上美景人间情，徘徊难舍两依依。

夜幕垂降沙河塘，正是灯火初上时。
不知谁家酒楼上，《水调》悲凉曲凄迷。
夜已深深江浪静，风停人散罢酒席。
明月多情把楼倚，明月无情又西移。
明月悄然入江流，一江铺尽碧琉璃。

江城子·密州出猎

苏　轼

老夫聊发少年狂，左牵黄，右擎苍，锦帽貂裘[①]，千骑卷平冈。为报倾城随太守，亲射虎，看孙郎。

酒酣胸胆尚开张，鬓微霜，又何妨？持节云中[②]，何日遣冯唐？会挽雕弓如满月，西北望，射天狼[③]。

【注释】①锦帽貂裘：锦缎帽子，貂皮裘衣。

②持节云中：汉文帝时云中太守魏尚有功反获罪削职。其后文帝派冯唐持节赦免并恢复原职。此处作者隐喻自己如魏尚。

③天狼：星名。古代认为主侵略，代指犯边敌人。

密州出猎

老夫今日意气风发，少年一样恣意癫狂。
左牵猎犬跳跃奔窜，右擎苍鹰振翅欲翔。
锦帽貂裘队伍千骑，飓风一样卷扫平岗。
为我通知全城军民，快随太守围猎豺狼。
我要亲手弯弓射虎，试看今日江东孙郎。

敞开胸怀痛饮杜康，心雄志壮豪情飞扬。
纵然双鬓已染寒霜，愈老弥坚又有何妨。
盼望早日得委重任，盼望天降持节冯唐。
奋力拉弓势如满月，强力射向西北天狼。
射落灾星立功疆场，再展宏图国运日昌。

行香子·过七里滩

苏 轼

一叶舟轻，双桨鸿惊。水天清、影湛波平[①]。鱼翻藻鉴[②]，鹭点烟汀[③]。过沙溪急，霜溪冷，月溪明。

重重似画，曲曲如屏。算当年、虚老严陵[④]。君臣一梦，今古空名。但远山长，云山乱，晓山青。

【注释】①湛：清澈。

②鉴：镜子。

③汀：水边平地。

④虚老：白衣终老。严陵不接受征名隐居。

过七里滩

七里滩上一舟轻，唯听江中双桨声。
轻快飞舟掠水面，犹似惊鸿翩翩行。
天朗朗，水清清，一江倒影水波平。
穿藻游鱼跃水面，破烟翔鹭绕沙汀。
船过沙滩溪流急，日暮霜冷夜月明。

山重水复织美景，移步换景皆画屏。
当年白衣严陵君，钓鱼钓名后人评。
皇帝心，隐士志，空留扑朔迷离情。
君臣遗梦化烟云，笑看古今只虚名。
群山绵绵乱云飞，东方欲晓山青青。

江城子

苏　轼

湖上与张先同赋，时闻弹筝。

凤凰山下雨初晴[①]，水风清，晚霞明。一朵芙蕖[②]，开过尚盈盈[③]。何处飞来双白鹭？如有意，慕娉婷[④]。

忽闻江上弄哀筝，苦含情，遣谁听！烟敛云收，依约是湘灵[⑤]。欲待曲终寻问取，人不见，数峰青。

【注释】①凤凰山：杭州西湖南岸的一座山。

②芙蕖：荷花的别名。

③盈盈：丰满的样子。

④娉婷：女子姿态美好的样子。

⑤湘灵：湘江女神。

湘江女神

凤凰山下雨后晴明，夕照荷池波光粼粼。
和煦熏风暖暖轻轻，西子湖上微波细痕。
五彩晚霞流光多情，装点西湖艳丽缤纷。
一朵荷花笑意盈盈，依然盛妆天香芳魂。
何处飞来白鹭双卿，荷花身边展开舞裙。
倾慕荷花玉立婷婷？沉醉佳丽楚楚动人？

忽闻江上传来筝声，哀婉缠绵情动深深。
似有满腹凄凉愁情，似欲对谁低吟倾心。
烟霭为之敛容悲惊，云霞为之悄然隐身。
弹者决非普通乐女，想来应是湘江女神。
欲待曲终探寻恭听，挥挥长袖飘无影痕。
荡荡西湖穆穆青山，久久回旋袅袅筝音。

望江南

苏　轼

春未老，风细柳斜斜。试上超然台上看[①]，半壕春水一城花。烟雨暗千家。

寒食后，酒醒却咨嗟[②]。休对故人思故国[③]，且将新火试新茶[④]。诗酒趁年华。

【注释】①超然台：在今山东诸城。

②咨嗟：叹息。

③故国：应是泛指家乡和大宋子民。

④新火：寒食禁火后，新点火。

登超然台

春色依依尚未老，徘徊密州欲留下。
柳枝斜斜春着意，纵情撩拨任潇洒。
今朝试登超然台，欲赏密州景如画。
半壕春水护城流，城里城外尽春花。
无边风云收眼底，寒烟暮雨暗千家。

寒食过后又清明，游子思乡归不能。
春色未老人空老，酒醒咨嗟愁难停。
休对故友说故国，万家忧乐怎堪闻。
且燃新火品新茗，抛却烦愁举清樽。
超然世外趁年华，饮酒赋诗且销魂。

木兰花令[①]·次欧公西湖韵

苏　轼

霜余已失长淮阔，空听潺潺清颍咽。佳人犹唱醉翁[②]词，四十三年如电抹。

草头秋露流珠滑，三五盈盈还二八[③]。与余同是识翁人，惟有西湖波底月。

【注释】①欧阳修曾知颍州（今安徽阜阳），作有《木兰花令》歌咏西湖（颍州也有一个西湖）。欧阳修在颍州任上兴利除弊，务农节用，梳理河道，整修西湖。人们怀念，传唱他的词并立祠祭祀。苏轼在颍州听到歌女唱歌欧公词有感，因此步欧词原韵作词以怀念欧公。

②醉翁：即欧阳修。

③三五盈盈还二八：十五月圆，十六渐亏。

怀念欧公

秋霜侵淫淮河岸，浩渺气势顿失色。
颍水浅浅声潺潺，怀念欧公声幽咽。
佳人犹唱醉翁词，感恩戴德心铭刻，
兴利除弊为黎民，正本清源施良策。
四十三年如电抹，颍人思公歌飞越。

人生苦短如秋露，一时空缀草头叶。
月盈过尽月渐亏，珠圆玉润光华绝。
过了十五又十六，欧公匆匆成过客。
道德文章传千古，光辉业绩留史册。
当年知音余几人，我和西湖波底月。

定风波[①]

苏　轼

常羡人间琢玉郎[②]，天应乞与点酥娘[③]。自作清歌传皓齿，风起，雪飞炎海变清凉[④]。

万里归来年愈少，微笑，笑时犹带岭梅香[⑤]。试问岭南应不好，却道，此心安处是吾乡。

【注释】①王巩（字定国）因受乌台诗案牵连被贬荒僻岭南地区。王有一歌女柔奴，世代居住京师，但她不怕艰苦，自愿与王巩同赴岭南。三年后北归，东坡有意问她："岭南风土不好吧？"她却坦然答道："此心安处是吾乡！"东坡深受感动作此词。歌颂了她与迁客患难与共的高尚品德以及她的坚强意志，乐观精神。

②琢玉郎：指相思多情的人。

③点酥娘：夸赞多才多艺的聪明姑娘。

④炎海：炎热海边。

⑤岭梅：大庾岭上的梅花。

点酥娘

天下谁人不羡慕，风流倜傥多情郎。
老天真是眷顾你，给你配位美娇娘。
能作清曲自已唱，皓齿飞歌非寻常。
歌如清风习习爽，风起雪飞——炎海变清凉。

人说岭南最蛮荒，佳人归何更靓妆。
神态自若微微笑，犹带岭南梅花香。
三年流放陪人受风霜，敢问："娇娘作何想？"
"心平气和半杯酒，天下山水皆吾乡。"

贺新郎

苏　轼

乳燕飞华屋，悄无人、桐阴转午，晚凉新浴。手弄生绡白团扇[①]，扇手一时似玉[②]。渐困倚、孤眠清熟[③]。帘外谁来推绣户？枉教人、梦断瑶台曲。又却是、风敲竹。

石榴半吐红巾蹙[④]，待浮花浪蕊都尽[⑤]，伴君幽独。秾艳一枝细看取[⑥]，芳心千重似束[⑦]。又恐被、秋风惊绿。若待得君来向此，花前对酒不忍触。共粉泪、两簌簌[⑧]。

【注释】①生绡：生丝织的绸子。　②扇手：白色团扇和素手。
③清熟：安稳睡熟。　④红巾蹙：形容花半开样。
⑤浮花浪蕊：指浮艳争春的花朵。　⑥秾艳：茂盛鲜艳。
⑦芳心千重：形容石榴花瓣多而重叠。
⑧两簌簌：指泪珠花瓣一同簌簌落下。

石　榴

环绕华美佳人屋，穿梭乳燕双双舞。
庭院深深悄无人，梧桐树荫转正午。
待到入夜凉悠悠，美人浴后款款出。
纤纤温润如玉手，轻摇洁白丝扇踱。
慵懒困倦斜倚床，独自酣睡正香熟。
是谁推开彩绣帘，冒失撞入佳人处。
惊破瑶池神女梦，打翻琼浆甘醇露。
却是柔柔温情风，弹唱幽幽翠竹赋。

含羞半蹙石榴花，红巾团团挂满树。
浮花浪蕊尽谢时，独显优雅展眉妩。
着意伴君晚芳开，与君共把良宵度。
秾艳一枝细看取，重重花瓣收一束。
恰似芳心千折叠，幽秘深藏情难吐。
惊恐风过妆容褪，唯余空空一绿树。
他日君归芳华谢，风情万种难再复。
对酒伤怀临残枝，粉泪残花两簌簌。

江城子·乙卯正月二十四夜记梦

苏　轼

十年生死两茫茫[1]，不思量，自难忘。千里孤坟[2]，无处话凄凉。纵使相逢应不识，尘满面，鬓如霜。

夜来幽梦忽还乡，小轩窗[3]，正梳妆。相顾无言，惟有泪千行。料得年年肠断处，明月夜，短松冈[4]。

【注释】①十年：原配夫人已死十年。

②千里孤坟：苏轼夫人墓地在四川彭山县，作者在密州相距遥远。

③轩：有窗槛的窗。

④短松冈：墓地。

悼亡妻

十年时间何漫长，生死相隔两茫茫。
贤妻身影永难忘，纵然闭目不思量。
长眠孤坟千里外，荒凉寂寞小松冈。
能对谁倾向谁诉，两地孤独各凄凉。
纵然相逢应不识，早已衰颓变沧桑。
远谪荒山野岭处，尘垢满面鬓如霜。

谁知昨夜幽梦里，乘风忽然回故乡。
见你静坐小窗下，精心打扮细梳妆。
久别重逢竟无语，唯有潸然泪千行。
年年岁岁苦盼望，岁岁年年痛断肠。
孤寂低矮松冈上，冰冷凄惨明月光。
日日夜夜长相思，梦牵魂绕望夫冈。

永遇乐[1]

苏　轼

彭城夜宿燕子楼，梦盼盼，因作此词。

明月如霜，好风如水，清景无限。曲港跳鱼，圆荷泻露，寂寞无人见。紞如三鼓[2]，铿然[3]一叶，黯黯梦云[4]惊断。夜茫茫、重寻无处，觉来小园行遍。

天涯倦客，山中归路，望断故园心眼。燕子楼空，佳人何在，空锁楼中燕。古今如梦，何曾梦觉，但有旧欢新怨。异时对，黄楼[5]夜景，为余浩叹。

【注释】①这首诗是苏轼夜宿燕子楼感梦抒怀之作。

②紞（dǎn）：击鼓声。如：然也。整句为三更鼓敲响了。

③铿然：金石声，形容桐叶落地声。

④梦云：借用巫山云雨典故，这里指男女幽会。

⑤黄楼：黄楼为苏轼所建，是黄河决堤洪水退去后的纪念，也是苏轼的政绩之一。词人设想后人见黄楼凭吊自己，如同今日面对燕子楼思盼盼一样。抒发出“后之视今亦犹今之视昔”的无穷感慨。

燕子楼前

明月如霜从天倾，清冷银光光灿灿。幽幽夜空风习习，空灵意境情无限。
曲曲港湾鱼儿跳，水花縠纹金波闪。翠荷圆叶流光动，露珠晶莹悠悠转。
如此良宵美景夜，寂寞冷清无人看。叶落铿然惊耳畔，但听鼓敲三更点。
辗转反侧难入眠，黯然美梦风云散。茫茫夜色茫茫情，梦里幽欢去不返。
醒来寻遍小庭院，遍地惆怅和伤感。

天涯孤独流浪客，内心早已生厌倦。只望白云深山处，求得安宁和平淡。
内心怎能忘家园，万水千山纵遥远。佳人芳魂今何在？空锁楼中梁上燕。
纵观古往今朝事，变化无常如梦幻。世间几个曾梦觉，保持清醒和平淡。
只因旧欢新怨织，绵绵烦扰情难断。后人黄楼凭吊吾，如我今日思盼盼。
人生空幻世事梦，奈何苍天亦长叹。

水龙吟·次韵章质夫杨花词[1]

苏　轼

似花还似非花，也无人惜从教[2]坠。抛家傍路，思量却是，无情有思。萦损柔肠，困酣娇眼，欲开还闭。梦随风万里，寻郎去处，又还被、莺呼起。

不恨此花飞尽，恨西园、落红难缀[3]。晓来雨过，遗踪何在？一池萍碎。春色三分，二分尘土，一分流水。细看来，不是杨花，点点是离人泪。

【注释】①次韵：依别人诗词原韵新作一首，又称步韵。章质夫有咏杨花词《水龙吟》。

②从教：任凭。

③落红：落花。缀：连接。

杨花泪

似花非花不似花，无人怜惜任飘离。
随风逐雨离枝头，漂泊路野落荒寂。
休道飘离是无情，却因思念柔肠毁。
困倦娇眼开欲闭，梦中直把情郎追。
魂魄追风飘万里，却被黄莺惊呼回。

不恨花飞尽凋零，只恨西园万红毁。
唯见遍地满落英，离枝再难重收缀。
雨后何处寻遗踪？但见池中浮萍碎。
春色美景共三分，二分尘土一分水。
细看哪是杨花坠，点点皆是离人泪。

水调歌头

苏　轼

丙辰中秋，欢饮达旦，大醉，作此篇，兼怀子由①。

明月几时有，把酒问青天。不知天上宫阙，今夕是何年。我欲乘风归去，又恐琼楼玉宇②，高处不胜寒。起舞弄清影，何似在人间？

转朱阁，低绮户③，照无眠。不应有恨，何事长向别时圆？人有悲欢离合，月有阴晴圆缺，此事古难全。但愿人长久，千里共婵娟④。

【注释】①子由：苏轼之弟苏辙，字子由。

②琼楼玉宇：月宫。

③绮（qǐ）户：雕饰花纹的门窗。

④婵娟：月亮，也兼有美满意。

千里共婵娟

明月何时才有？举杯询向青天。
天上神仙住地，今夜又是何年？
月宫琼楼玉宇，定然气派非凡。
没有人世喧嚣纷乱，没有宠耻荣辱悲欢。
我想乘风回到天上，自在快乐做个神仙。
却不堪孤独弄清影，更不胜高处度清寒。
怎能比我家乡情亲，怎能比我美好人间。
山野村民渔樵耕农，多少温暖情同金兰。

月照朱红楼阁，低洒雕花窗前。
穿窗悄悄溜进，撩人难以入眠。
人间忧怨难平，正如月缺月圆。
世上离合悲欢，自古难以周全。
天道运行何须伤感！潇洒旷达才是本源。
心中自有一轮月明，无愁无忧无恼无烦。
纵然亲朋相隔万里，仰望明月心灵团圆。
还有什么比这美满？长寿康健一生平安。

定风波

苏　轼

三月七日，沙湖道中遇雨。雨具先去，同行皆狼狈，余独不觉，已而遂晴，故作此词。

莫听穿林打叶声，何妨吟啸且徐行。竹杖芒鞋轻胜马[①]，谁怕！一蓑烟雨任平生[②]。

料峭春风吹酒醒，微冷，山头斜照却相迎。回首向来萧瑟处，归去，也无风雨也无晴。

【注释】①芒鞋：芒草编的草鞋。

②一蓑烟雨：比喻人世的政治风雨。蓑：粽丝编的雨衣。

归去无风雨

莫听树叶上的潇潇雨声　何不低吟舒啸缓缓前行
手执竹杖稳脚蹬草鞋轻　骑马怎有这般快乐省心
笑对坎坷任凭风侵雨淫　身披蓑衣淡定江海浮沉

初春的清风料峭无情　吹醒了酒意醉眼惺惺
山头斜阳却别有柔情　温暖的余晖扑面相迎
回首来处无风无雨天无晴　泰然处之无争无欲心自明

临江仙·夜归临皋[①]

苏　轼

夜饮东坡醒复醉[②]，归来仿佛三更。家童鼻息已雷鸣。敲门都不应，倚杖听江声。

长恨此身非我有，何时忘却营营[③]？夜阑风静縠纹平[④]。小舟从此逝，江海寄馀生。

【注释】①临皋：在湖北黄冈南。

②东坡：地名，在湖北黄冈东。

③营营：指为名利奔走。

④縠（hú）纹：水中细小的波纹。

夜归临皋

朋友聚会醉复饮，归来仿佛已三更。
几番敲门无人应，家童鼾声如雷鸣。
无奈拄杖且倚门，侧耳细听江涛声。
川流不息悠然去，清风拂面月长明。

常恨皮囊不属我，沉浮宦海难安宁。
何时忘却功名事，不再思虑苦营营。
夜阑风静水波平，欲驾小舟独漂行。
从此消隐江湖去，寄情山水慰平生。

青玉案·送伯固归吴中①

苏　轼

三年枕上吴中路②。遣黄犬③、随君去。若到松江呼小渡。莫惊鸥鹭，四桥尽是，老子经行处。

辋川图上看春暮④。常记高人右丞句⑤，作个归期天定许。春衫犹是，小蛮针线⑥，曾湿西湖雨。

【注释】①伯固：苏坚，字伯固。在杭州三年助苏轼知府浚西湖，修长堤。
②吴中：苏州，苏坚家乡。　③黄犬：晋，陆机爱犬，能传递书信。
④辋川图：唐诗人王维绘于蓝田清凉寺的壁画。
⑤右丞：王维曾作过尚书右丞。
⑥小蛮：唐诗人白居易的小妾。这里代指苏轼爱妾。

送伯固归吴中

三年枕上梦，总归故园处。
今日终如愿，断却思家苦。
真想让黄犬，随行吴中路。
随时传书信，互把思念诉。
若到松江边，轻呼小舟渡。
切莫惊朋友，鸥鸟和白鹭。
吴中四桥美，绿满松江处。
老夫当年游，至今犹思顾。

喜看辋川图，春唱江南赋。
能不思家乡，伴春度朝暮。
常读右丞诗，淡定沉浮路。
仰慕高人志，心逐云深处。
上天定准许，归期不再误。
故乡亲人在，翘首家山伫。
春衫小蛮缝，温情更无数。
西湖雨如诉，犹唱归去赋。

卜算子·黄州定惠院寓居作[1]

苏　轼

缺月挂疏桐，漏断人初静[2]。时见幽人独往来[3]，缥缈孤鸿影。
惊起却回头，有恨无人省[4]。拣尽寒枝不肯栖，寂寞沙洲冷。

【注释】①黄州：今湖北黄冈。定慧院：黄冈东南的寺院。作者被贬居于此作词。

②漏：古代工具盛水或沙，漏下作计时用。

③幽人：幽居之人。作者以幽人、孤鸿自比。

④省：知道、了解。

孤　雁

高高梧桐枝叶间，悬挂一弯残月隐。
漏壶声断夜沉沉，徘徊庭院人初静。
旷达常持平常心，孤高自守意淡定。
难解缥缈幽居人，犹似夜月孤鸿影。

凄凉悲伤飞寒夜，频频回首犹惊鸣。
诚惶诚恐满是恨，何人能解此中情。
不肯高枝栖半爪，只怕风尘污一生。
千挑万选沙洲地，甘受寂寞和冷清。

秦观（1049—1100），字少游，号淮海居士。高邮（今属江苏）人。以词著称于世，是苏门“四学士”之一，婉约派代表作家之一。多写男女情爱，风格流于纤弱伤感。著有《淮海集》。

减字木兰花

秦　观

天涯旧恨，独自凄凉人不问。欲见回肠①，断尽金炉小篆香②。
黛蛾长敛③，任是春风吹不展。困倚危楼，过尽飞鸿字字愁。

【注释】①回肠：形容内心愁肠百转。
②篆香：篆文形状的盘香。
③黛蛾：古代对女子眉毛的美称。

天涯旧恨

与君一别隔天涯，难说长年离别恨。
最怕独坐对寂寞，受尽凄凉谁相问？
金炉焚香烟袅袅，吐尽回肠荡气韵。
薰烟如篆意绵绵，香丝化作灰寸寸。

青黛蛾眉紧紧蹙，终日困锁一愁城。
春风难展眉头云，着意偏染草青青。
最恨游子无书信，困倦倚楼幽怨生。
悲见大雁又北归，留空字字皆愁情。

鹊桥仙

秦　观

纤云弄巧[①]，飞星传恨[②]，银汉迢迢暗渡[③]。金风玉露一相逢[④]，便胜却人间无数。

柔情似水，佳期如梦[⑤]，忍顾鹊桥归路[⑥]。两情若是久长时[⑦]，又岂在朝朝暮暮。

【注释】①纤云：纤细轻柔的云彩。弄巧：幻化精巧。

②飞星：流星。

③银汉：银河。

④金风：秋风。　玉露：白露。

⑤佳期：农历七月七，牛郎织女相会日。

⑥鹊桥：相传人间喜鹊在七月七这天，到银河搭桥，助牛郎织女相会。

⑦两情：指夫妻情。

鹊桥会

轻柔纤细五彩流云，幻化精巧锦绫缤纷。
织女巧手日夜辛勤，牛郎彩绣四季不停。
飞越银河奔驰流星，离愁别恨传送两情。
千里迢迢一水盈盈，不落星辰真爱永恒。
好似金风高雅和鸣，宛如玉露剔透晶莹。
相会一瞬金刻石铭，便胜人间乱象迷情。

佳期如梦相思难诉，七夕相会九天霞舞。
柔情密语如诗如赋，浩渺银河流音千古。
千言万语难表肺腑，相见犹难离别更苦。
频顾鹊桥魂断归路，依依回首朗声吟赋。
两情若是久长时，又岂在朝朝暮暮。
心心相印情真意笃，绵绫彩绣两岸飞渡。

望海潮

秦　观

梅英疏淡①，冰澌溶泄②，东风暗换年华。金谷俊游③，铜驼巷陌④，新晴细履平沙。长记误随车。正絮翻蝶舞，芳思交加。柳下桃蹊，乱分春色到人家。

西园夜饮鸣笳⑤。有华灯碍月，飞盖妨花⑥。兰苑未空⑦，行人渐老，重来是事堪嗟。烟暝酒旗斜。但倚楼极目，时见栖鸦。无奈归心，暗随流水到天涯。

【注释】①梅英：梅花。

②澌（sī）：流。溶泄：融化流动。

③金谷：金谷园，今河南洛阳。

④铜驼：铜驼街，洛阳著名繁华游乐地。

⑤西园：驸马都尉王诜在汴京的花园。这里泛指富贵人家的花园。

⑥飞盖：高大的马车顶盖。

⑦兰苑：即西园。

西　园

梅花渐稀寒冰开始融化，春风吹拂暗换冬夏秋花。
金谷园铜驼路何等繁华，恣意潇洒进出歌楼酒家。
时值新晴缓步踏歌平沙，记得误追香车闹出笑话。
当时蝴蝶翩翩柳絮飞罢，人在浓春自然芳思交加。
柳荫小径依然盛开桃花，春色纷纷挤进万户千家。

清夜西园聚会吹响胡笳，星光暗淡华光缤纷如霞。
车马穿梭时时碰撞繁花，追忆当年如今心乱如麻。
哀叹渐老身衰仕途如枷，倚楼远眺但见归巢群鸦。
空望暮云翻卷酒旗斜插，世事沧桑宦游虚度年华。
无可奈何还是趁早回家，无奈归心暗随流水天涯。

黄庭坚（1045—1105），字鲁直，号涪翁，山谷道人，属今江西修水人。是北宋著名诗人和书法家。苏门四学士之一，词与秦观齐名。词风受苏轼影响，不时也有豪放特点。著有《豫章基》《山谷词》。

清平乐

黄庭坚

春归何处。寂寞无行路[①]。若有人知春去处。唤取归来同住。
春无踪迹谁知？除非问取黄鹂。百啭无人能解，因风飞过蔷薇[②]。

【注释】①无行路：没有留下行踪。
②因风：趁风。

春天在哪里

春天啊春天你去了何处？到处寻觅听不见你脚步。
空留下寂寞和孤独，世态炎凉何处是路。
你曾给我多少希望追求，如今悄然而去是为何故？
呼唤春归与我同住，唯你是我心灵支柱。

春天啊春天她在哪里？谁能告诉我她的踪迹？
还是问问鸟儿黄鹂吧！只有她是春天的知己。
可恨黄鹂千百啭，奈何难解此中意。
鸟儿趁风过蔷薇，独留空影怅无期。

诉衷情

黄庭坚

小桃灼灼柳鬖鬖[①]，春色满江南。雨晴风暖烟淡，天气正醺酣[②]。山泼黛[③]，水挼蓝[④]，翠相搀。歌楼酒旆[⑤]，故故[⑥]招人，权典青衫。

【注释】①鬖鬖（sān）：本意指毛发蓬松散乱，这里指柳条下垂。

②醺酣：形容使人陶醉。

③黛：青黑色的颜料。

④挼（ruó）蓝：浸揉蓝草作染料。

⑤旆（pèi）：古时末端像燕尾的旗。

⑥故故：故意。

江南春

柳枝儿青青散散，桃花儿灼灼艳艳。
五彩缤纷花团团，春织锦绣满江南。
正是良辰雨初晴，缥缈如幻淡淡烟。
南来幽香暖暖风，春色如酒熏人酣。

山如浓墨泼青黛，水似染料揉碧蓝。
山明水秀美画卷，青碧相间自天然。
故意撩拨心神乱，歌楼酒旗舞翩翩。
权且典当旧青衫，换取杯酒好解馋。

水调歌头

黄庭坚

瑶草[①]一何碧！春入武陵溪[②]。溪上桃花无数，枝上有黄鹂。我欲穿花寻路，直入白云深处。浩气展虹霓。只恐花深里，红露[③]湿人衣。

坐玉石，倚玉枕，拂金徽[④]。谪仙[⑤]何处，无人伴我白螺杯[⑥]。我为灵芝仙草[⑦]，不为朱唇丹脸[⑧]，长啸亦何为？醉舞下山去，明月逐人归。

【注释】①瑶草：仙草。
②武陵溪：借指仙境。
③红露：花上露珠。
④金徽：琴徽。
⑤谪仙：被贬的神仙，指李白。
⑥白螺杯：白螺壳制成的酒杯。
⑦灵芝仙草：代指高尚的情操。
⑧朱唇丹脸：代指豪门权贵。

春入武陵溪

瑶池仙草多么美，随风摇曳翠欲滴。
春日寻觅桃花源，随春步入武陵溪。
溪边桃花红似火，黄鹂枝头婉转啼。
欲穿桃林觅小径，直上山巅云头立。
尽吐胸中浩然气，飘入长空化云霓。
只怕纷乱花丛里，沾红带露湿人衣。

端坐玉石以养神，斜倚玉枕享清怡。
抚拨瑶琴歌咏志，谁能与我心相知。
谪仙今日在何处？无人伴我白螺杯。
灵芝仙草心自珍，岂为朱门权贵迷。
功名富贵如浮云，何须长啸常太息。
醉舞飘然下山去，明月扶我把家归。

定风波·次高左藏使君韵

黄庭坚

万里黔中[1]一漏天，屋居终日似乘船。及至重阳天也霁，催醉，鬼门关[2]外蜀江前。

莫笑老翁犹气岸[3]，君看，几人黄菊上华颠[4]？戏马台[5]南追两谢[6]，驰射，风流犹拍古人肩。

【注释】①黔中：黔州，今重庆彭水。

②鬼门关：重庆奉节县东。

③气岸：气概昂扬。

④华颠：白发头顶。

⑤戏马台：今江苏铜山县南。

⑥两谢：晋著名诗人谢瞻、谢灵运。

重阳有感

万里荒凉黔中地，终日苦雨一漏天。
阴雨连绵水遍野，荒居独屋如乘船。
却喜重阳天放晴，登高赏景把盏欢。
脚下滔滔蜀江流，身边滚滚云海翻。
呼朋唤友杯莫停，鬼门关上醉千山。

莫笑老翁鬓毛衰，傲骨豪气老犹坚。
不信请君拭目看，黄菊头上迎风颠。
天下能有几个见，神采奕奕似红颜。
诗词文采追两谢，纵马驰射亦翩翩。
风流倜傥豪迈气，犹追古人笑比肩。

诉衷情

黄庭坚

一波才动万波随，蓑笠一钩丝。金鳞正深处，千尺也须垂。
吞又吐，信还疑，上钩迟。水寒江静，满目青山，载月明归。

垂　钓

披蓑戴笠烟雨中，江边渔翁一钩丝。
钓钩一甩万波动，江水云天泛涟漪。
越是珍稀藏越深，耐得寂寞终有期。
碧水深处钓锦鳞，千尺更须柔忍持。

狡猾鱼儿试金钩，吞吞吐吐信又疑。
耐心静候终成钓，不怕锦鳞上钩迟。
江寒水静船悠悠，逍遥自在缓缓归。
满目青山伴我回，一江明月荡清辉。

千秋岁

黄庭坚

苑边花外，记得同朝退。飞骑轧，鸣珂碎。齐歌云绕扇，赵舞风回带。严鼓断，杯盘狼藉犹相对。

洒泪谁能会？醉卧藤阴盖。人已去，词空在。兔园高宴悄[1]，虎观英游改[2]。重感慨，波涛万顷珠沉海。

【注释】①兔园：即梁园，为汉梁孝王所建。这里代指豪门贵府。

②虎观：白虎观的简称。为汉宫中学术机构，后泛指论经讲学之处。

悼秦观

当年上朝共事君，公余同游苑外春。
联骑奔驰蹄生烟，珠环玉佩传清音。
齐鲁轻歌遏行云，燕赵曼舞带风临。
纵论家国天下事，推心置腹情义深。
酒楼笙歌相对饮，杯盘狼藉醉三更。

今日墓前泪如倾，谁能知我心中情。
古藤荫下君醉卧，贬谪道上我凄清。
人已去，词空在，徒留千秋万世名。
兔园华宴悄无影，虎观雅聚痛思卿。
感慨百端悼故友，明珠沉海波万顷。

青门饮

时　彦

胡马嘶风，汉旗[1]翻雪，彤云[2]又吐，一竿残照。古木连空，乱山无数，行尽暮沙衰草。星斗横幽馆，夜无眠、灯花空老。雾浓香鸭[3]，冰凝泪烛，霜天难晓。

长记晓妆[4]才了，一杯未尽，离怀多少。醉里秋波，梦中朝雨[5]，都是醒时烦恼。料有牵情处，忍思量[6]、耳边曾道。甚时跃马归来，认得迎门轻笑。

【注释】①汉旗：指宋朝旗帜。
②彤云：晚霞。
③香鸭：鸭形熏香炉。
④小妆：轻妆淡抹。
⑤梦中朝雨：男女梦里亲热。
⑥忍思量：忍不住思念。

两地情

边塞胡马驰，朔风长嘶嚎。汉家旗烈烈，大雪满弓刀。
地平彤云起，一竿残阳照。古木接天际，山峦涌如潮。
踏遍荒丘沙，暮色落衰草。馆舍幽幽夜，北斗星光耀。
长夜度无眠，空对灯花老。鸭形薰烟炉，馥郁香缭绕。
烛泪凝血珠，霜天难破晓。

长记那时节，轻妆淡抹好。杯酒犹未尽，离愁心上搅。
醉眼秋波媚，缠绵情难了。欢乐梦难忘，亲热如漆胶。
醒来皆是空，徒烦无穷恼。最思动情处，附耳悄声道：
“离别最难熬，盼君归来早。待到跃马归，且把战功告。
千万别负我，迎门依肩笑。”

晏几道（1038—1110），字叔原，号小山，属今江西抚州市人。著名词人晏殊的幼子，与其父并称“二晏”。擅作小令，工于言情。其词风沉郁凄婉，绵密工致，多抒发相思离别，怀人伤情之作。著有《小山词》，存词二百六十首。

鹧鸪天

晏几道

彩袖殷勤捧玉钟，当年拼却醉颜红。舞低杨柳楼心月，歌尽桃花扇底风。从别后，忆相逢，几回魂梦与君同。今宵剩把银釭照，犹恐相逢是梦中。

重　逢

当年彩袖纤纤手，捧着精美玉酒盅。
难负佳人殷情意，拼醉饮得满脸红。
长袖妙曼舞羽衣，拍掌击节歌情浓。
不觉月下高楼西，桃花扇底软无风。

自从与你一别后，长相思念盼重逢。
意外相逢多少次，却在虚幻梦魂中。
惊喜今宵相会聚，为你把酒喜接风。
手举银灯细细瞧，唯恐又是梦幻中。

蝶恋花

晏几道

醉别西楼醒不记，春梦秋云[①]，聚散真容易。斜月半窗还少睡，画屏闲展吴山翠[②]。

衣上酒痕诗里字，点点行行，总是凄凉意。红烛自怜无好计，夜寒空替人垂泪。

【注释】①春梦秋云：相聚如春梦太短，离散如秋云太长。化用前人诗句的叹息。

②吴山翠：代指江南山水的春色。

红烛泪

醉里辞别西楼去，酒醒总是无记忆。
相见时难别亦难，往事如烟缥缈逝。
春华残梦难为继，秋暮浮云易消逝。
斜月低垂入半窗，追忆前尘无睡意。
画屏不解离人情，偏自空展吴山翠。
青山绿水乡情浓，惹翻思念难入睡。

当时离别歌宴上，饮酒赋诗长相忆。
斑斑酒痕衣上渍，皆是离后相思泪。
点点行行西窗诗，饱浸别来柔情意。
除却哀怨无好计，红烛欲怜斯人悲。
无奈寂寞长夜里，空自替人把泪垂。
点点滴滴到天明，销魂化骨为情痴。

蝶恋花

晏几道

梦入江南烟水路，行尽江南，不与离人遇。睡里消魂无说处，觉来惆怅消魂误。①

欲尽此情书尺素②，浮雁沉鱼，终了无凭据。却倚缓弦歌别绪，断肠移破秦筝柱。③

【注释】①觉来：醒来。

②尺素：书信。素：生绢。古人写信在一尺左右的生绢上。

③秦筝柱：筝，弦乐器。柱，固定弦的支架。据说是秦国蒙恬所造，故名秦筝。

琴　伤

烟雨迷蒙入梦来，又上江南水乡路。
足迹已是遍江南，离人相逢应何处？
柔情别绪留梦里，竟然无人相倾诉。
梦醒只觉倍惆怅，销魂离情将我误。
梦会犹可求慰藉，避而不见是何故？

长夜相思苦无数，欲将此情寄尺素。
鱼雁传书故事美，空有传闻终无助。
无奈唯有将琴抚，忧伤悲怨细倾吐。
欲唱思念寄衷情，却弹离歌恨无数。
秦筝玉柱遍移尽，终是催泪断肠处。

临江仙

晏几道

梦后楼台高锁，酒醒帘幕低垂。去年春恨却来时。落花人独立，微雨燕双飞。

记得小蘋初见[①]，两重心字罗衣[②]。琵琶弦上说相思。当时明月在，曾照彩云归[③]。

【注释】①小蘋：歌女名。

②两重心：两个重合的心字花纹图案。含心心相印之意。

③彩云：指小蘋。

相思弦

午夜酣睡梦沉沉，楼台门窗深锁谁？
宿酒醒来人昏昏，但见帘幕低低垂。
去年引来春怨恨，今春悄然又回归。
伫立冷清庭院中，落花纷纷惹伤悲。
形影相吊孤零零，细雨归燕双双飞。

记得小蘋初见时，身穿双心绣罗衣。
一见钟情两相悦，回忆当年今犹惜。
多情琵琶弦上意，跳荡音符说相思。
月光遥送美人归，轻盈倩影满光辉。
彩云如今归何处？思念时时入心扉。

思远人

晏几道

红叶①黄花秋意晚，千里念行客。飞云过尽，归鸿无信，何处寄书得？泪弹不尽临窗滴，就砚旋②研墨。渐写到别来，此情深处，红笺为无色。

【注释】①红叶：枫叶。古时视红叶为男女传情信物。
②旋：临时之意。

泪 墨

正是深秋愁时节，菊花黄了落枫叶。
日日夜夜思念他，千里之外独行客。
浮云飘然已过尽，归雁音讯又尘绝。
相思书信三尺绢，不知何处能寄得。

泪珠两行弹不尽，迎风临窗凄恻恻。
悲催泪雨入砚台，别样柔情凝心血。
提笔细书幽恨意，渐到离别悲时刻。
情到深处泪如雨，消得红笺无颜色。

虞美人

晏几道

曲阑干外天如水，昨夜还曾倚。初将明月比佳期，长向月圆时候望人归。

罗衣着破前香在，旧意谁教改？一春离恨懒调弦，犹有两行闲泪、宝筝前。

一春离恨

仰望清澈天空水样湛蓝
曲折红廊曾留多少幽欢
一如以往夜夜凭倚栏杆
常道佳期可望需待月圆
只是长望月圆心犹凉寒
郎君何时才能重返故园

罗衣穿破余香空自留念
余香易散不如人情易变
为何又改当初归期许愿
自春开始一直满怀离怨
再无心思抚筝弹拨琴弦
唯有伤痛两行悲泪筝前

御街行

晏几道

街南绿树春饶絮[1]，雪满游春路。树头花艳杂娇云，树底人家朱户。北楼闲上，疏帘高卷，直见街南树。

阑干倚尽犹慵去[2]，几度黄昏雨。晚春盘马踏青苔[3]，曾傍绿阴深驻。落花犹在，香屏空掩，人面知何处[4]？

【注释】①饶：多，充满。
②慵去：懒得离开，不忍离去。
③盘马：带马回转，含徘徊意。
④人面：借用唐诗崔护《游城南》诗句意。这里指心中的佳人。

望街南

春满街南树，荫荫绿如故。
柳絮似雪飞，铺满游春路。
树压繁花锦，花娇彩云舞。
绿隐朱红门，香拥人家户。
忧郁上北楼，惆怅四下顾。
高高卷帘幕，直见街南树。

远望遍栏倚，不忍踏归路。
黄昏细雨飞，几度绕迷雾。
忆昔暮春游，盘马青苔路。
曾倚绿树荫，系马久久伫。
屏掩人踟蹰，心事向谁诉。
落花似当年，人面知何处？

阮郎归

晏几道

天边金掌露成霜[①]，云随雁字长。绿杯红袖趁重阳[②]，人情似故乡。

兰佩紫，菊簪黄，殷勤理旧狂[③]。欲将沉醉换悲凉，清歌莫断肠！

【注释】①金掌：汉武帝曾在长安建二十丈高的铜柱，上有铜铸仙人，仙人掌盘承露，供饮用，求长生。后人称该盘为金掌。此处借指汴京景物。

②绿杯：代指美酒。红袖：代指佳人。

③理旧狂：重拾旧日狂放态。

重　阳

高耸金掌托着金盘，盘中白露凝成轻霜。
大雁向着远方飞翔，飘飞云彩被雁拉长。
莫非家乡飘来希望，盼望游子一路安康。
重阳佳节羁旅异乡，感伤怀情思亲愁肠。
红袖靓女连连劝酒，端起酒杯莫负重阳。
此时此刻浓浓情味，我真像是回到故乡。

身佩紫兰鲜艳芳香，簪上黄菊灿灿金光。
殷勤不断劝酒声中，笑我恢复少年轻狂。
渴求得到短暂沉醉，麻醉游子无尽悲凉。
红袖歌女们，唱起来！欢乐歌声纵情飞扬。
抛开低柔缠绵音乐，那会使人伤心断肠。
我们暂忘一切忧伤，痛苦心上给点阳光。

生查子

晏几道

关山魂梦长，鱼雁音尘少。两鬓可怜青，只为相思老。
归傍碧纱窗，说与人人[①]道："真个[②]别离难，不似相逢好。"

【注释】①人人：宋时口语，对所爱之人的亲切称呼。
②真个：真正，确实。

归家梦

情人远隔关塞音讯少，
梦魂夜夜归乡难飞到。
拜托鱼雁欲把书信捎，
鱼雁也嫌千里路遥遥。
两鬓幽幽黑发对镜照，
难道要为相思渐渐老。

傍晚真回家乡把你找，
碧纱窗前情话真不少。
我把日日夜夜相思唠，
你也不停地絮絮叨叨，
"离别真是痛苦太难熬，
到底不如相聚团圆好。"

洞仙歌·泗州中秋作

晁补之

青烟幂处，碧海飞金镜[①]。永夜闲阶卧桂影。露凉时，零乱多少寒螿[②]，神京远，惟有蓝桥路近[③]。

水晶帘不下，云母屏开[④]，冷浸佳人淡脂粉。待都将许多明，付与金尊，投晓共流霞倾尽[⑤]。更携取胡床上南楼[⑥]，看玉做人间，素秋千顷。

【注释】①金镜：明月。

②寒螿（jiāng）：秋天的蝉。

③蓝桥：在今陕西。唐书生裴航遇仙女处。

④云母屏：用云母片制的屏风。

⑤流霞：仙酒名，兼指云霞。

⑥胡床：可折叠的坐具或卧具。

中秋流霞

淡淡轻烟弥漫处，碧空如海明月镜。
长夜庭院空阶上，斜卧桂树戏清影。
正是夜露寒凉时，秋蝉鸣哀怨阵阵。
京都仕途太遥远，蓝桥寻仙路更近。

展开淡雅云母屏，高挂晶帘月温馨。
宛如轻抹淡脂粉，沐浴月光天上人。
今夜所有月清辉，一齐揽尽入金樽。
桂魂流霞一饮尽，直到月落醉难醒。
更把胡床搬南楼，醉看人间秋千顷。

临江仙

晁补之

忆昔西池池上饮①，年年多少欢娱。别来不寄一行书。寻常相见了，犹道不如初。

安稳锦屏今夜梦②，月明好渡江湖。相思休问定何如。情知春去后③，管得落花无④。

【注释】①西池：指汴京金明池。

②安稳：布置妥当。锦衾：锦缎被子。

③情知：明知。

④管得：哪里管得上。

情知春去

忆昔年年常宴饮，朋友相聚西池地。
笙箫美酒尽欢娱，诗词歌赋豪情意。
如今鱼雁知避嫌，不寄迁客一行字。
纵然朋友偶相遇，怎似当初亲密日。
逐臣知交本应少，忧馋畏讥谁不避？

息交绝游七尺榻，围屏独卧朝朝暮。
铺好锦被做好梦，但愿今夜故人入。
赶趁月明相邀约，乘风凌波江湖渡。
莫道饱受风雨摧，休问别后甘与苦。
明知春华已过尽，落花悲运岂堪诉。

水龙吟·次歆林圣予惜春

晁补之

问春何苦匆匆，带风伴雨如驰骤。幽葩细萼[①]，小园低槛，壅培未就[②]。吹尽繁红，占春长久，不如垂柳。算春常不老，人愁春老，愁只是、人间有。

春恨十常八九，忍轻辜、芳醪经口[③]。那知自是，桃花结子，不因春瘦。世上功名，老来风味，春归时候。纵樽前痛饮，狂歌似旧，情难依旧。

【注释】①幽葩：清雅的花朵。

②壅（yōng）培：施肥的培土。

③芳醪（láo）：美酒。

愁春老

试问三春芳，何苦走得太急骤
带风伴雨走，转瞬即逝空怀旧
纤细绿萼衬，花朵更显清雅秀
小园花苗浅，尚未用土壅培就
春催繁花落，空留残叶枝头瘦
唯有垂柳绿，占享春光最长久
春去春复来，春本不老谁识透
善感多愁情，算来只是人间有

春恨借春生，年年十总不离九
尽情享芳醪，莫因怅恨负美酒
桃花为结子，随春飞向天涯游
非是为春瘦，但求果实满枝头
辛苦拼一生，只为光宗功名求
待到春归尽，老大方知万事休
狂歌复醉饮，犹似少年不知愁
今日非昨日，豪情早已付东流

忆少年·别历下[①]

晁补之

无穷官柳[②]，无情画舸，无根行客。南山尚相送，只高城人隔。
罨画园林溪绀碧[③]，算重来、尽成陈迹。刘郎鬓如此[④]，况桃花颜色[⑤]。

【注释】①历下：古邑名，今山东济南。
②官柳：古代官家于河岸或大道边植柳叫官柳。
③罨（yǎn）画：彩色画。形容景物艳丽多姿。
④刘郎：指唐诗人刘禹锡。这里指作者自己。
⑤桃花：暗指红颜知己。

别历下

无穷官柳甩长袖，嘲笑世人情难测。
无情画舫顺水流，岂顾离情难分舍。
无根迁客难回头，天涯漂泊宿荒野。
南山无心尚相送，穿云破雾依依别。
故人避嫌不见面，高城竟把情隔绝。

历城风光如彩画，园林溪水碧四野。
被贬远行事堪哀，美景徒催心泣血。
纵使他年重归来，空留陈迹烟霞灭。
恰似当年刘郎归，看尽桃花失春色。
嗟叹物是人已非，满头华发成过客。

三台·清明应制

万俟咏[①]

见梨花初带夜月，海棠半含朝雨。内苑春[②]、不禁过青门[③]，御沟涨、潜通南浦。东风静、细柳垂金缕，望凤阙[④]非烟非雾。好时代、朝野多欢，遍九陌[⑤]、太平萧鼓。

乍莺儿百啭断续，燕子飞来飞去。近绿水、台榭映秋千，斗草聚[⑥]、双双游女。饧香更[⑦]、酒冷踏青路；会暗识、夭桃朱户。向晚骤、宝马雕鞍，醉襟惹、乱花飞絮。

正轻寒轻暖漏永，半阴半晴云暮。禁火天[⑧]、已是试新妆，岁华到、三分佳处。清明看、汉宫传蜡炬，散翠烟、飞入槐府[⑨]。敛兵卫、阊阖门开[⑩]，住传宣、又还休务[⑪]。

【注释】①万俟（mò qí）咏。 ②内苑：皇宫之内。 ③青门：指京城城门。 ④凤阙：汉宫殿名，后泛指宫殿。 ⑤九陌：汉长安的九条大道，后泛指都城大道和繁华闹市。 ⑥斗草：五月初五，民间以草断草的游戏，断草为输。 ⑦饧（táng）：古“糖”。 ⑧禁火天：寒食节。 ⑨槐府：代指贵人家府第。 ⑩阊阖：皇宫正门。 ⑪休务：停办公务，放假。

清明节

梨花绽放白如雪，妩媚素雅伴玉兔。海棠浓艳迎朝雨，娇嗔犹戴珍珠露。
皇宫春意正浓郁，游人京门随出入。御河缓缓涨春水，暗流幽幽通南浦。
东风匀染柳枝绿，金丝翠缕长袖拂。遥望京城宫阙地，非烟非雾龙神出。
歌颂当今好时代，朝野上下齐山呼。萧鼓齐奏太平舞，喜看长安欢狂图。

百啭千娇黄莺啼，梁燕归来旧巢住。亭台水榭两相映，荷塘水绿秋千舞。
游女一路追逐欢，斗草游戏围几处。冷酒醇香糖食美，摆满两边踏春路。
暗自幽会意中人，家住红门桃花树。不觉天色已黄昏，宝马雕鞍踏归路。
应酬酒酣意沉醉，豪饮残渍满衣裤。乱花纷飞柳絮飘，沾惹满身香沉馥。

寒意渐消微微暖，天气宜人春处处。一日阴晴对半分，昼长夜短暮云渡。
一年一度寒食节，忙制新衣拜先祖。一年最是春季好，胜冬三分绿满树。
寒食烟火解禁日，皇宫烛光恩赐物。青烟袅袅何处去，飞入高楼朱门户。
大开京门撤卫兵，传宣大臣宫内住。百官放假过清明，暂停机关办公务。

高阳台·除夜

韩　璆[1]

频听银签[2]，重燃绛蜡[3]，年华衮衮惊心[4]。饯旧迎新，能消几刻光阴？老来可惯通宵饮[5]？待不眠、还怕寒侵。掩清尊、多谢梅花，伴我微吟。

邻娃已试春妆了，更蜂腰簇翠[6]，燕股横金[7]。勾引东风，也知芳思难禁。朱颜那有年年好，逞艳游、赢取如今。恣登临[8]。残雪楼台，迟日园林[9]。

【注释】①璆：（liú）。

②银签：报时的更漏。

③绛蜡：红烛。

④衮（gǔn）衮：同“滚滚”，匆匆。

⑤通宵饮：古人风俗，除夕整夜饮。

⑥蜂腰：剪如蜂形的饰物。

⑦燕股：一种燕形饰物。

⑧恣：随意。

⑨迟日：春日。

除　夜

重新燃接红蜡烛，频听铜壶报时音。
时光无情滚滚去，回首往事犹惊心。
饯别旧岁迎新春，人生尚余几光阴。
不知能否通宵饮，两鬓寒霜衰老身。
除夕早眠心不甘，宵坐又怕寒伤神。
暂停清尊谢梅花，多情伴我把诗吟。

邻家娇娇少年娃，腰配翠玉头饰金。
频换春装迎时尚，对镜试衣秀红裙。
着意妆容俏打扮，频惹东风孕良辰。
酿花酝柳备一冬，蓄势待发报新春。
朱颜哪有年年好，恣意潇洒趁当今。
赶赴残雪登楼台，直追春日上园林。

周邦彦(1056—1121),字美成,号清真居士,属今浙江杭州人。精通音律,词作技巧高。是后来格律派的开山祖。词作多写男女恋情,咏物怀古,羁旅行役。内容较窄。其艺术风格缜密,典雅、浑厚。词作有《清真居士集》,后人改名为《片玉集》。

满庭芳·夏日溧水无想山作[①]

周邦彦

风老莺雏,雨肥梅子,午阴嘉树清圆。地卑山近[②],衣润费炉烟。人静乌鸢自乐[③],小桥外、新绿溅溅[④]。凭阑久,黄芦苦竹,拟泛九江船。

年年,如社燕[⑤],飘流瀚海[⑥],来寄修椽。且莫思身外,长近尊前。憔悴江南倦客,不堪听急管繁弦。歌筵畔,先安簟枕[⑦],容我醉时眠。

【注释】①溧水:今江苏省内,县名。无想山:溧水县南,山上有泉水,瀑布。 ②地卑:地势低。 ③乌鸢:乌鸦。

④溅溅:急流水声。

⑤社燕:春天社日燕来,秋天社日燕去,故称社燕。

⑥瀚海:泛指边远荒凉地,暗指社会人际关系。

⑦簟(diàn):竹席。

容我醉时眠

暖暖艳阳风,雏莺羽翼健。绵绵晴空雨,滋润梅肥艳。
亭亭午间树,团团绿荫圆。近山卑地潮,烘衣费炉烟。
休闲人归静,自在鸟鸣欢。清流水溅溅,小桥绿溪喧。
黄芦苦竹茂,凝望倚栏杆。身如白居易,疑泛九江船。

漂泊如社燕,一年又一年。春来秋归去,瀚海何所安。
寄居屋檐下,安能思云天。莫恋身外事,樽前且偷欢。
宦海飘流久,憔悴倦容颜。中年易伤感,不堪听管弦。
唯酒可忘忧,歌舞不夜天。先安竹枕席,容我醉时眠。

六丑·蔷薇谢后作

周邦彦

正单衣试酒[①]，怅客里光阴虚掷。愿春暂留，春归如过翼[②]，一去无迹。为问花何在？夜来风雨，葬楚宫倾国[③]。钗钿堕处遗香泽。乱点桃蹊[④]，轻翻柳陌[⑤]。多情为谁追惜？但蜂媒蝶使，时叩窗槅[⑥]。

东园岑寂，渐蒙笼暗碧。静绕珍丛底[⑦]，成叹息。长条故惹行客。似牵衣待话，别情无极。残英小、强簪巾帻[⑧]；终不似一朵，钗头颤袅[⑨]，向人欹侧[⑩]。漂流处[⑪]，莫趁潮汐。恐断红尚有相思字[⑫]，何由见得？

【注释】①试酒：宋代风俗，农历三月末或四月初尝新酒。
②过翼：形容时间如马飞过。 ③楚宫倾国：以楚宫美人比喻蔷薇花。
④桃蹊：桃树下的路径。 ⑤柳陌：柳树下的路径。
⑥窗槅：窗棂。 ⑦珍丛：指蔷薇花丛。
⑧强簪巾帻：勉强插上头巾。 ⑨颤袅：摇摆。
⑩向人欹侧：向人取媚。 ⑪处：时候，时间。
⑫恐断红、尚有相思字：取唐诗红叶题诗之意思。

蔷薇花谢

正换单衣品尝新酒好风月　时光虚度惆怅他乡成过客
只盼春天轻脚缓步留片刻　不作告别春光轻若鸟飞越
试问何处还有蔷薇美艳色　一夜风雨楚宫倾国遭毁灭
花如钗细坠落飘荡遗香泽　桃蹊柳陌乱点翻飞魂断绝
落英遭难叫人神消心摧折　有谁为她多情悯惜相体贴
只有蜂媒蝶使忙乱不停歇　殷勤叩人窗格悲告春离别

岑寂东园绿荫茂密幽暗色　静绕蔷薇叹息叶瘦花凋谢
长条牵衣似有幽怨对行客　无限伤感别情尽在枝枝叶
摘朵残花插头勉强把春借　终究不似插在美人钗头侧
风姿绰约钗头花摇把蜂惹　幽香暗渡俏媚斜倚着春色
花儿不要匆匆追风轻离别　千万不要随波逐流飘荒野
倘若花瓣题诗情话只一页　你这一去芳魂何处能寻得

风流子

周邦彦

新绿小池塘，风帘动、碎影舞斜阳。羡金屋去来[①]，旧时巢燕；土花缭绕，前度莓墙[②]。绣阁里，凤帏深几许，听得理丝簧[③]。欲说又休，虑乖芳信；未歌先咽，愁近清觞。

遥知新妆了，开朱户，应自待月西厢[④]。最苦梦魂，今宵不到伊行。问甚时说与，佳音密耗；寄将秦镜[⑤]，偷换韩香[⑥]？天便教人，霎时厮见何妨！

【注释】①金屋：借指女子闺屋。

②莓墙：长满青苔的墙。

③丝簧：泛指管弦乐器。

④待月西厢：指像张生、莺莺西厢私会。

⑤秦镜：汉代秦嘉赴京，其妻赠镜，表示永不相忘。

⑥韩香：西晋权臣贾充女贾午将受赐的异香偷来赠送心上人韩寿。

苦　恋

清新绿波水，涨满小池塘。风儿挑动帘，摇晃拍门窗。
珠帘映水中，碎影舞斜阳。羡慕归来燕，筑巢她屋梁。
穿梭任来去，得意绕华堂。当年绿衣苔，又依佳人墙。
深闺挂帷帐，上绣金凤凰。青春秘密多，此间深深藏。
池边多情人，听她理丝簧。欲说又还休，弄巧反成伤。
难续旧日情，惆怅意惶惶。未歌先哽咽，杜康浇愁肠。

遥知佳人处，晚妆已停当。打开红门待，明月照西厢。
咫尺似天涯，难耐心似狂。梦魂也无奈，怎到佳人旁。
试问天公啊，还有何良方？才能订密约，柔情诉衷肠。
寄给她秦镜，相思凤求凰。只想能换来，心许偷韩香。
天公是何故？偏将情阻挡。求求苍天啊！快遂人愿望。
让我们相见，哪怕一刹那。就是一刹那，这又有何妨！

解语花·上元

周邦彦

风销绛蜡，露浥红莲①，灯市光相射。桂华流瓦②。纤云散，耿耿素娥欲下。衣裳淡雅。看楚女、纤腰一把。箫鼓喧，人影参差，满路飘香麝③。

因念都城放夜④。望千门如昼⑤，嬉笑游冶。钿车罗帕。相逢处，自有暗尘随马。年光是也⑥。惟只见、旧情衰谢。清漏移⑦，飞盖归来⑧，从舞休歌罢。

【注释】①红莲：指彩灯。　②桂华：代指月亮。
③香麝：即麝香。　④放夜：元宵节开放夜禁，以观花灯。
⑤千门：指宫里千门万户。　⑥是也：还是一样。
⑦清漏移：夜深了。　⑧飞盖：代指车子。

上　元

露珠浸润红莲灯，清风消融绛烛蜡。
宛若春闹开繁花，灯火辉映家家挂。
月光似水洒清辉，流丝泻绸铺房瓦。
淡淡纤云聚复散，嫦娥寂寞思欲下。
灯市佳人来来往，清新靓丽衣素雅。
看尽遍街楚宫女，细腰柳身只一把。
笙箫锣鼓笛喧闹，摩肩接踵人拥杂。
浓郁麝香香弥漫，倾倒长安醉千家。

忆昔元宵开禁日，京城气派真豪华。
遥望宫阙千重门，彩灯赛过月光华。
仕女嬉笑相追逐，如过流云飘彩霞。
华美香车笑语飞，互递传情红罗帕。
今夜相逢多情人，一路暗尘追车马。
年年光景景依然，唯我旧情情渐寡。
漏滴催听夜深深，黯然归去把车驾。
管他欢狂几时休，管他歌舞几时罢。

西河·金陵怀古

周邦彦

佳丽地[①]，南朝盛事谁记？山围故国绕清江[②]，髻鬟对起[③]；怒涛寂寞打孤城[④]，风樯遥度天际[⑤]。

断崖树，犹倒倚，莫愁艇子曾系[⑥]。空余旧迹郁苍苍，雾沉半垒。夜深月过女墙来[⑦]，伤心东望淮水。

酒旗戏鼓甚处市？想依稀、王谢邻里[⑧]，燕子不知何世；入寻常巷陌人家，相对如说兴亡，斜阳里。

【注释】①佳丽地：指金陵。
②故国：指金陵。清江：长江
③髻鬟：古代妇女发式。
④孤城：指金陵。
⑤风樯：帆船。
⑥莫愁：南朝女子。
⑦女墙：城上的矮墙。
⑧王谢：东晋时的两大世家，代指富贵人家。

金陵怀古

曾是当年花柳繁华佳丽地　南朝盛事如今谁人能记忆
人杰地灵故都山青水又碧　江边双峰宛如髻鬟高耸立
怒涛拍打寂寞孤城无休止　凄风江船驶向茫茫云天际

老树枯枝倒依悬崖陡峭壁　莫愁佳丽当年游艇曾系此
触目苍凉空留斑斑旧陈迹　古营城垒半壁沉睡浓雾里
月过女墙带来阵阵轻寒意　望断秦淮伤感恰似东流水

如今归何处当年戏楼酒肆　寻常巷陌间落魄王谢邻里
谁也说不清是从何时开始　燕入百姓家梁上筑巢暂寄
落日余辉中它们呢喃语细　仿佛叹息历史的兴衰更替

苏幕遮

周邦彦

燎沉香①，消溽暑②。鸟雀呼晴，侵晓窥檐语③。叶上初阳干宿雨。水面清圆，一一风荷举。

故乡遥，何日去。家住吴门④，久作长安旅⑤。五月渔郎相忆否。小楫轻舟，梦入芙蓉浦⑥。

【注释】①燎：燃烧。沉香：一种香料。

②溽暑：夏天潮湿闷热天气。

③侵晓：破晓，天刚亮。

④吴门：苏州别称。

⑤长安：今西安市，借指北宋京城开封。

⑥芙蓉浦：荷花塘。

梦入芙蓉浦

燃放沉香烟袅袅，驱散潮湿暑热气。
鸟雀争呼天放晴，檐下探头乱寻觅。
清圆荷叶初阳照，晶亮雨珠忙隐匿。
晨风扶摇一池荷，晃晃悠悠悄然立。

荷莲牵动思乡心，故土遥遥无归期。
家住江南吴门地，身不由己客京师。
是否还把朋友忆？五月荷花初放时。
几番梦约钓鱼郎，轻舟同泛荷花池。

毛滂（1061—？），字泽民，今属浙江人。其诗词被时人评为“豪放、恣肆”“自成一家”。受苏轼、柳永影响，其词清圆明润，自然深挚，秀雅飘逸。著有《东堂集》十卷，存词两百多首。

浣溪沙

毛　滂

初春泛舟，时北山积雪盈尺，而水南梅林盛开。

水北烟寒雪似梅，水南梅闹雪千堆，月明南北两瑶台。
云近恰如天上坐，魂清疑向斗边来，梅花多处载春回。

两瑶台

溯河赏夜景，初春泛舟行。
水北雪盈尺，淡淡寒烟升。
冰花飘似梅，漫天缀繁英。
水南梅林盛，天然展画屏。
闹梅开似雪，竞相枝头凝。
明月清辉景，两岸瑶台情。

轻舟入浮云，悠然天上人。
云雪梅辉映，光洁满乾坤。
梅花揽月华，着意铸精魂。
熠熠生光彩，人间布星辰。
梅花当信使，瑶台迎春神。
游客尽兴归，载回满船春。

贺铸（1052—1125），字方回，号庆湖遗老，今河南卫辉人。工词，亦能诗文。其词语意清新，善于锤炼字句。内容多刻画闺情离思，亦有嗟叹功名不就，纵酒狂放之作。词风兼有豪放、婉约二派之长。词作有《东山词》一卷。《贺方回词》两卷，《东山词补》一卷。

浣溪沙

贺 铸

楼角初销一缕霞，淡黄杨柳暗栖鸦，玉人和月摘梅花①。
笑捻粉香归洞户②，更垂帘幕护窗纱，东风寒似夜来些③。

【注释】①和月：趁着月光。
②捻：摘取。粉香：代指梅花。洞户：深邃的内室。
③些（sā）：句末语气词，多见于楚地方言。

摘 梅

刚刚消失最后一抹晚霞
万绿丛中露出楼角檐牙
才披新妆淡黄柳树枝丫
栖息着静悄悄的归鸦
浓密青绿深藏春的萌芽
是谁缓缓踏着皎洁月华
在疏影横斜中采摘梅花

婀娜多姿的倩影暗香飘滑
手捧花枝笑吟吟边嗅边夸
回到深居内室轻轻瓶中插
满室飘香只盼春到玉人家
放下重重帘挡住寒气护窗纱
春寒胜昨夜莫让冻坏俏娇娃
只是清冷寂寞谁来陪伴她

人南渡

贺 铸

兰芷满汀洲[①]，游丝横路。罗袜尘生步，迎顾。整鬟颦黛[②]，脉脉两情难语。细风吹柳絮，人南渡。

回首旧游，山无重数。花底深朱户，何处？半黄梅子，向晚一帘疏雨。断魂分付与，春将去。

【注释】①兰芷：兰草，白芷。泛指香草。

②鬟：云鬟，一种发式。颦：皱眉。黛：代指眉毛。

断魂付春去

岸芷汀兰香郁郁，游丝横飞阡陌路。
罗袜尘生佳人来，上前把我笑迎顾。
纤手撩开秀长发，眉黛新月初展露。
含情脉脉相凝视，别意幽幽语难诉。
乘舟向南人离去，微风过江絮飞渡。

回首那时旧游地，山峦重叠嶂无数。
月桥花院藏娇屋，浓荫香掩朱门户。
佳人如今归何处，游子心中长眷顾。
日出半黄梅子时，疏雨轻风卷帘幕。
断魂已将此身销，空望春归山中雾。

青玉案

贺　铸

凌波不过横塘路[①]，但目送、芳尘去。锦瑟华年谁与度？月桥花院，琐窗朱户，只有春知处。

飞云冉冉蘅皋暮[②]，彩笔新题断肠句。试问闲情都几许？一川烟草，满城风絮，梅子黄时雨。

【注释】①凌波：形容女子步态轻盈。横塘：地名，作者住处。

②蘅皋：长满香草的水边高地。蘅：香草。皋：水边。

目送芳尘去

渴望见你轻盈身影　深恋横塘留下游屐
只能目送倩姿渐去　身后飘弥芬芳气息
你那豆蔻风流年华　将与谁人共同编织
半月枫桥朱红雕门　坐落花团锦簇林池
镶栏窗内有位佳丽　只有春风一睹芳仪

漫天碧云轻轻飞移　香草沙洲暮霭四起
彩笔记下断肠诗词　几多思念柔情往事
相思就像萋萋芳草　轻烟笼罩绵绵无际
愁绪就像满城柳絮　方向迷失不能自已
泪水就像江南梅雨　柔情绵绵愁霖不止

石州慢

贺　铸

薄雨收寒，斜照弄晴，春意空阔。长亭柳色才黄[①]，远客一枝先折。烟横水际，映带几点归鸿，东风销尽龙沙雪[②]。还记出关来，恰而今时节。

将发，画楼芳酒，红泪清歌[③]，顿成轻别。回首经年，杳杳音尘都绝。欲知方寸[④]，共有几许清愁？芭蕉不展丁香结。枉望断天涯，两厌厌风月。

【注释】①长亭：古代驿道上供休息的亭子。十里一亭为长亭。五里一亭为短亭。

②龙沙：代指塞外。

③红泪：血泪，指佳人悲伤的眼泪。

④方寸：心的别称。

芭蕉不展丁香结

寒气渐收细雨已经停歇　万物新装斜阳金丝如泻
天高地阔好个无边风月　长亭古道芽黄柳染青色
先折一枝送给远去行客　烟霭沉沉横卧水面荒野
几点归鸦背负残阳如血　一排大雁捎来春天画册
东风销尽边塞茫茫积雪　记得出关恰好而今时节

曾记饯行酒楼歌吟宴别　红泪抛洒佳人清歌声咽
暗悔当初不该匆匆轻别　年年相盼音信早已尘灭
小小方寸几多幽恨难竭　一种相思两地愁情凄恻
山高路远芭蕉怎展心结　烟困雾锁丁香难吐苦涩
厌厌远望如今天涯相隔　心心相印何时两璧成珏

天门谣·登采石蛾眉亭①

贺　铸

牛渚天门险②，限南北、七雄豪占③。清雾敛，与闲人登览。

待月上潮平波滟滟④，塞管轻吹新《阿滥⑤》。风满槛，历历数、西州更点⑥。

【注释】①采石：安徽当涂西北，有牛渚山，其山脚入长江部分叫采石矶，上有蛾眉亭。

②天门：即天门山，又名蛾眉山。

③七雄：先后建都金陵的七个朝代。

④滟滟：水波浩渺的样子。

⑤阿滥：曲名。

⑥西州：代指金陵。

登采石矶蛾眉亭

牛渚山，天门山，危峰兀立地势险。
更有长江浩浩水，南北分隔成天堑。
七朝枭雄占此间，虎踞龙盘瞬时变。
要塞天关势不在，历史云雾已消散。
闲散游人凭吊古，乘兴登临作观览。

明月中天天如洗，波光滟滟泛江面。
新曲《阿滥》飞关山，边塞异域吹羌管。
江月笛风满栏槛，历数西州钟鼓点。
好山好水陷污淖，异族异音生悲怨。
何时复我大宋天，何时晴空乌云散。

陌上郎

贺　铸

西津海鹘舟，径度沧江雨。双舻本无情，鸦轧如人语。
挥金陌上郎，化石山头妇。何物系君心，三岁扶床女。

化石山头妇

送君烟雨西津渡，船行轻捷如海鸥。
径直飞渡过沧江，驶入迷蒙如泣雨。
离别匆忙又决绝，未留一丝温情语。
船橹本是无情物，竟也鸦轧长叹吁。

挥金如土薄幸郎，出门潇洒忘了她。
痴妇化作望夫石，盼望郎君早归家。
应需何物系君心，扶床学步三岁丫。
夫君快快回家吧！看看你这乖乖娃。

六州歌头

贺　铸

少年侠气，交结五都雄[①]。肝胆洞，毛发耸；立谈中，死生同，一诺千金重。推翘勇，矜豪纵；轻盖拥，联飞鞚[②]；斗城东[③]。轰饮酒垆，春色浮寒瓮。吸海垂虹。闲呼鹰嗾犬，白羽摘雕弓。狡穴俄空[④]，乐匆匆。

似黄粱梦，辞丹凤[⑤]，明月共；漾孤篷，官冗傱[⑥]。怀倥偬[⑦]，落尘笼；簿书丛。狡弁如云众[⑧]，供粗用；忽奇功。笳鼓动，渔阳弄；思悲翁。不请长缨，系取天骄种[⑨]。剑吼西风。恨登山临水，手寄七弦桐[⑩]，目送归鸿。

【注释】①五都：泛指各大城市。　②联飞鞚：并马飞驰。鞚：马笼头。③斗城：京城。　④狡穴：兽穴。　⑤丹凤：喻指京都。⑥冗傱：低级武官。　⑦倥偬：急迫匆忙。　⑧狡弁：代指武官。⑨天骄种：指北方少数民族。　⑩七弦桐：七弦琴。

剑吼西风

遥想当初少年时，一身豪气英姿雄。遍交天下豪侠士，肝胆相照意气通。
怒发冲冠铲不平，赴汤蹈火生死共。君子一诺千金重，扶危济困记胸中。
出众勇敢被推崇，自矜豪雄抱负宏。轻车簇拥并马驰，喧嚣出游京城东。
满堂春色暖寒瓮，狂呼豪饮醉千盅。直欲大海变酒海，吸干饮尽似蛟龙。
携鹰带犬郊外猎，弯弓射猎巢穴空。雄姿英发难为久，快乐时光太匆匆。

当年疏狂似浮云，黄粱美梦一场空。辞京外地把职供，月伴征途一孤篷。
官卑职低小侍从，劳于案牍碌匆匆。落入官场不自由，好比飞鸟困樊笼。
小小武官多如云，怀才不遇命相同。英才当作粗人用，徒想杀敌建奇功。
渔阳笳鼓敌情急，空自悲切老军翁。无路请缨上战场，斩杀强虏缚苍龙。
腰中宝剑亦不平，悲愤怒吼向秋风。一腔怨恨寄山水，七弦哀声送飞鸿。

半死桐

贺　铸

重过阊门万事非[①]。同来何事不同归。梧桐半死清霜后[②]，头白鸳鸯失伴飞。

原上草，露初晞[③]。旧栖新垅两依依[④]。空床卧听南窗雨，谁复挑灯夜补衣。

【注释】①阊门：苏州城西门。

②梧桐半死：比喻丧偶的人像梧桐半死不活。

③晞（xī）：干燥。

④旧栖：昔日居所。新垅：妻子新坟。

悼亡妻

重过阊门旧居地，无限伤感犹悲泪。
上次归家笑满屋，如今空空冷清室。
万事皆非尽凄凉，一身孑然对影泣。
那边破败老房居，这边爱妻长眠地。
说好百年共一世，形单影只将我弃。
如今像那半死桐，枝叶凋零霜寒欺。
更像失伴鸳鸯鸟，孤独白头无依栖。

原上草，露初晞，露晞明朝尚可期。
贤妻一去何时归？留我日夜长相思。
你在坟内我坟外，魂魄夜夜两相依。
你在新垅我旧居，旧居新垅近咫尺。
人天阴阳两分离，生死茫茫隔万里。
空卧怕听凄风鸣，更兼寒夜悲雨泣。
谁复挑灯夜补衣，三更梦里又见妻。

芳心苦

贺　铸

杨柳回塘，鸳鸯别浦[1]。绿萍涨断莲舟路。断无蜂蝶慕幽香，红衣脱尽芳心苦[2]。

返照迎潮，行云带雨。依依似与骚人语[3]。当年不肯嫁春风，无端却被秋风误[4]。

【注释】①别浦：江河支流水口。

②红衣：荷花。

③骚人：泛指文人。

④无端：无缘无故。

芳心苦

曲折水岸垂柳环湖　金丝万缕随风飘拂
江流别浦鱼戏鸟出　悠闲鸳鸯竞水戏逐
绿萍四合拥堵漂浮　阻断莲舟采摘水路
出水芙蓉凌波微步　亭亭伫立临风玉树
断无蜂蝶慕香光顾　红衣脱尽铁骨如铸
遗风莲子芳心清苦

落日余晖水天沉浮　晚霞如潮摇曳流苏
行云带雨击荷飞珠　似对骚人别有情愫
随风起舞依依倾诉　不嫁东风高洁自负
不屑百花纷争荣辱　自甘清苦反遭忌妒
不解秋风为何无助　冷落残酷将我辜负
毁我清白误我傲骨

将进酒·小梅花[1]

贺　铸

城下路，凄风露，今人犁田古人墓。岸头沙，带蒹葭[2]，漫漫昔时流水今人家。黄埃赤日长安道，倦客无浆马无草。开函关，掩函关，千古如何不见一人闲？

六国扰，三秦扫，初谓商山遗四老[3]。驰单车，致缄书[4]，裂荷焚芰接武曳长裾[5]。深入醉乡安稳处。高流端得酒中趣，生忘形，死忘名，谁论二豪初不数刘伶[6]？

【注释】①小梅花：曲调本名《小梅花》贺铸改作《将进酒》。

②蒹葭（jiān jiā）：古书上认为是芦苇一类的植物。

③商山遗四老：又称“商山四皓”。西汉初立，他们四人逃入山中，隐居不做汉臣。

④驰单车，致缄书：张良用计派车送信，商山四皓应诏而仕。

⑤“裂荷”句：芰（jì）用芰荷制衣为高士象征。语出《离骚》：“制芰荷以为衣兮。”裂荷焚芰，指“商山四皓”自毁高洁。

⑥二豪：因反对饮酒而后被感化的公子，处士。刘伶：晋竹林七贤之一。

醉　酒

凄迷寒雨雾，笼罩城下路。今日牛耕田，尽是古人墓。
今朝农家屋，昔日水漫处。芦苇何苍苍，水打沙岸浦。
黄尘日炎炎，难倚长安树。倦客无水饮，饥马无草顾。
匆匆向仕途，终日奔忙碌。函谷常开合，争掠多杀戮。
古今争名利，谁见有闲步。

六国归一统，秦王血剑屠。刘邦扫三秦，权落汉高祖。
商山遗四老，自谓清高徒。可笑接诏书，急附权贵族。
牵衣入豪门，涕零做新仆。试看高人隐，深藏荒野庐。
共识酒中趣，看破红尘蜉。生前争名禄，死后两手舒。
细论真隐士，刘伶是楷模。

瑞鹤仙

陆 叡[①]

湿云粘雁影，望征路愁迷，离绪难整。千金买光景，但疏钟催晓，乱鸦啼暝。花悰暗省[②]，许多情，相逢梦境。便行云都不归来，也合寄将音信[③]。

孤迥[④]，盟鸾心在[⑤]，跨鹤程高，后期无准。情丝待剪，翻若得旧时恨。怕天教何处，参差双燕，还染残朱剩粉。对菱花[⑥]与说相思，看谁瘦损？

【注释】①叡（ruì）：同“睿”。 ②悰（cóng）：心绪、心事。
③合：应该。 ④孤迥：孤独寂寞。
⑤盟鸾：指爱情誓约。
⑥菱花：铜镜。镜背面有花纹，故名菱花镜。

相思难剪

遥望着被黏滞的雁影　漂移在阴冷湿润云层
游子一步一步地远离　难掩越来越浓的愁情
纵有千金能买光景　心中伤痕谁能抚平
但听悠缓晓钟晨鸣　催促游子快踏回程
绕树归巢乱鸦争鸣　又啼黄昏薄暮暝暝
感花伤时徒忆往日欢境　多少眷恋只能梦里柔情
心上人啊迟迟不回归　难道是一闪即逝流星
也该为我捎个音信　让我有一丝心上安宁

难熬的孤独寂寞　不停地消磨青春
莫非誓约忘个干干净　痴情的我还记忆犹新
也许它早已跨鹤高飞　后期无准怕担心成真
真想趁早剪断情丝　却又难忘旧日相爱相亲
只盼老天佑我一切顺心　让我们早日相聚美梦成真
像那燕燕比翼双飞　让快乐相伴永不离分
但愿等来那样的时节　还有残脂剩粉为我描春
再比镜中人看谁为情瘦损　还要细听我的意笃情深

乌夜啼·春思

赵令畤

楼上萦帘弱絮，墙头碍月低花。年年春事关心事，肠断欲栖鸦。
舞镜鸾衾翠减[①]，啼珠凤蜡红斜[②]。重门不锁相思梦，随意绕天涯。

【注释】①鸾衾翠减：绣有鸾鸟图案的翠色被面褪色。
②凤蜡：点缀有凤形象的蜡烛。红斜：表示燃烧将尽，烛倾斜。

春　思

柳絮轻扬上楼台，萦绕珠帘意徘徊。
楼下低花花影动，翻墙穿枝月光来。
年年春事关心事，天涯游子几时回？
昏暮孤鸦栖寒枝，断肠佳人百事哀。

对镜自视愁容惨，冷侵鸾被翠色减。
凤烛啼红珠泪滚，长夜难熬荧光暗。
重门不锁相思梦，魂如飞絮扑君面。
绕遍天涯夜夜追，梦里幽会泣悲怨。

陈与义（1090—1138），字去非，号简斋居士，属今洛阳人。他的词作在宋南渡以后，有了明显变化，由个人生活情趣转向沉郁悲壮，雄阔慷慨，感怀家园，感叹时势。著有《简斋集》《无住词》。其词作存今十余首。

临江仙

陈与义

高咏楚词酬午日[①]，天涯节序匆匆。榴花不似舞裙红。无人知此意，歌罢满帘风。

万事一身伤老矣，戎葵凝笑墙东[②]。酒杯深浅去年同。试浇桥下水，今夕到湘中。

【注释】①楚词：即《楚辞》，屈原、宋玉等人诗作。午日：即端午节，农历五月初五。

②戎葵：即蜀葵，花有红、紫、白等色。

端　午

高歌《楚辞》酬端午，孤客异乡沐东风。
伤感漂泊天涯路，无情时光太匆匆。
他乡石榴花虽艳，怎比京都舞裙红？
几人端午识真谛，缅怀屈子意不同。
汨罗英魂今何在，《招魂》歌罢满帘风。

不堪离乱家国事，病痛伤残一衰翁。
蜀葵莫非笑凄凉，傲然向阳立墙东。
今年酒杯同去年，伤感更胜悲重重。
祭奠屈子千杯酒，且浇桥下流水中。
今夜梦魂追江流，悲歌一路湘江东。

临江仙·夜登小阁忆洛中旧游[①]

陈与义

忆昔午桥[②]桥上饮，坐中多是豪英。长沟[③]流月[④]去无声。杏花疏影里，吹笛到天明。

二十余年如一梦，此身虽在堪惊。闲登小阁看新晴。古今多少事，渔唱起三更。

【注释】①洛中：河南洛阳。

②午桥：在河南洛阳南。唐裴度曾建别墅在此。

③长沟：指洛河。

④流月：泛着月光的流水。

夜登小阁

回忆当年午桥上，歌舞夜宴挂千灯。
知交欢聚宾朋多，满座豪杰与精英。
月光郎朗洛河清，流水东去悄无声。
风摇疏影吐香韵，月照杏花别有情。
歌吟唱和抒壮志，花影飞出笛音轻。
欢声笑语绕午桥，疏狂豪饮到天明。

二十余年如噩梦，坎坷流浪度一生。
国事沧桑身老残，知交零落梦魂惊。
山河破碎已堪衰，更恨无路请长缨。
悲愤无奈登楼望，只盼江天展新晴。
故地重游叹沧桑，风云变幻谁人评？
半夜渔父歌声起，闲话流水山青青。

李重元，生平事迹不详。约1122年（宋徽宗宣和）前后在世。全宋词收《忆王孙》词四首，分咏春、夏、秋、冬四季。

忆王孙·春词

李重元

萋萋芳草忆王孙，柳外楼高空断魂。杜宇声声不忍闻。欲黄昏，雨打梨花深闭门。

春 词

一年又一年，连天碧色草青青
芳草年年生，游子何时踏归程
家山同游春，夜夜伴君携手行
楼下柳荫荫，楼上佳人空断魂
伫立倚黄昏，望断天涯皆浮云
杜鹃声悲鸣，啼血呼归不堪闻
独自对昏灯，西窗夜雨犹思君
雨打梨花夜，落英含泪归泥尘
怎堪对此景，佳人紧闭重重门

蓦山溪·梅

曹　组

洗妆真态，不作铅花御。竹外一枝斜，想佳人天寒日暮。黄昏院落，无处着清香，风细细，雪垂垂，何况江头路。

月边疏影，梦到消魂处。结子欲黄时，又须作廉纤细雨①。孤芳一世，供断有情愁，消瘦损，东阳也②，试问花知否？

【注释】①廉纤：细微，纤细。

②东阳：梁代沈约，曾为东阳令。这里作者自指。

梅

梅花啊你不施铅华　只把纯真本色展露
竹林外你一枝横斜　秀出你的高洁风骨
你这孤芳自赏佳人　喜天寒翠竹依日暮
面对无人寂寞孤独　黄昏时刻乱云飞渡
无论江河路边凄清　还是荒山野岭冷酷
你总在细细寒风中　传送幽幽沁人香雾
在大雪纷飞的时刻　依然昂首挺胸如故

身披月华冰清玉洁　枝影扶疏轻吐香馥
好似美人进入梦中　最让人勾魂销魄处
正当你结子欲黄熟　绵绵细雨频频光顾
依然故我气定神闲　冷对风雨欺凌霜辱
梅花啊你孤芳一世　不合时宜受尽困苦
我像梁代东阳太守　为你痴迷为你消瘦
为你憔悴为你白首　梅花梅花你可知否

李纲（1083—1140），字伯纪，属今福建人。北宋末，南宋初抗金名臣，两任宰相，四任将帅，却都旋任旋贬，屡受政治打击。但精忠报国之志，始终未改。以天下为己任的顽强意志和人生信念，常流露于咏史怀古的词中。他的词作形象鲜明生动，风格沉雄劲健。著有《梁溪先生文集》《靖康传信录》《梁溪词》。

六幺令

李　纲

次韵和贺方回金陵怀古[①]，鄱阳席上作。

长江千里，烟淡水云阔。歌沉玉树[②]，古寺空有疏钟发。六代兴亡如梦，苒苒惊时月。兵戈凌灭[③]。豪华销尽，几见银蟾自圆缺[④]。

潮落潮生波渺，江树森如发。谁念迁客归来[⑤]，老大伤名节[⑥]。纵使岁寒途远，此志应难夺。高楼谁设。倚阑凝望，独立渔翁满江雪[⑦]。

【注释】①贺方回：贺铸。
②玉树：《玉树后庭花》，南朝陈后主所作。代指亡国的骄奢淫逸。
③兵戈：指战争。
④银蟾：月亮。
⑤迁客：被贬流放的人。
⑥名节：名誉，节操。
⑦独立渔翁：借用柳宗元“江雪”一词意境。

金陵怀古

烟波渺渺云天阔，长江浪卷千堆雪。玉树后庭亡国音，尽毁江山易主客。
空有古寺钟声在，犹自悲吟动丘野。六朝兴亡如一梦，苒苒时光惊岁月。
金陵已无六朝影，豪华终被兵戈劫。唯有长空月依旧，周而复始自圆缺。

潮起潮落波渺渺，忽上忽下心怯怯。唯有江边树森森，依然如旧迎迁客。
最怕晚年伤名节，浩然正气不可灭。纵使路远途艰险，如履平川淡定越。
挽救危亡志不竭，抗战到底心如铁。更上层楼依阑望，独立渔翁满江雪。

酹江月

胡世将

秋夕兴元使院作，用东坡赤壁韵。

神州沉陆[①]，问谁是、一范一韩人物[②]。北望长安应不见，抛却关西半壁。塞马晨嘶，胡笳夕引，赢得头如雪。三秦往事，只数汉家三杰[③]。

试看百二山河，奈君门万里[④]，六师不发[⑤]。阃外何人[⑥]，回首处，铁骑千群都灭。拜将台欹[⑦]，怀贤阁杳[⑧]，空指冲冠发。阑干拍遍，独对中天明月。

【注释】①沉陆：即领土丧失。

②一范一韩：指北宋名臣范仲淹和韩琦，他们曾驻守西北。

③汉家三杰：指辅佐刘邦的三人，张良、萧何、韩信。

④君门：指远在临安（杭州）的南宋朝廷。

⑤六师：王师，皇家精锐。原指周天子所率六军之师，后指皇家禁卫军，又代指精锐部队。

⑥阃（kǔn）：门槛，本意指城郭之外。引申为担任要职的人。

⑦欹：倾斜。

⑧杳：无踪影。怀贤阁，怀念孔明祠庙。

冲冠客

神州遭劫难，半壁河山成敌穴。范韩二将军，如今何处能求得。
仗剑走西北，胡马不敢半步越。追慕比二公，不负阃外边帅责。
胡笳晚声烈，清晨战马犹悲切。前线传捷报，反使朝中心胆怯。
只赢得权臣，跪求敌人烽火灭。只赢得将士，满头一夜悲恨雪。
汉初三俊杰，得遇明君建功业。

看百二秦川，已是遍地流膏血。君门万里远，不顾金瓯失颜色。
六师不出征，前线将士空望月。将官落荒野，伤心铁甲千群灭。
当年拜将台，曾经助汉兴大业。韩信今如在，也只空对残阳血。
怀贤阁何处？历史烟云留一页。万事成空念，徒有壮志冲冠客。
栏杆力拍竭，无奈独对中天月。

烛影摇红·题安陆浮云楼

廖世美

霭霭春空，画楼森耸凌云渚。紫薇登览最关情[①]，绝妙夸能赋。惆怅相思迟暮。记当日、朱阑共语。塞鸿难问[②]，岸柳何穷，别愁纷絮。

催促年光，旧来流水知何处？断肠何必更残阳，极目伤平楚[③]。晚霁波声带雨。悄无人、舟横野渡。数峰江上，芳草天涯，参差烟树。

【注释】①紫薇：即杜牧。他曾做过中书舍人，唐中书省又称紫薇省。杜牧因此又称杜紫薇。

②塞鸿：边塞大雁，这里代指信使。

③平楚：登高望远，树林林梢齐平，叫平楚。楚即树丛，林木。

登浮云楼

霭霭云亭空蒙蒙，春日风烟任飘渡。巍然画楼凌云耸，俯瞰极目临江渚。杜牧当年登此楼，情动笔下绝妙赋。迟暮岁月我登楼，惆怅相思情难诉。曾记共语倚红栏，互把心思细倾吐。边塞大雁知何处，纵有问候难回复。沿江岸柳无穷尽，离愁乱絮漫天舞。

岁月匆匆又流逝，往日流水今何处。恨如春草柔肠断，何须残阳添凄苦。极目天涯怅辽阔，旷野苍然伤平楚。晚来一阵破晴雨，泛起团团江中雾。荒野江岸一孤舟，横在无人沙洲渡。芳草萋萋侵天涯，江边山峰耸如矗。但见轻烟袅袅起，笼罩参差绿荫树。

岳飞（1103—1142），字鹏举，属今河南人。南宋抗金名将。因力主抗金，为主和派秦桧等人以“莫须有”罪名所害。诗词散文俱佳，都慷慨激昂，洋溢着爱国之情。著有《岳武穆集》，词存三首。

小重山

岳　飞

昨夜寒蛩不住鸣。惊回千里梦，已三更。起来独自绕阶行。人悄悄，帘外月胧明。

白首为功名。旧山松竹老，阻归程。欲将心事付瑶琴，知音少，弦断有谁听。

惊　梦

昨日夜风寒浸浸，蟋蟀哀声不住鸣。
千里江山正酣战，一梦惊回已三更。
凄凉孤独烛影昏，起床独自绕阶行。
月光如霜愁如水，谗言诽谤满院庭。
怀瑾握瑜谁能识？精忠报国岂为名。
一腔悲愤对谁说，朦胧残月寒若冰。

重振山河愁白头，杀敌报国路难行。
山高水深路途险，更有豺狼和犬鹰。
家山松竹尽南望，夜夜空有珠泪凝。
回乡祭祖梦中事，故园沦丧归无程。
常恨知音绝尘世，欲将心事付瑶琴。
奈何琴弦弦尽断，四顾茫茫有谁听？

满江红

岳　飞

怒发冲冠，凭栏处、潇潇雨歇。抬望眼，仰天长啸，壮怀激烈。三十功名尘与土，八千里路云和月。莫等闲、白了少年头，空悲切！

靖康耻[①]，犹未雪。臣子恨，何时灭！驾长车，踏破贺兰山缺[②]。壮志饥餐胡虏肉，笑谈渴饮匈奴血。待从头、收拾旧山河，朝天阙[③]。

【注释】①靖康耻：宋钦宗靖康元年（1126年）金兵攻陷汴京，次年虏走徽、钦二帝。

②贺兰山：今宁夏与内蒙古交界处，此处泛指边塞关山。

③天阙（què）：宫殿前的楼观，这里代指皇帝。

靖康耻

怒发冲冠沸腾热血　功败垂成毁于顷刻
满腔悲愤何处发泄　凭倚栏杆眺远望野
潇潇雨歇高天变色　仰天长啸心撕如裂
壮志情怀翻腾激烈　三十年来功名创业
视如尘土不屑一屑　万里征战无坚不克
何惧艰难血腥岁月　报效祖国一腔热血
莫要空将青春磨灭　闲白青丝枉然悲切

靖康耻辱尚未洗雪　二帝蒙尘黎民溅血
臣子悲恨岂能泯灭　拯救遗民水火浩劫
收复故土心坚似铁　请缨出战战车飞越
直捣黄龙贺兰山缺　奋勇杀敌荡平敌穴
饥餐虏肉渴饮胡血　英雄谈笑气壮山岳
定叫敌人灰飞烟灭　拯救黎民收复山河
大宋金瓯重开新页　胜利回京朝拜天阙

满江红·登黄鹤楼有感[1]

岳　飞

遥望中原，荒烟外、许多城郭。想当年、花遮柳护，凤楼龙阁。万岁山前珠翠绕[2]，蓬壶殿里笙歌作[3]。到而今、铁骑满郊畿[4]，风尘恶。

兵安在？膏锋锷[5]。民安在？填沟壑。叹江山如故，千村寥落。何日请缨提锐旅[6]，一鞭直渡清河洛[7]！却归来、再续汉阳游，骑黄鹤。

【注释】①黄鹤楼：故址在武昌。

②万岁山：宫廷园林。珠翠：代指嫔妃。

③蓬壶殿：万岁山中的一座宫殿。

④郊畿（jī）：京城郊区。泛指以京城为中心的千里平原。

⑤膏锋锷：以血肉滋润刀剑。指士兵死于战场。

⑥请缨：请战，请出征。

⑦河洛：黄河洛水流域。泛指中原沦陷区。

登黄鹤楼有感

登高遥望中原地，多少荒烟掩城郭。
龙殿凤阁参差错，绿柳红花花灼灼。
万岁山前人如潮，宫苑风月繁华多。
蓬壶殿里笙歌起，通宵达旦入云破。
而今铁蹄满京郊，千里中原刀兵祸。

抗敌将士今安在？血染刀锋尸遍野。
黎民百姓安居否？十室九空填沟壑。
千里江山依旧在，寥落荒野虎狼窝。
何日请缨提锐旅，一鞭直渡清河洛。
灭寇再续汉阳游，军民同庆骑黄鹤。

岳珂，岳飞之孙，南宋文学家。

祝英台近·北固亭[①]

岳　珂

淡烟横，层雾敛。胜概分雄占。月下鸣榔[②]，风急怒涛飐[③]。关河无限清愁[④]，不堪临鉴。正霜鬓、秋风尘染。

漫登览。极目万里沙场，事业频看剑。古往今来，南北限天堑。倚楼谁弄新声[⑤]，重城正掩。历历数、西州更点[⑥]。

【注释】①北固亭：在北固山上。北固山镇江三大名胜之一，面临长江，三面环水，地势险要。

②鸣榔：用木条敲击船，使鱼惊而入网。

③飐（zhǎn）：风吹而使物颤动。

④关河：山河。

⑤新声：指新作《后庭花》一类的亡国音。

⑥西州：泛指北固山以西的城市。

北固亭

层层迷雾渐收敛，天边横抹淡淡烟。
自古豪杰争雄地，临江险要北固山。
月下渔人敲鸣榔，山上孤客拍栏杆。
江风急急掀狂澜，大好河山遭沦陷。
悲自长忧愁白头，不堪临水对镜看。
功名难成志难展，更兼萧萧风雨乱。

月下登临北固楼，极目远眺悲中原。
万里疆场虎狼窜，宝剑空舞暮云天。
南北天堑成托词，划江而治求苟安。
不思进取图中原，遗民南望泪血干。
夜阑人静倚楼听，谁弄新声正寻欢？
西州更点惊夜空，多少黎民应无眠！

李清照（1084—？），号易安居士，今山东济南章丘人。我国文学史上著名的女作家，善诗文，尤以词作成就最大。她的词以1127年北宋亡为界，分为前后两个时期。前期词主要抒写爱情感受、生活小景，佳作颇多；后期词作以抒发亡国之痛为基调，不仅写个人悲苦，也表现时代悲剧，思想更加深刻。有《漱玉集》一卷，存词四十七首。

渔家傲

李清照

雪里已知春信至，寒梅点缀琼枝腻。香脸半开娇旖旎，当庭际，玉人浴出新妆洗。

造化可能偏有意，故教明月玲珑地。共赏金尊沈绿蚁，莫辞醉，此花不与群花比。

梅 花

雪里也知春到信息　那是寒梅点缀琼枝
枯瘦梅树铁骨情痴　积雪打扮丰润多姿
银妆素裹分外艳丽　半露香脸令人神迷
恰似美女刚刚梳洗　冰清玉洁俊爽飘逸

梅花已是高雅靓丽　天公垂青赐她玉衣
打扮梅花璀璨旖旎　明月伴她玲珑相依
请为此花高举金杯　为她沉醉莫要推辞
群芳谁有高风靓姿　舍身迎春笑归尘泥

清平乐

李清照

年年雪里。常插梅花醉。挼尽梅花无好意，赢得满衣清泪。
今年海角天涯。萧萧两鬓生华。看取晚来风势，故应难看梅花。

看　梅

往年常常插梅枝，举杯诗雪欢情溢。
年年为她着痴迷，年年为她意沉醉。
去年始无好心情，见梅唯生孤苦泪。
湿透襟衣幽恨生，抹下揉碎无好意。

今年又到赏梅时，漂泊天涯避战乱。
愁绪常催白发生，哪有心思寻梅看。
更兼夜夜风雨狂，千花万草受摧残。
纵有梅花也消殒，凄凉悲怨泪流干。

武陵春

李清照

风住尘香花已尽，日晚倦梳头[①]。物是人非事事休，欲语泪先流。
闻说双溪春尚好[②]，也拟泛轻舟。只恐双溪舴艋舟[③]，载不动许多愁。

【注释】①日晚：这里作日上三竿解。
②双溪：浙江省金华河名。
③舴艋（zé měng）：一种轻便小船。

舴艋舟

香消玉殒陷尘垢，花魂莫非清风收？
对此情景犹伤感，日上三竿懒梳头。
国破山河景变色，无可奈何万事休。
欲说多少苦闷事，尚未开口泪先流。

听说双溪春色好，也想游赏泛轻舟。
可叹身心皆忧愁，无心无力春光游。
旧恨新愁绕不去，重叠如山不堪忧。
只恐小小舴艋舟，难以载我如山愁。

渔家傲

李清照

天接云涛连晓雾，星河欲转千帆舞[①]。仿佛梦魂归帝所[②]。闻天语，殷勤问我归何处。

我报路长嗟日暮，学诗谩有惊人句[③]。九万里风鹏正举[④]。风休住，蓬舟吹取三山去！[⑤]

【注释】①星河：银河。

②帝所：天帝住所。

③谩：空有。

④举：此处指高飞。

⑤蓬舟：形容舟轻如蓬草。三山：传说海中仙山，蓬莱、方丈、瀛洲。

仙　游

海天相接云涛沉浮　波翻浪涌重重晓雾
浩瀚银河群星飞渡　宛如天河千帆竞舞
仿佛经过天帝华墅　分明梦魂飘若驰骛
天帝殷勤笑语相顾　轻声问我归向何处

我报前方路遥险阻　叹息昼短即将日暮
奇文隽语诗书无助　徒有才华举步无路
欲乘大鹏扶摇飞渡　直奔仙山九万长途
喝令风神不要停住　直抵三山群仙居处

蝶恋花

李清照

暖雨晴风初破冻，柳眼梅腮，已觉春心动。酒意诗情谁与共？泪融残粉花钿重[①]。

乍试夹衫金缕缝，山枕斜欹[②]，枕损钗头凤[③]。独抱浓愁无好梦，夜阑犹剪灯花弄[④]。

【注释】①花钿：金，玉、珠宝等制成花形头饰。

②斜欹（qī）：斜靠。

③钗头凤：钗头制成凤形状。

④灯花：灯芯燃烧时结成的花形黑结。

独抱浓愁无好梦

和煦春风爽悠悠，细润春雨暖融融。
一冬柳醒媚眼开，梅花笑脸香腮红。
大地冰消寒解冻，春景撩拨春心动。
饮美酒，赋诗文，谁能与我心相共？
泪洗面，消脂粉，金钗压头头沉重。

换下寒装试夹衫，华服美饰精工缝。
梳妆打扮为谁容？闲来闷坐忧忡忡。
终日斜倚鸳鸯枕，磨损钗头展翅凤。
孤灯愁，昏入睡，一夜辗转无好梦。
夜阑静，愁更浓，无聊且把灯花弄。

一剪梅

李清照

红藕香残玉簟秋①。轻解罗裳，独上兰舟②。云中谁寄锦书来③？雁字回时，月满西楼。

花自飘零水自流。一种相思，两处闲愁。此情无计可消除，才下眉头，却上心头。

【注释】①红藕：红荷花，玉簟：竹席美称。

②兰州：船的美称。

③锦书：书信美称。

花飘零

谁怜满地绿荷藕，已是香消脱红绸。
精美竹席不胜凉，能容人间几多秋？
轻解罗裳长裙衫，独自泛舟欲消愁。
时时翘首向空中，但求应有书信投。
空等雁回无一字，明月凄清满西楼。

落花纷飞任飘零，江水悠悠向东流。
美好时光去难返，唯有相思长羁留。
同是一种相思情，却分两地天天愁。
此情无计可消除，时刻缠绕一身游。
才从紧锁眉头下，却又悄悄上心头。

醉花阴

李清照

薄雾浓云愁永昼[①]，瑞脑消金兽[②]。佳节又重阳，玉枕纱厨[③]，半夜凉初透。
东篱把酒黄昏后[④]，有暗香盈袖。莫道不销魂，帘卷西风，人比黄花瘦。

【注释】①永昼：漫长的白天。
②瑞脑：香料。金瘦：铜制兽形香炉。
③玉枕：光洁如玉的瓷枕。纱厨：蒙有薄纱的屏帐。
④东篱：泛指栽有菊花的地方。

重阳赏菊

晨是薄雾暮浓云，整日愁烦压心头。
熏香迷烟绕铜炉，孤寂冷清几时休。
又临重阳登高节，夫君今日何方游？
独卧纱帐玉枕寒，半夜乍醒心凉透！

篱边摆酒赏菊花，自斟自酌黄昏后。
良人路远无由至，空有幽香盈怀袖。
莫道此刻不销魂，涕零伤感夜复昼。
试看秋风卷帘起，憔悴人比黄花瘦。

声声慢

李清照

寻寻觅觅，冷冷清清，凄凄惨惨戚戚。乍暖还寒时候，最难将息。三杯两盏淡酒，怎敌他晚来风急？雁过也，正伤心，却是旧时相识。

满地黄花堆积，憔悴损、如今有谁堪摘？守着窗儿独自，怎生得黑？梧桐更兼细雨，到黄昏、点点滴滴。这次第，怎一个愁字了得！

秋夜独坐

寻寻觅觅若有失，美好日子再难觅。
冷冷清清孤独影，倍感凄凉心寒栗。
凄凄惨惨戚戚景，摧残磨折岁复岁。
秋日朝阳轻暖意，晓寒砭骨秋风厉。
乍暖还寒鬼天气，让人最是难将息。
本想借酒消闷愁，秋风偏偏违人意。
几杯淡酒独自饮，怎敌萧萧晚风急。
正伤心时雁南飞，却是原来旧相识。

憔悴菊花惊风雨，落英纷坠积满地。
飘零花魂孤寂人，凄凉瘦损两知意。
谁有优雅闲情致，更无花摘赠知己。
托腮呆坐凝窗痴，独自如何捱到黑。
眼看耐到黄昏时，偏偏细雨如丝织。
敲翻梧桐点点滴，犹似哀怨声声泣。
让人思绪千千结，心乱如麻悲难止。
秋风秋雨心上滴，岂是愁字能了得。

如梦令

李清照

常记溪亭日暮[①]，沉醉不知归路。兴尽晚回舟，误入藕花深处[②]。争渡[③]，争渡，惊起一滩鸥鹭。

【注释】①常：曾经的意思。溪亭：天下名泉，位于作者家乡济南。

②藕花：荷花。

③争：怎么。

游溪亭

常记当年游溪亭，
一叶扁舟载酒入。
湖水清滑风送爽，
满池红衣绿裙舞。
荷叶点头花招手，
轻舟悠然醉深处。
兴尽欲回惊日暮，
方知荫浓舟无路。
怎么渡？怎么渡？
醉眼绿屏四处堵。
东闯西荡舟急急，
惊飞一滩宿鸥鹭。

赵鼎(1085—1147),字元镇,号得金居士,属今山西人。一代中兴名相,后因主战与秦桧不和被贬。知秦桧必欲杀己,绝食而亡。自杀前曾在柩前灵幡上写上两句话:“身骑箕尾归天上,气作山河壮本朝。”

贺圣朝·道中闻子规[1]

赵 鼎

征鞍南去天涯路[2]。青山无数。更堪月下子规啼,向深山深处。
凄然推枕,难寻新梦,忍听伊言语。更阑人静一声声,道不如归去。

【注释】①子规:即杜鹃。人们认为杜鹃叫声似“不如归去”。
②征鞍南去:被贬到南方。

归 去

只因主战被贬南行天涯路　惆怅青山重重叠叠乱无数
人困马乏道路险阻绕障雾　彳亍前行凄凉孤独荒野路
那堪夜月杜鹃声声啼不住　凄厉哀婉犹似为我把怨诉
翻山越岭风餐露宿朝朝暮　望断前路更是远在深山处

子规夜夜催不如归去复归去　苦劝声不停偏惊好梦是何故
凄然推枕起披衣寒夜风中伫　归去复归去我能归向何处去
妥协求议和岂不把我平生误　立志抗金贼个人生死何须顾
归去复归去只有回到天上去　化作星光明长为大宋守残土

鹧鸪天

（建康上元作）

赵　鼎

客路那知岁序移[①]。忽惊春到小桃枝。天涯海角悲凉地[②]，记得当年全盛时。

花弄影，月流辉。水精宫殿五云飞。分明一觉华胥梦[③]，回首东风泪满衣。

【注释】①客路：金兵南侵，自己流跋异乡，故曰客路。

②天涯海角：沦陷的北宋首都开封与南宋建康相距不远，但对流离异乡到江南的人犹如天涯之隔。

③华胥梦：华胥，传说中的古国名。华胥梦，指虚无，缥缈之境。

上元忆旧

遥望故乡归无计，南逃路上奔行急。
惊见桃树花满枝，始觉光阴暗偷移。
故都沦陷近咫尺，恍如天涯远隔离。
如今流落悲凉地，犹思大宋全盛时。

月洒九州民安居，花满京都人若织。
水晶宫殿舞佳丽，五彩祥云绕瑶池。
当年繁华何处觅？空留相思梦往昔。
回首东风依旧是，唯有遗民泪满衣。

叶梦得（1077—1148），字少蕴，号石林居士，属今江苏苏州人。在北宋末年到南宋前半期词风变异过程中，叶是起到了先导和枢纽作用的重要词人。他开拓了以“气”入词的词坛新路。叶词中的“气”主要表现在英雄气、狂气、逸气三方面。著有《石林燕语》《石林诗话》《石林词》。

临江仙

叶梦得

一醉年年今夜月，酒船聊更同浮。恨无羯鼓打梁州[①]。遗声犹好在，风景一时留。

老去狂歌君勿笑，已拼双鬓成秋。会须击节溯中流。一声云外笛，惊看水明楼。

【注释】①羯:（jié）鼓：古代少数民族的一种鼓。梁州：此处指梁州曲。

君莫笑

真希望年年都有今夜月光
朋友们相约欢聚一堂
驾着船儿纵情湖中漂荡
醉着美酒与月色共同欢狂
只可惜没有羯鼓敲响
伴随着《梁州曲》的高唱
去年欢声似乎还在回响
去年风景仿佛眼前摇晃

不要以为我老了笑我癫狂
收复失地的决心坚强如钢
为抗金我誓要拼尽力量
哪怕身衰力竭双鬓成霜
我总有机会还能重上战场
像祖狄击节中流率部渡江
一声惊笛飞云天高亢激昂
阁楼外月光水色一片苍茫

汪藻（1079—1154），字彦章，属今江西人。博览群书，老不释卷。工诗，善写自然景物。全宋词录其词四首。

点绛唇

汪　藻

新月娟娟，夜寒江静山衔斗。起来搔首，梅影横窗瘦。
好个霜天，闲却传杯手。君知否？乱鸦啼后，归兴浓于酒。

秋　月

长空月如钩，高悬青天照九州。
深秋夜幕下，波光寒江静静流。
遥望群山远，起伏天际接星斗。
迁客夜无眠，披衣徘徊搔白首。
冷月照西窗，独留梅树影清瘦。

霜天竞自由，好个清寂月下秋。
喜离官场远，从此再无应酬愁。
闲却真可惜，推杯换盏殷勤手。
此刻君知否，群鸦啼乱争巢斗。
归家兴致浓，东篱悠闲桑麻酒。

踏莎行

周紫芝

情似游丝，人如飞絮。泪珠阁定空相觑。一溪烟柳万丝垂，无因系得兰舟住。

雁过斜阳，草迷烟渚。如今已是愁无数。明朝且做莫思量，如何过得今宵去。

离　别

离情迷乱似游丝，徘徊去留两难度。
漂泊游子如柳絮，离柳飘荡归何处？
凝定眼泪相对视，无限柔情怎堪诉。
两岸柳丝千万缕，难系小舟长留住。
一溪山泉响清音，日夜低吟长门赋。

斜阳余晖离别地，大雁匆匆南飞渡。
荒草迷乱满沙洲，茫茫水天寒烟渚。
世间最怕离别时，种下相思愁无数。
明朝姑且不思量，只是今宵如何度。
夜夜思君不见君，梦牵魂绕天涯路。

苏武慢

蔡 伸

雁落平沙，烟笼寒水，古垒鸣笳声断。青山隐隐，败叶萧萧，天际暝鸦零乱。楼上黄昏，片帆千里归程，年华将晚。望碧云空暮，佳人何处，梦魂俱远。

忆旧游，邃馆朱扉，小园香径，尚想桃花人面。书盈锦轴[①]，恨满金徽[②]，难写寸心幽怨。两地离愁，一尊芳酒，凄凉危阑倚遍。尽迟留，凭仗西风，吹干泪眼。

【注释】①锦轴：装成卷轴形的帛，供书法，绘画用。

②金徽：系琴弦的绳，是音位的标志。这里代指琴。

佳人何处

大雁降落开阔无人沙岸　飘荡轻烟笼罩寒冷江面
古垒军营胡笳悲鸣声断　远处青山逶迤时隐时现
万木萧萧败叶飘落零乱　天际暮色暝暝归鸦盘旋
登楼远眺江上千里归帆　年华催人碧空暮云舒卷
昼思夜想何时佳人相见　梦里追寻也是那样遥远

回忆当初我们携手游园　红门馆舍漫步情意绵绵
至今念想你那桃花笑脸　情书锦轴恨留琴弦眷眷
写不尽弹不完心中幽怨　如今分隔离恨别愁千山
斟上美酒倚遍高楼栏杆　借酒消愁更感凄凉心酸
徘徊流连迟迟不愿回返　任凭西风吹干流泪双眼

朱敦儒(1081—1159)，字希真，号岩壑，洛阳人。早年生活放荡，中年时，北方沦陷于金。国破家亡，多感怀、忧愤之作，格调悲凉。晚年隐居山林，多描写景致与闲适的生活。词作语言流畅，清新自然。词集有《木鱼歌》，也称《太平樵歌》。

鹧鸪天

朱敦儒

我是清都山水郎[①]，天教分付与疏狂。曾批给雨支风券[②]，累上留云借月章。

诗万首，酒千觞[③]。几曾着眼看侯王？玉楼金阙慵归去[④]，且插梅花醉洛阳[⑤]。

【注释】①清都：传说天帝住所。山水郎：为天帝管理山水的侍从。

②券：凭证，票据。

③觞（shāng）：古代的一种酒杯。

④玉楼金阙：仙景宫殿。慵：困倦，厌倦。

⑤梅花：选梅花以品性高洁自比，不攀附权贵同流合污之意。

山水郎

我乃天界山水郎，天生散淡疏狂人。
山水风雨云和月，最喜交往做知音。
天帝对我发委任，降雨送风为黎民。
屡次表书上奏章，留云借月安苍生。

赋诗万首山川重，醉酒千盅庙堂轻。
王侯几曾入青眼，独对山川别有情。
玉楼金阙高处寒，厌倦归去卧闲云。
且插梅花醉洛阳，笑看奔波宦途人。

念奴娇

朱敦儒

插天翠柳，被何人、推上一轮明月？照我藤床凉似水，飞入瑶台琼阙。雾冷笙箫，风轻环佩，玉锁无人掣[①]。闲云尽，海光天影相接。

谁信有药长生，素娥新炼就[②]，飞霜凝雪。打碎珊瑚[③]，争似看、仙桂扶疏横绝。洗尽凡心，满身清露，冷浸萧萧发。明朝尘世，记取休向人说。

【注释】①玉锁：挂在胸前的饰物，求守住魂魄长命百岁。掣（chè）：拉，挡。

②素娥：嫦娥。

③打碎珊瑚：石崇为夸富，有意打碎一支大珊瑚。

月宫游

仰望翠柳插云天，托起明月冉冉升。
不知天上是何人，牵动玉蟾缓缓行。
清澈月光凉如水，直泻藤床洗尘轻。
飞入瑶台琼阁景，羡煞人间众公卿。
身边熏风香雾绕，笙箫乐奏烟云升。
驾乘浮云度长空，遥听环佩风中鸣。
无人能擎飞天魂，玉锁亦有逍遥情。
风停云散碧空净，月光海影共银屏。

谁信仙药能长生，飞霜凝雪初炼成。
嫦娥当空舞长袖，撒向人间皆是情。
月桂婆娑摇玉影，枝叶扶疏仙露凝。
打碎珊瑚石季伦，岂能到此神仙庭。
金瓶玉露洗尘垢，广寒香韵洁心灵。
两袖清风萧萧发，脱胎换骨一身轻。
饱经人间离乱苦，难得此间享安宁。
明朝梦醒自常乐，休对凡俗道此情。

祝英台近

戴复古妻①

惜多才②，怜薄命，无计可留汝。揉碎花笺③，忍写断肠句。道旁杨柳依依，千丝万缕，抵不住、一分愁绪。

如何诉。便教缘尽今生，此身已轻许。捉月盟言，不是梦中语。后回君若重来，不相忘处，把杯酒、浇奴坟土。

【注释】①戴复古妻：戴复古流落江湖失意时，被武宁富家翁看上，并以女许之。二三年后戴才告知家中已有妻。欲归去，岳父怒责，其妻却以奁具赠之，仍饯行并作此诀别词，告曰：“夫既别，遂赴水死。”其妻终以死殉情。

②多才：富有才华，较为全面的人。

③花笺：印有花纹的信笺。

诀　别

看上你满腹文情才思　才慎重将洁身许配你
结婚三年后你才告知　原来老家早已有前妻
如今回去轻易说离别　我已无计可施留下你
揉碎铺好了的花笺纸　只叹自己命贱薄如纸
强忍悲痛写下断肠诗　道柳一如既往情依依
尽管柔情万缕千千丝　却难挽你狠心绝情意

难道我俩今生缘分尽　无尽痛苦如何说得清
只恨当初如此昏瞑瞑　对月誓言犹刻金石铭
你说为我捉月摘星星　恩恩爱爱相伴我一生
难道梦里巧言话痴情　夫君既然心冷如寒冰
尘世何恋何惜投幽瞑　他年归来若有一丝情
杯酒祭奠洒上我坟茔　权慰孤魂举头望神明

张孝祥（1132—1169），字安国，号于湖居士，今安徽和县人，文章过人，尤功翰墨。词风激昂豪放，风格近苏轼，充满爱国热情。作品有《于湖集》，词作有《于湖词》。

浣溪沙

张孝祥

荆州约马举先登城楼观塞。

霜日明霄水蘸空，鸣鞘声里绣旗红。淡烟衰草有无中。
万里中原烽火北，一尊浊酒戍楼东。酒阑挥泪向悲风。

观　塞

万里霜天碧空洗，江涛浪涌拍长空。
金戈激越剑鞘鸣，练兵场上气势宏。
战马奔驰四蹄烟，猎猎战旗血色红。
衰草接天风云急，淡烟迷雾有无中。

北望万里中原地，故土血雨夹腥风。
一杯浊酒几多愁，为国戍边城楼东。
朝廷偏安弃中原，将士空有壮志雄。
酒意沉沉恨悠悠，徒洒悲泪向西风。

踏莎行

张孝祥

古屋丛祠，孤舟野渡。长年与客分携处。漠漠愁阴岭上云，萧萧别意溪边树。

我已北归，君方南去。天涯客里多岐路。须君早出瘴烟来，江南山色青无数。

送友人

眼前荒凉衰草道，祠堂残垣破败屋。
一叶小舟孤零零，横卧江边荒野渡。
亲朋常在此间别，抛种多少离别苦。
绵绵乱山行路难，漠漠愁云阴霾布。
天涯难行断肠路，溪边多情含悲树。
风萧萧兮终别离，你我从此各一处。

我终离开伤心地，踏上北去归家路。
你却刚刚受排贬，贬到岭南去受苦。
天涯过客何匆匆，几多岐路几险阻。
祝你一路平安行，避开瘴气邪烟雾。
就此别过落难友，愿你走好江南路。
那里山色青无数，权作养性好去处。

念奴娇·过洞庭

张孝祥

洞庭青草[①]，近中秋、更无一点风色。玉鉴琼田三万顷[②]，着我扁舟一叶。素月分辉，明河共影，表里俱澄澈。悠然心会，妙处难与君说。

应念岭海经年[③]，孤光自照，肝胆皆冰雪。短发萧骚襟袖冷[④]，稳泛沧浪空阔。尽挹西江[⑤]，细斟北斗，万象为宾客。扣舷独啸，不知今夕何夕。

【注释】①洞庭青草：两湖，自古相通，总称洞庭湖。

②玉鉴琼田：形容月光下的湖面如玉一样光洁。

③岭海：两广北靠五岭，南临南海，故称岭海。

④萧骚：萧条，稀少状。

⑤挹（yì）：舀取。

过洞庭

洞庭青草湖，湖面壮阔与天接。
中秋将来到，风平浪静好时节。
碧水三万顷，湖面似镜如玉洁。
造化神功手，托着小舟赏明月。
银河泻清辉，天光湖水共一色。
月潜湖中游，水面湖底俱清澈。
天地无纤尘，恬淡安宁魂自洁。
心神空灵境，难与君说这妙绝。

回想岭南来任职，历时一年费心血。
月光亦可为我证，肝胆晶莹如冰雪。
满头稀疏短发白，两袖清风寒瑟瑟。
任凭江湖风浪起，我自心定神色悦。
且把西江水舀尽，化作琼浆和玉液。
广请宇宙万物来，皆是座上宾朋客。
细斟美酒入北斗，汩汩豪饮一狂客。
扣舷慷慨独长啸，不知今夜是何夜。

浣溪沙

张孝祥

行尽潇湘到洞庭，楚天阔处数峰青。旗梢不动晚波平①。
红蓼一湾纹缬乱②，白鱼双尾玉刀明。夜凉船影浸疏星。

【注释】①旗梢：船头旗杆上的飘带。

②红蓼（liǎo）：水边上一种草本植物，花浅红色。缬（xié）：有花纹的纺织品。

夜入洞庭

豁然开朗楚天阔，行尽潇湘到洞庭。
气蒸云梦水浩浩，天际横卧山青青。
风收云敛船夜泊，清光压水水波平。
船头风带杆上静，船外星月水中明。

谁把彩绣铺水中，一湾红蓼织锦绫。
玉刀剪破绸零乱，双尾白鱼赛轻盈。
两袖清风行江湖，一船明月入洞庭。
清凉夜色摇船影，月朗星稀景空灵。

水调歌头·闻采石战胜

张孝祥

雪洗虏尘静，风约楚云留。何人为写悲壮？吹角古城楼。湖海平生豪气，关塞如今风景，剪烛看吴钩。剩喜然犀处①，骇浪与天浮。

忆当年，周与谢②，富春秋。小乔初嫁③，香囊未解④，勋业故优游。赤壁矶头落照，淝水桥边衰草，渺渺唤人愁。我欲乘风去，击楫誓中流。

【注释】①剩喜：非常喜。然，通“燃”。然犀处：指采石矶。这里曾燃犀角寻水下怪物。

②周与谢：周瑜和谢玄。

③小乔初嫁：嫁与周瑜，喻指周瑜还年轻，刚结婚。

④香囊未解：谢玄少年时爱佩香囊，也指其年轻。

闻采石战胜

终于雪洗前番耻，扫平战尘败仇雠。
暂得一丝安宁日，楚天风静云停留。
何人率先赋诗词，记写悲壮古城楼。
定是庞君大手笔，素来豪气冲斗牛。
目睹山河受分割，共携同仇敌忾手。
剪烛挑灯拭吴钩，寒光闪处杀敌酋。
刀光剑影血横飞，战船浪卷云天浮。
采石矶处大胜利，灭寇扬威功千秋。

遥想周郎和谢玄，年少英雄写春秋。
小乔初嫁周郎时，妙计火攻烧曹舟。
谢玄香囊犹未解，从容败敌优哉游。
可惜赤壁矶头上，落日残照荒山丘。
淝水桥边更不堪，乱烟迷离鸟啾啾。
斜阳衰草渺无际，勾起人们几多愁。
我要乘风破浪行，效法祖逖击中流。
势扫中原凶顽敌，还我红日照金瓯。

六州歌头

张孝祥

长淮望断，关塞莽然平。征尘暗，霜风劲，悄边声。黯销凝。追想当年事，殆天数，非人力；洙泗上①，弦歌地，亦膻腥。隔水毡乡，落日牛羊下，区脱纵横②。看名王宵猎③，骑火一川明，笳鼓悲鸣，遣人惊。

念腰间箭，匣中剑，空埃蠹，竟何成！时易失，心徒壮，岁将零。渺神京。干羽方怀远④，静烽燧，且休兵。冠盖使，纷驰骛⑤，若为情！闻道中原遗老，常南望、翠葆霓旌⑥。使行人到此，忠愤气填膺，有泪如倾。

【注释】①洙泗：洙水河，泗水河，这里代指中原沦陷区。

②区（ōu）脱：北方游牧民族修的土堡。

③名王：指金国将帅。

④干羽：古代舞蹈中的兵器（干）和野鸡尾（羽），这里指歌舞。怀远：暗讽当今政权屈膝求和的怀柔政策。

⑤驰骛：奔走。

⑥翠葆霓旌：五彩车盖，云霓样彩旗。这里指宋皇帝的车驾或仪仗。

乞和泪

望断长长淮河水，竟把宋金国界分。广袤河岸空无际，凄凉荒草暗霜晨。
暂无金戈撞击声，暂无兵马扬战尘。寒彻霜风强劲啸，不由暗自伤神魂。
追想当年靖康难，闻是天意非人因！当年升平歌舞地，如今膻腥牛羊奔。
一水之隔成毡乡，暗哨土堡任纵横。胡人将帅通宵猎，火光映照一川明。
凄厉笳鼓阵阵起，声震两岸黎民惊。

箭矢腰间空自挂，长剑匣中枉然鸣。尘封虫蠹谁问津，马放南山竟何成。
时不再来徒壮志，云雾渺渺望神京。放下武器拿翎羽，轻歌曼舞乞和平。
烽火暂灭狼烟熄，大宋窃喜休甲兵。乞和冠盖车马使，来往奔走何多情。
中原父老年年望，盼望南来大宋旌。忠肝义胆英雄士，到此莫不义填膺。
志空怀，心徒壮，唯有悲泪向天倾。

张元干（1091—约1161），字仲宗，号芦川居士，今福建人。宋南渡后作为著名抗战派支持胡诠的上书抗金，触怒秦桧，被下狱革职。他的词多以抗金为主题，风格豪放激越。著有《芦川归来集》十卷，《芦川词》两卷，计一百八十余首。

石州慢

张元干

寒水依痕[①]，春意渐回，沙际烟阔。溪梅晴照生香，冷蕊数枝争发。天涯旧恨，试看几许消魂？长亭门外山重叠。不尽眼中青，是愁来时节。

情切。画楼深闭，想见东风，暗消肌雪。孤负枕前云雨[②]，尊前花月[③]。心期切处，更有多少凄凉，殷勤留与归时说。到得再相逢，恰经年离别。

【注释】①寒水依痕：溪水尚寒，岸边水痕依稀可见。

②孤负：辜负。云雨：指夫妻恩爱情。

③尊：酒杯。

思　念

寒冷溪水涓涓，岸边水印清彻。春意渐渐回转，沙洲烟霭飘越。
溪边几枝新梅，幽香浸弥四野。花开争相吐蕊，展示风华绝色。
常年浪迹天涯，满腔离恨凄恻。丧魂落魄几许？亭外乱山重叠。
望断萋萋芳草，忧愁思乡时节。

遥想闺中佳人，期盼情意切切。画楼房门紧闭，春风不解心结。
暗减佳人玉肌，暗退闺中春色。无奈辜负期盼，还有枕边亲热。
真是对不住啊，错失樽前花月。许多离别愁情，归来细说一切。
相逢恐要经年，共话西窗明月。

临江仙

张元干

送宇文德和被召赴行在所。

露坐榕阴须痛饮，从渠叠鼓频催。暮山新月两徘徊。离愁秋水远，醉眼晓帆开。

泛宅浮家游戏去，流行坎止忘怀。江边鸥鹭莫相猜。上林消息好[1]，鸿雁已归来。

【注释】①上林：上林苑，皇家宫苑。

送　行

坐在浓浓榕荫下，我们畅饮放开怀。
登船鼓催壮行色，情浓酒话闸门开。
沉沉夜幕悄然降，山间新月两徘徊。
且把离愁抛秋水，随波逐流不复在。
晨曦醉眼蒙眬中，满帆船进满江彩。

此番应诏上任去，举家欢乐共携带。
此去前途正光明，不用担心有意外。
江边鸥鸟白鹭飞，莫把前途相阻碍。
如今朝廷形势好，此去喜事连连来。
上林鸿雁已归还，祝君大展英雄才。

石州慢

张元干

雨急云飞，惊散暮鸦，微弄凉月。谁家疏柳低迷，几点流萤明灭。夜帆风驶，满湖烟水苍茫，菰蒲零乱秋声咽。梦断酒醒时，倚危樯清绝。

心折。长庚光怒[①]，群盗纵横[②]，逆胡猖獗[③]。欲挽天河[④]，一洗中原膏血。两宫何处[⑤]，塞垣只隔长江，唾壶空击悲歌缺。万里想龙沙，泣孤臣吴越[⑥]。

【注释】①长庚：长庚星，又叫启明星，金星。

②群盗：这里指奸臣国贼和造反民众。

③朔胡：指外患金兵。

④天河：银河。

⑤两宫：被金兵掳走的徽、钦二帝。

⑥孤臣：不被君王重视的臣子，作者自己。

心凄绝

风急雨狂乱云飞，沉闷不堪天难测。惊飞暮鸦离巢穴，谁破月色清凉夜？谁家疏柳低垂迷？几只流萤时明灭。船儿顺风入幽冥，湖面烟雾弥四野。菰蒲零乱受摧残，萧瑟秋风正悲咽。斜倚高高船桅杆，酒醒梦断心凄绝。前路茫茫知何处？黑夜沉沉暗山河。

主兵战事长庚星，为之震怒光影缺。国贼灾民乱朝纲，金兵杀掳甚猖獗。欲倾天河滔滔水，洗净中原黎民血。两宫皇上在何处？靖康国耻犹痛彻。哀叹只是一江隔，遥望失地心撕裂。悲歌空击唾壶缺，不战乞和成国策。遥想万里皇上难，吴越孤臣悲泣血。

贺新郎·送胡邦衡待制赴新州[①]

张元干

梦绕神州路[②]。怅秋风、连营画角，故宫离黍[③]。底事昆仑倾砥柱[④]，九地黄流乱注[⑤]。聚万落千村狐兔[⑥]。天意从来高难问，况人情老易悲难诉。更南浦[⑦]，送君去。

凉生岸柳催残暑。耿斜河[⑧]，疏星残月，断云微度。万里江山知何处？回首对床夜语。雁不到，书成谁与？目尽青天怀今古，肯儿曹恩怨相尔汝！举大白[⑨]，听《金缕》。

【注释】①胡邦衡：胡铨，字邦衡。

②神州路：指中原沦陷区。

③故宫：指北宋都城汴京。

④底事：何事。

⑤九地：九州。

⑥狐兔：借指金兵。

⑦南浦：泛指送别地。

⑧耿：通“炯”，光明。斜河：银河。

⑨大白：酒名。

送胡邦衡

梦绕中原沦陷区，断垣残壁血腥途。号角声声阴云飞，连营扎寨遍狼狐。故宫荒凉尽蓬蒿，野草悲鸣秋风哭。大宋江山山崩塌，为何自毁昆仑柱。猖狂金兵如浊流，泛滥九州狂卷戮。野狐狡兔侵家园，霸我千村万家户。皇皇天意高难问，世间何人可倾诉。主战爱国成囚徒，割地乞和甘受辱。如今胡君遭贬谴，悲泪送行别南浦。

孤帆待发催离愁，岸柳生凉江边伫。银河偏转失常度，月光惨淡撒寒露。浮云断续往南渡，回首已然归无路。你我就此一别后，云天万里知何处？再无联床谈国是，纵论天下苍生苦。不毛绝地雁不到，书信将凭谁寄付？胸怀宽阔系九州，极目乾坤论今古。岂道儿女情长事，敢为黎民鼓与呼。豪迈高举大白酒，且听《金缕》壮行途。

水调歌头

张元干

举手钓鳌客[①]，削迹种瓜侯[②]。重来吴会[③]，三伏行见五湖秋。耳畔风波摇荡，身外功名飘忽，何路射旄头[④]？孤负男儿志[⑤]，怅望故园愁。

梦中原，挥老泪，遍南州。元龙湖海豪气[⑥]，百尺卧高楼。短发霜粘两鬓，清夜盆倾一雨，喜听瓦鸣沟。犹有壮心在，付与百川流。

【注释】①钓鳌：借指隐居。鳌：传说海中大鱼。

②种瓜侯：亡国后种瓜为生的王侯。

③吴会：今江苏吴县。

④旄头：星名：借指胡兵。

⑤元龙：东汉陈登。

⑥孤负：辜负。

种瓜侯

江边挥竿钓大鳌，虹霓为丝月为钩。
削职种瓜亦乐事，自诩东陵种瓜侯。
三伏重游来吴会，五湖烟波凉如秋。
耳畔风声波摇动，身外功名抛江流。
但求能有报国日，盘马弯弓射敌酋。
男儿壮志难施展，怅望故园愁白头。

常梦中原沦陷地，老泪横洒遍南州。
我虽短发两鬓霜，湖海豪气雄赳赳。
亦如东汉陈元龙，雨夜百尺卧高楼。
犹听金戈战马吼，倾盆大雨鸣瓦沟。
狂风暴雨热血涌，直欲挥戈壮志酬。
悲愤激情倾天河，尽付百川滚滚流。

点绛唇·绍兴乙卯登绝顶小亭

张元干

缥缈危亭[①]，笑谈独在千峰上。与谁同赏，万里横烟浪。
老去情怀，犹作天涯想[②]。空惆怅，少年豪放，莫学衰翁样。

【注释】①危：高、陡。
②天涯想：指恢复中原故土的愿望。

登绝小亭

在这高高山巅上，绝顶亭边云飞扬。
与儿谈笑千峰间，伫立凝神望北方。
万里江山遭沦陷，翻滚烽烟血腥浪。
此时忧国悲愤情，有谁与我共思想。

收复中原情怀在，虽老而犹心万丈。
而今人老身体衰，纵有豪情空惆怅。
莫学老翁衰败样，儿辈豪壮更坚强。
时刻莫忘家国恨，收复故土驱豺狼。

韩元吉（1118—1187），字无咎，号南涧，许昌（今河南）人，官至吏部尚书。晚年居信州（今江西上饶），曾与张元干、范成大、陆游、辛弃疾等人以词唱和，词风近辛派。著有《涧泉集》《涧泉日记》《南涧甲乙稿》《南涧诗余》。存词八百余首。这首是韩受南宋派遣，在金朝招待宋使宴会上，听宋皇家音乐，演奏有感而作。

好事近·汴京赐宴闻教坊乐有感

韩元吉

凝碧旧池头，一听管弦凄切。多少梨园声在[①]，总不堪华发。
杏花无处避春愁，也傍野烟发。惟有御沟声断[②]，似知人呜咽。

【注释】①梨园：指北宋教坊。
②御沟：流经皇宫的河道。

闻教坊乐有感

被赐座在旧日宫廷池苑
听奏响大宋宫中的弦管
只感到无限凄楚和伤感
旧日梨园曲为故都哀挽
一声声直叫人魂飞肠断
哪堪忍受这刀割的煎熬
一夜白发丛生缠头凌乱

带泪杏花也无处可去
春愁无边如何能逃避
迎着寒风悲伤烟雨意
无奈开在孤村荒野地
御沟流水死一般静寂
它早已听惯了遗民的呜咽抽泣
它早已流干了遗民的心酸血泪

六州歌头

韩元吉

东风着意[1]，先上小桃枝。红粉腻，娇如醉，倚朱扉。记年时。隐映新妆面，临水岸，春将半，云日暖，斜桥转，夹城西。草软莎平，跋马垂杨渡[2]，玉勒争嘶[3]。认蛾眉凝笑[4]，脸薄拂燕脂。绣户曾窥，恨依依。

共携手处，香如雾，红随步，怨春迟。消瘦损，凭谁问？只花知，泪空垂。旧日堂前燕，和烟雨，又双飞。人自老，春长好，梦佳期。前度刘郎[5]，几许风流地，花也应悲。但茫茫暮霭，目断武陵溪。往事难追。

【注释】①着意：有意。

②跋马：驰马。

③玉勒：精致的马辔头，这里代指马。

④蛾眉：代指美女。

⑤刘郎：唐诗人刘禹锡，这里代指作者自己。

桃　花

春风着意最先打扮小桃枝　鲜艳桃花美人犹施淡粉脂
斜倚朱门娇嗔低头醉若痴　记得去年佳人化妆穿新衣
树下争艳凝目水中顾云霓　春光过半暖阳春尽美如诗
晴日漫步斜桥回转夹城西　草软莎平垂柳翩翩舞新枝
直奔古渡骏马昂首长鸣嘶　羞涩浅笑脸泛红云淡胭脂
曾掀绣帘暗自寻觅偷偷窥　两情相悦见犹恨晚情依依

当年共游桃花芳香四野弥　落红随步怨恨踏春春迟迟
为春消瘦有谁安慰一丝丝　桃花知我犹垂清泪泪滴滴
昔日梁燕眷顾犹把旧巢识　衔泥垒巢双双忙把烟雨织
年年春好衰老可怜身孤栖　佳人何方徒有春梦梦佳期
风流几许前度刘郎心凄凄　桃花知情应也悲悯伤往昔
徒留思念往事流水已难追　极目远望暮霭茫茫武陵溪

南柯子

王　炎

山冥云阴重，天寒雨意浓。数枝幽艳湿啼红。莫为惜花惆怅对东风。
蓑笠朝朝出，沟塍处处通[①]。人间辛苦是三农[②]。要得一犁水足望年丰。

【注释】①沟塍（chéng）：水沟，田埂。
②三农：指春耕，夏种，秋收的农事活动。

春　雨

天色昏暗阴云重，暮春凝寒雨意浓。
数枝山花吐香艳，露珠盈盈欲滴红。
莫为惜花空惆怅，莫为落英枉悲容。
莫为春老伤肝肠，莫为春雨怨东风。

家家忙碌备一冬，春雨喜煞耕种农。
披蓑戴笠朝朝出，理沟筑塍处处通。
储雨引水好灌田，耕田翻地把土松。
人间辛苦是三农，只望秋来收成丰。

定风波·赠将

王　质

问讯山东窦长卿，苍苍云外且垂纶。流水落花都莫问，等取，榆林沙月静边尘。

江面不如杯面阔，卷起，五湖烟浪入清尊。醉倒投床君且睡，却怕，挑灯看剑忽伤神。

赠　将

说起山东窦长卿，冷落失意大将军。
为何总想上前方，驰骋疆场杀敌人。
姑且头系黑纱巾，远离人间风烟尘。
管它落花与流水，世外桃源且栖身。
然而你却心焦急，等待边关传佳音。
只盼明月照沙海，只盼边关无战云。
只盼中原遗民安，早日回归得开心。

眼见山河已破碎，壮士报国却无门。
不如举杯图一醉，消恨化愁解郁闷。
应知酒面胜江面，开阔深沉更雄浑。
杯中苦酒点点滴，能翻五湖四海云。
小小酒杯神通大，深藏天下英雄人。
糊涂沉醉换悲凉，倒床姑且梦沉沉。
只怕醉梦醒来时，挑灯看剑更伤神。

八声甘州·读诸葛武侯传

王　质

过隆中、桑柘倚斜阳[①]，禾黍战悲风。世若无徐庶，更无庞统，沈了英雄。本计东荆西益[②]，观变取奇功。转尽青天粟[③]，无路能通。

他日杂耕渭上，忽一星飞堕[④]，万事成空。使一曹三马[⑤]，云雨动蛟龙[⑥]。看璀璨、出师一表，照乾坤、牛斗气常冲。千年后，锦城相吊，遇草堂翁[⑦]。

【注释】①桑柘（zhè）：桑树，柘树，柘树叶也可喂蚕。

②东荆西益：隆中对中，孔明言先向东取荆州后向西取益州。

③青天粟：天下粮食。

④一星飞堕：言诸葛亮如巨星陨落。

⑤一曹三马：曹操手下三马（司马懿、司马师、司马昭）。

⑥云雨动蛟龙：指司马父子借诸葛亮死乘乱而动。

⑦草堂翁：即诗圣杜甫。

读诸葛武侯传

秋日萧萧过隆中，卧龙岗上拜卧龙。
桑拓偎依斜阳里，禾黍战栗向西风。
若无走马荐诸葛，岂非埋没真英雄。
陪傍诸葛亦成名，徐庶庞统借东风。
先东后西取荆益，联孙抗曹鼎三雄。
隆中一对安天下，秀口三寸初立功。
欲取天下粮不济，只因蜀道无路通。

屯军渭水事耕种，北伐希望计首功。
天意难违非人因，巨星陨落万事空。
曹家三马借秋风，翻云覆雨成蛟龙。
出师一表定乾坤，北伐六出为汉忠。
鞠躬尽瘁耀史册，死而后已照长空。
千古诗圣歌蜀相，千古名相万人颂。
后人凭吊武侯祠，犹记草堂一诗翁。

南浦

鲁逸仲

风悲画角，听单于、三弄落谯门[①]。投宿骎骎征骑[②]，飞雪满孤村。酒市渐阑灯灭[③]，正敲窗、乱叶舞纷纷。送数声惊雁，乍离烟水，嘹唳度寒云[④]。

好在半胧淡月，到如今、无处不消魂。故国梅花归梦，愁损绿罗裙[⑤]。为问暗闲艳，也相思、万点付啼痕。算翠屏应是，两眉余恨倚黄昏。

【注释】①单于：此处指唐代曲调名。三弄：弹奏多遍。
②骎骎（qīn）：马急速前进的样子。
③阑：残，尽。　④嘹唳：清亮高亢的鸟叫声。
⑤绿罗裙：意中佳人。

思　乡

谯门楼头画角鸣，反复凄凉声不停。
忧伤曲调《小单于》，偏为羁旅添悲情。
夜寒催投旅舍住，策马飞奔向前行。
落叶敲窗风拍门，酒楼灯火渐冷清。
狂风乱舞雪纷纷，荒野孤村夜三更。
突发悲鸣破夜空，沙汀孤雁是谁惊？
烟雾水面冲天起，飞向寒云夜暝暝。

孤旅一路犹断魂，好在半胧月温馨。
思乡梦里回梅园，惊见树下绿罗裙。
试问清幽消瘦梅，暗香是否仍情深。
花蕾蕴藏多少恨，几时向谁露真心？
但见梅花千万朵，泪点斑斑相思痕。
历尽寒冬盼春回，吹开两眉化愁云。
日日夜夜依翠屏，绵绵长恨数黄昏。

贺新郎·春情

李 玉[①]

篆缕销金鼎。醉沉沉、庭阴转午，画堂人静。芳草王孙知何处？惟有杨花糁径[②]。渐玉枕、腾腾春醒[③]。帘外残红春已透，镇无聊、殢酒厌厌病[④]。云鬟乱，未忺整[⑤]。

江南旧事休重省。遍天涯、寻消问息，断鸿难倩[⑥]。月满西楼凭阑久，依旧归期未定。又只恐、瓶沉金井。嘶骑不来银烛暗，枉教人、立尽梧桐影。谁伴我？对鸾镜。

【注释】①李玉：李玉词留下来的仅此一首，却“风流蕴藉，尽此篇矣”。（黄昇《花间词选》）

②糁：飘散、飘落。 ③腾腾：昏沉样。

④殢（tì）：困于酒。 ⑤忺（xiān）：适意，高兴。

⑥倩：请，托，要求。

春 情

袅袅薰烟如篆文，飘出铜炉渐无影。
独饮闷酒昏沉沉，庭荫过午犹未醒。
萋萋芳草满天涯，游子何时归家门？
落英缤纷铺小径，寂寞杨花满空庭。
聊寄春梦依玉枕，只盼寻回心上人。
帘外红消香断尽，无奈梦醒愁断魂。
终日恹恹困酒樽，管它鬓发乱纷纷。

休题江南旧日事，遍寻天涯无消息。
料想断鸿高飞远，音讯书文不可期。
终日凝目望云岭，徒留画楼月下影。
也许羁旅万重山，应是难把归期定。
犹恐银瓶坠金井，一去无归孤苦命。
梧桐影消天色明，仍无马儿归来鸣。
谁能伴我对鸾镜，画眉描容赏婷婷。

烛影摇红·上元有怀①

张　抡

双阙中天②，凤楼十二春寒浅。去年元夜奉宸游③，曾侍瑶池宴。玉殿珠帘尽卷。拥群仙、蓬壶阆苑④。五云深处，万烛光中，揭天丝管。

驰隙流年⑤，恍如一瞬星霜换。今宵谁念泣孤臣，回首长安远。可是尘缘未断。谩惆怅、华胥梦短⑥。满怀幽恨，数点寒灯，几声归雁。

【注释】①上元：即元宵，又名灯节。

②双阙中天：皇宫巍峨，直入云天。双阙：皇宫门前有双楼观，代指皇宫。

③宸游：帝王的游乐巡视。

④蓬壶阆苑：神仙住所，代指皇宫。

⑤驰隙流年：时光如白驹过隙。

⑥华胥（xū）：梦境中的理想国度。后作梦境代称。

上元有怀

皇宫门外双阙，巍峨高耸云天。　重重叠叠楼阁，弥漫淡淡春烟。
记得去年元宵，侍宴皇上游玩。　玉殿珠帘尽卷，五彩祥云回旋。
群臣会宴一堂，好似蓬莱神仙。　万盏烛光灿烂，胜似瑶池月圆。
管弦锣鼓齐鸣，仙乐响彻云天。　九州升平歌舞，欢呼江山万年。

光阴白驹过隙，人世瞬间巨变。　一年沧海桑田，物换星移斗转。
又是元宵良夜，谁料京都沦陷。　孤臣涕零伤感，回首长安遥远。
眷恋往日繁华，尘缘犹未绝断。　空自惆怅无奈，理想国度梦幻。
追忆当年伤感，满腔幽恨悲怨。　哪堪寒灯数点，长夜惊鸣归雁。

水龙吟

程　垓

夜来风雨匆匆，故园定是花无几。愁多怨极，等闲孤负[①]，一年芳意。柳困桃慵，杏青梅小，对人容易。算好春长在，好花长见，原只是、人憔悴。

回首池南旧事，恨星星[②]、不堪重记。如今但有，看花老眼，伤时清泪。不怕逢花瘦，只愁怕、老来风味。待繁红乱处，留云借月，也须拼醉。

【注释】①等闲：随便，随意。

②星星：指白发，喻年老。

忧　思

夜来风雨何急急，故园花应剩无几。
老眼无心赏花景，唯有满腔愁怨意。
身心烦躁意难安，辜负一年春旖旎。
梅子酸小杏儿青，花儿慵懒柳倦抑。
纵然年年春再来，百花空自争艳丽。
孤独凄迷无心情，人比落花更憔悴。

当年城南旧情事，不堪回首留相思。
星星点点发花白，老眼昏花情迷离。
无限感慨伤世情，老泪难止湿襟衣。
不怕花儿渐消瘦，只愁人老心倦疲。
邀来彩云和明月，权作酒友与相知。
趁着繁红开乱时，拼将一醉乐癫痴。

瑞鹤仙

陆 淞

脸霞红印枕，睡觉来、冠儿还是不整。屏间麝煤冷[①]，但眉峰压翠[②]，泪珠弹粉。堂深昼永。燕交飞、风帘露井。恨无人与说相思，近日带围宽尽。

重省[③]。残灯朱幌[④]，淡月纱窗，那时风景[⑤]。阳台路迥[⑥]，云雨梦[⑦]，便无准。待归来，先指花梢教看，欲把心期细问。问因循过了青春，怎生意稳？

【注释】①麝煤：这里代指墨。 ②压翠：形容女子眉头紧锁。
③重省（xǐng）：重新回忆。 ④朱幌：朱红色的帷幔。
⑤风景：情景。 ⑥阳台路迥：相会处遥远。 ⑦云雨梦：指男女欢爱。

青春误

脸腮晕红霞，绣枕落印痕。
惊翻好梦醒，衣冠无心整。
水墨春画屏，犹感生冷清。
佳人锁眉紧，珠泪洗脂粉。
昼长夜更长，寂寞满画屏。
清风挑珠帘，幽独生孤愤。
双燕绕天井，孤人锁金镜。
无限柔情意，拥衾盼天明。
日日减玉肌，夜夜滋幽情。

良宵夜月明，朱红帷幔灯。
长忆那时景，山盟海誓情。
思念何时尽，天涯盼音信。
欲温欢爱梦，归期又无准。
他日郎君归，先指花梢问。
花谢又花开，留春多少恨。
再作细倾吐，蹉跎岁月苦。
人生何其短，怎堪青春误。
竟然心安稳，郎君是何故？

湘春夜月

黄孝迈

近清明，翠禽枝上消魂。可惜一片清歌，都付与黄昏。欲共柳花低诉，怕柳花轻薄[1]，不解伤春。念楚乡旅宿，柔情别绪，谁与温存？

空樽夜泣，青山不语，残月当门。翠玉楼前，惟是有、一波湘水，摇荡湘云。天长梦短，问甚时、重见桃根[2]？这次第，算人间没个并刀、剪断心上愁痕。

【注释】①柳花轻薄：指柳花四处飘飞，好像轻薄女子。

②桃根：晋书法家王献之爱妾名。这里指作者心上人。

湘春夜月

转眼临近清明，枝上翠鸟低吟。
歌声婉转动人，真是叫人销魂。
可惜一片清歌，枉付寂寞黄昏。
想与柳花倾诉，倾吐思乡春心。
怕她轻浮浅薄，不解羁旅苦闷。
孤独漂泊异乡，暂投楚乡栖身。
满怀柔情别恨，只盼楚台梦深。
谁给一丝温馨，抚平相思伤痕。

酒杯空空夜晚，潸然泪雨如倾。
青山欲言无语，假意还是真情？
残月冷光幽幽，斜照高楼门庭。
湘水摇荡离恨，湘云飘浮空暝。
怎奈白日漫长，难求梦里真情。
究竟要待何时，能见玉立婷婷？
寻遍天上人间，但得利刃神灵。
只须轻轻一挥，断我万般愁情。

范成大（1126—1193），南宋著名诗人。字致能，号石湖居士，今江苏苏州人。曾出使金国，表现出不畏强暴的凛然气节。晚年隐居故乡石湖。南宋四大家之一。传世作品较多，词作有《石湖词》。代表作有《四时田园杂兴》六十首，描写农村春、夏、秋、冬四个季节的景色和农民的生活及困苦。

忆秦娥

范成大

楼阴缺，阑干影卧东厢月。东厢月，一天风露，杏花如雪。
隔烟催漏金虬咽，罗帏黯淡灯花结。灯花结，片时春梦，江南天阔。

梦回江南

浓密树荫遮不住，
楼头正补树荫缺。
明月高悬照栏杆，
栏杆影儿东厢斜。
清幽寂寞光皎洁，
风轻露寒枝头月。
天清如水云淡淡，
满院杏花白如雪。

薰炉香烟雾缭绕，
铜漏滴水声呜咽。
丝纬罗帐孤灯幽，
但求美梦春片刻。
人倦灯昏灯花结，
今夜春梦乘风越。
飞遍江南万重山，
地远天阔茫茫月。

霜天晓角·梅

范成大

晚晴风歇，一夜春威折①。脉脉花疏天淡②，云来去，数枝雪。
胜绝，愁亦绝，此情谁共说。惟有两行低雁，知人倚、画楼月。

【注释】①春威：指寒意凛冽的威势。折：减弱。
②脉脉：无言对视，饱含深情的样子。

梅

傍晚时分天气转晴风停歇
一夜暖风春意淫威渐消折
梅露芳姿稀疏娇嗔情脉脉
浮云淡淡天宇气清幽香绝
数枝新蕊俏立枝头拥寒雪

景致胜绝佳人愁绝心苦涩
谁能体恤春夜倚楼寒凛冽
孤寂幽独心结皆是韶光惹
唯有两行凄凉归雁低飞越
鸿雁怎解有人倚楼愁望月

眼儿媚

范成大

萍乡道中乍晴，卧舆中困甚①，小憩柳塘。②

酣酣日脚紫烟浮③。妍暖破轻裘。困人天色，醉人花气，午梦扶头④。
春慵恰似春塘水，一片縠纹愁⑤。溶溶泄泄⑥，东风无力，欲皱还休。

【注释】①舆（yú）：车，车厢。

②憩：休息。

③酣酣：暖意。日脚：穿过云隙射出的阳光。

④扶头：酒名。这里指沉醉意。

⑤縠纹：指水面一圈圈的波纹或细纹。

⑥溶溶泄泄（yì）：形容水波荡漾的样子。这里也可理解为东风和暖，绵绵。

春　塘

阳光穿透紫烟来，撒下一片金丝绸。
春光妍丽日渐暖，暖意融融透轻裘。
熏熏天气身困乏，郁郁花香醉闷头。
午间酣睡易入梦，昏睡梦醒风飕飕。

春日慵懒人倦倦，恰似春塘水幽幽。
池面细细涟漪起，牵惹丝丝春来愁。
东风轻吹软绵绵，池塘水波荡悠悠。
东风不停波不停，吹皱揉平几时休？

鹊桥仙·七夕

范成大

双星[①]良夜，耕慵织懒[②]，应被群仙相妒。娟娟月姊满眉颦[③]，更无奈、风姨吹雨。

相逢草草，争如羞见[④]，重搅别离心绪。新欢不抵旧愁多，倒添了、新愁归去。

【注释】①双星：指牛郎、织女双星。

②慵：困倦，懒。

③娟娟：秀美。

④争如休见：怎如不见。

七 夕

良宵七月七，双星相会期。
牛郎无心耕，织女停杼机。
好事已临近，群仙也妒忌。
娟娟嫦娥女，蛾眉皱一起。
吹风又下雨，风姨有醋意。

草草会一面，匆匆又分离。
莫如不相见，相见添愁思。
相见欢一时，离别愁无期。
旧愁未消减，反添新愁积。
悲剧永无已，年年是七夕。

陈亮（1143—1194），字同甫，世称龙川先生，今浙江永康人。南宋政治家，词人。力主抗金，屡遭迫害。他与辛弃疾交往密切，词风相近，其词慷慨激昂，风格豪迈。著有《龙川文集》《龙川词》。

鹧鸪天·怀王道甫①

陈　亮

落魄行歌记昔游。头颅如许尚何求。心肝吐尽无余事，口腹安然岂远谋。
才怕暑，又伤秋。天涯梦断有书不。大都眼孔新来浅，羡尔微官作计周。

【注释】①怀：怀念。作者与王青少年时代就是好朋友。

怀王道甫

与君当年落魄时，携手行歌豪迈游。
历尽沧桑志不改，白头老翁复何求？
呕心沥血为国愁，不求为己一事忧。
如今衣食足温饱，何须奔波五斗谋？

时光荏苒思良友，刚历炎暑又伤秋。
梦里常有书信至，空将喜悦付东流。
近来自己目光短，羡慕君之官场游。
大材也堪作小用，上天为你谋划周。

念奴娇·登多景楼[1]

陈 亮

危楼还望，叹此意、今古几人曾会？鬼设神施，浑认作、天限南疆北界。一水横陈[2]，连岗三面，做出争雄势。六朝何事，只成门户私计？

因笑王谢诸人[3]，登高怀远，也学英雄涕[4]。凭却长江，管不到，河洛腥膻无际[5]。正好长驱，不须反顾，寻取中流誓[6]。小儿破贼[7]，势成宁问强对！

【注释】①多景楼：故址在江苏镇江市。

②一水：指长江。

③王谢诸人：指东晋南迁后的士大夫。

④学英雄涕：指东晋士大夫临危时的终日伤感悲啼。

⑤河洛：泛指中原地区。腥膻：牛羊腥气，代指金兵。

⑥中流誓：祖狄率兵北伐过江至中流发誓破敌。

⑦小儿：指东晋淝水之战中的破敌晚辈。

登多景楼

纵目四望登高楼，百感丛生任交集。
此番登楼为何情，今古几人有谁知？
眼前鬼设神施环境险，偏作划疆分界丐托辞。
长江横卧镇江前，三面环山相托依。
猛虎下山险峻势，北伐中原好根基。
六朝消亡是何因？君臣皆把私利追。

可笑王谢诸贵人，对江空洒英雄泪。
不顾中原划江治，留今学作拭鼻涕。
只凭长江保偏安，不顾河洛满膻气。
凭借险峻可长驱，义无反顾伐北夷。
学淝水大胆启用小儿辈，学祖逖击楫中流誓不归。
何惧敌人虎狼师，收复中原定可期！

虞美人·春愁

陈　亮

东风荡飏轻云缕，时送萧萧雨。水边台榭燕新归，一口香泥湿带落花飞。海棠糁径铺香绣，依旧成春瘦。黄昏庭院柳啼鸦，记得那人和月折梨花。

春　愁

天上飘着些微云，春风轻轻地低吟。
时断时续潇潇雨，千点万点愁煞人。
亭台凉榭池如镜，新归双燕穿流云。
一口口带走香土泥，一点点减去残余春。
风吹雨打枝头红，片片落英归泥尘。

海棠花舞乱纷纷，飞红织锦绣满庭。
迟暮春色憔悴瘦，徒增多少凄凉情。
黄昏庭柳乱鸦啼，哭春挽歌岂堪听。
曾记月下梨花影，那人折枝入画屏。
花上月色别有韵，幽幽此情暗恨生。

水龙吟·春恨

陈　亮

闹花深处楼台，画帘半卷东风软。春归翠陌，平莎茸嫩[①]，垂杨金浅。迟日催花，淡云阁雨[②]，轻寒轻暖。恨芳菲世界，游人未赏，都付与莺和燕。

寂寞凭高念远。向南楼、一声归雁。金钗斗草[③]，青丝勒马，风流云散。罗绶分香[④]，翠绡对泪，几多幽怨？正销魂，又是疏烟淡月，子规声断。

【注释】①平莎：长满莎草的平野。茸：嫩草。

②淡云阁雨：淡云含雨，指雨停。阁：通“搁”，搁浅。

③斗草：古代民俗，有斗百草的游戏。

④罗绶分香：古人分别时，有以罗带赠别的习俗。

春　恨

春呼百花闹，高楼深藏花丛间。
画帘犹半卷，春风忙送香酥软。
尽染阡陌绿，嫩草平野铺天边。
金色新芽浅，柳枝飘荡撒娇欢。
春来日漫漫，催促花儿俏打扮。
雨停淡云散，冷热相宜春灿烂。
美景徒枉然，谁人欣赏谁人看?
可惜空送了，痴情黄莺和飞燕。

寂寞登楼念北远，归雁一声过楼南。
当年金钗斗草戏，犹似在眼前。
手牵青丝勒住马，含笑伫立看。
多少美好风流事，如同浮云散。
临别贻赠丝罗巾，至今带香长留念。
只是丝巾泪痕在，似说不尽幽中怨。
最是伤情时，又闻子规声啼断。
目尽烟袅袅，月破云淡淡。

水调歌头·送章德茂大卿使虏

陈　亮

不见南师久，漫说北群空①。当场只手，毕竟还我万夫雄。自笑堂堂汉使，得似洋洋河水，依旧只流东？且复穹庐拜②，会向藁街逢！③

尧之都，舜之壤，禹之封④。于中应有，一个半个耻臣戎！万里腥膻如许，千古英灵安在，磅礴几时通？胡运何须问，赫日自当中！

【注释】①漫说：休说。北群空：比喻无人才。

②穹庐：毡幕。代指金国朝廷。

③藁（gǎo）街：汉代长安城街名。街上曾悬挂匈奴首领首级示众。

④尧、舜、禹：传说中的上古圣君。

送章德茂大卿使虏

很久不见北伐军，岂无抗金真英雄。
大使身手敌万夫，双臂拉开千钧弓。
堂堂汉使忠心在，犹如江河永向东。
暂且穹庐低头拜，早晚战场擒枭雄。
不信请向藁街看，利剑出鞘斩顽凶。

巍巍中原华夏地，尧舜禹圣把疆封。
总有如许好丈夫，耻于向敌认臣戎。
万里河山窜牛羊，千古英灵岂能容。
磅礴正气应伸张，收复中原振雄风。
敌枭必败何须疑，大宋江山红日中。

刘过（1154—1206），字改之，号龙洲道人，今江西泰和人。少有大志，乐道盛衰治世方略。曾主力北伐，未果遂飘零江湖之间。与辛弃疾、陆游等交往甚密。刘过博学经史百家之书，加之多年经历，故作词大气，多壮语，词风雄健豪放，与辛词相近。著有《龙洲词》。

唐多令

刘　过

安远楼小集，侑觞歌板之姬黄其姓者[1]，乞词于龙洲道人[2]，为赋此《唐多令》。同柳阜之、刘去非、石民瞻、周嘉仲、陈孟参、孟容。时八月五日也。

芦叶满汀洲[3]，寒沙带浅流。二十年重过南楼。柳下系船犹未稳，能几日，又中秋？

黄鹤断矶头[4]，故人今在否？旧江山浑是新愁。欲买桂花同载酒，终不似、少年游。

【注释】①侑觞：以歌舞助酒兴。侑（yòu），劝酒之意。

②龙洲道人：作者本人。

③汀州：水中小洲。

④黄鹤：黄鹤山。

重上黄鹤楼

残芦落叶满沙洲，寒水如带清浅流。
二十年后从此过，趁兴又上黄鹤楼。
柳下系船犹未稳，客边行脚岂久留。
不消几日又中秋，漂泊他乡几时休？

昔日朋友今在否？断头矶边黄鹤楼。
满目残山剩水泣，怅悒胸涌几多愁。
本欲买得桂花酿，与友载酒泛中流。
终无当年豪纵趣，无奈不似少年游。

沁园春

刘　过

寄辛承旨[1]。时承旨招，不赴。

斗酒彘肩[2]，风雨渡江，岂不快哉！被香山居士[3]，约林和靖[4]，与坡仙老[5]，驾勒吾回。坡谓西湖，正如西子[6]，浓抹淡妆临镜台。二公者，皆掉头不顾，只管衔杯。

白云天竺去来[7]，图画里、峥嵘楼观开。爱东西双涧[8]，纵横水绕；两峰南北，高下云堆。逋曰不然，暗香浮动[9]，争似孤山先探梅。须晴去，访稼轩未晚，且此徘徊。

【注释】①承旨：官民。辛弃疾曾任枢密院都承旨。辛任绍兴府兼浙东安抚使时，派人去临安（杭州）请刘过前往。刘过因事推辞，填了这首词交使者带回。　②彘（zhì）肩：猪前腿。　③香山居士：即白居易。别号香山居士。　④林和靖：林逋。　⑤东坡：苏东坡。　⑥天竺：杭州山峰名。　⑦西子：东坡有诗云："若把西湖比西子，浓妆淡抹总相宜。"

⑧东西双涧：白居易有诗云："东涧水流西涧水，南山云起北山云。"

⑨暗香浮动：林逋有诗云："疏影横斜水清浅，暗香浮动月黄昏。"

谢稼轩兄

君备美酒一猪腿，邀我绍兴共相随。
真是快哉又幸哉！顶风冒雨渡江来。
林逋苏轼白居易，三人勒马驾我回。
坡言何须去绍兴？临安美景绣成堆。
坡爱西湖比西子，"淡妆浓抹总相宜"。
林白二公不停杯，直欲西湖变酒池。

香山独喜天竺云，峥嵘楼观依云开。
"东涧水流西涧水"，南北高峰彩霞飞。
逋说最是孤山好，莫若趁早先探梅。
"暗香浮动月黄昏"，疏影横斜骚人醉。
拜访稼轩待晴日，细说缘由迟来事。
徘徊暂把邀约违，他日登门谢君意。

沁园春·张路分秋阅[1]

刘　过

万马不嘶，一声寒角，令行柳营[2]。见秋原如掌，枪刀突出，星驰铁骑，阵势纵横。人在油幢[3]，戎韬总制[4]，羽扇从容裘带轻。君知否，是山西将种[5]，曾系诗盟[6]。

龙蛇纸上飞腾。看落笔四筵风雨惊[7]。便尘沙出塞，封侯万里，印金如斗[8]，未惬平生[9]。拂拭腰间，吹毛剑在，不斩楼兰心不平[10]。归来晚，听随军鼓吹，已带边声。

【注释】①张路分：南宋抗金名将。秋阅：秋季阅兵演练。

②柳营：细柳军营，喻指如周亚夫军营，纪律严明。

③油幢：油布搭制的帐幕。

④戎韬总制：戎：军队。韬：兵法。全句指按兵法部署，调动军队。

⑤山西将种：《汉书·赵充国辛庄忌传赞》云：秦汉以来，山东出相，山西出将。　⑥诗盟：诗人的盟会，长以诗会友欢聚评论。

⑦风雨惊：出自杜甫赞李白，“笔落惊风雨，诗成泣鬼神”。

⑧印金如斗：喻位高权重。　⑨惬：满足。

⑩楼兰：此处借指金兵。

张路分秋阅

万马列队待军令，戈甲无声马不鸣。猛然一声号角响，命令飞遍细柳营。秋日原野空旷远，边塞将士苦练兵。枪戟刀剑森似林，铁骑奔驰闪流星。令旗飞舞频变阵，变幻莫测势纵横。油幕帐中主帅张，深谙兵法调三军。从容不迫挥羽扇，轻裘绶带显精神。不知诸君可知否，山西自古出良臣。将军岂止善用兵，诗盟更是才高人。

将军草书势遒劲，犹如蛇舞龙飞腾。文思敏捷如神助，笔落诗成四座惊。征战沙场频出塞，封侯万里建功名。腰配金印权高重，不旬私利半步行。功名富贵岂障眼，安边定远慰平生。吹毛立断宝剑在，常备不懈鬼神惊。闻鸡起舞寒光闪，不斩楼兰意不平。秋阅练兵归来晚，三军豪气扫暮云。鼓乐齐奏《大风歌》，犹似金戈破天门。

王沂孙（大约 1230—1291），字圣与，号碧山，又号中仙，今属浙江绍兴人。宋亡后，他曾与周密，张炎等人结社作词，借咏物抒亡国之痛。词作长于咏物，在宋派词人中有显著艺术个性的词家。词集《碧山乐府》，收词六十余首。

眉妩·新月

王沂孙

渐新痕悬柳[①]，淡彩穿花[②]，依约破初暝。便有团圆意，深深拜[③]，相逢谁在香径。画眉未稳。料素娥[④]、犹带离恨。最堪爱、一曲银钩小[⑤]，宝帘挂秋冷。

千古盈亏休问。叹慢磨玉斧[⑥]，难补金镜[⑦]。太液池犹在[⑧]，凄凉处、何人重赋清景。故山夜永。试待他、窥户端正[⑨]。看云外山河，还老尽，桂花影。

【注释】①新痕：出露的新月。　②淡彩：形容月色洁白秀美。
③深深拜：古代女子有拜月祈愿习俗。　④素娥：代指月亮。
⑤银钩：喻新月。　⑥玉斧：传说吴刚用玉斧伐月中桂树。
⑦金镜：代圆月，暗指国土完整。
⑧太液池：汉唐长安宫中池名。代指宋代宫廷池苑。
⑨端正：指十五、十六的月正圆。

新　月

一弯新月渐东升，淡淡清辉破暝昏。高高悬挂柳枝头，几缕银光过花荫。
残月尚有团圆意，人间难寻志同人。暗夜应盼星光映，天漏犹须女娲魂。
何时相逢落红径，拜月祈圆意深深。嫦娥犹记家国恨，不展画眉忧遗民。
喜看银钩挂秋冷，为卿寒夜送温馨。

月圆月缺千古韵，长缺不圆待谁问？吴刚玉斧空磨砺，难补金镜山河崩。
故国池苑应犹在，寂寞凄凉破败庭。嫦娥长空夜夜泪，怎堪遗民受欺凌。
当年对月赋清景，如今唯有悲恨情。长夜漫漫无尽头，何时能盼月长明。
月桂老影偏有意，风云变幻待天晴。

绮罗香

王沂孙

玉杵余丹[①]，金刀剩彩，重染吴江孤树。几点朱铅，几度怨啼秋暮。惊旧梦、绿鬓轻凋，诉新恨、绛唇微注。最堪怜，同拂新霜，绣蓉一镜晚妆妒[②]。

千林摇落渐少，何事西风老色，争妍如许。二月残花，空误小车山路。重认取、流水荒沟，怕犹有、寄情芳语。但凄凉、秋苑斜阳，冷枝留醉舞。

【注释】①玉杵（chǔ）：捣药用的玉制棒槌。

②绣蓉：这里指秋荷。

红　叶

仙人玉杵捣药留余朱砂粉雾
重重叠叠染红孤独吴江枫树
历经几番秋雨秋风洗梳理护
恰如旧梦惊魂纷繁世事难度
渐红的双唇把新恨尽日倾吐
眼见枫叶红艳不由心生忌妒
仪容巨大悬殊恨老天不眷顾

还有宫廷剪彩专用红绡丝布
着意定制华衣丽服风彩展露
枫叶已把愁怨悄悄倾泻秋暮
稀疏凋谢双鬓已是青绿难驻
最是堪怜秋荷对镜望影自顾
同样经受秋末风霜雨雪凌辱

萧萧秋风缓缓摧残千林万木
谁是争妍斗美秋霜中的翘楚
二月残花凄美迷倒骚人无数
一年中的秋景秋韵千万别误
应把荒谷中的红叶细细关注
但见斜阳冷冷照着吴江枫树
把孤独凄凉对残阳低声倾诉

无情卷扫片片黄叶漫天飞舞
唯有山山红叶艳丽依然如故
可是它怎比经霜红叶的情愫
更有停车坐爱枫林晚的山路
莫把寄情芳语一页错失辜负
仿佛醉酒的枫叶秋风中摇舞

齐天乐·蝉

王沂孙

一襟余恨宫魂断①，年年翠阴庭树。乍咽凉柯②，还移暗叶，重把离愁深诉。西窗过雨。怪瑶佩流空③，玉筝调柱④。镜暗妆残，为谁娇鬓尚如许。

铜仙铅泪似洗⑤，叹携盘去远，难贮零露。病翼惊秋，枯形阅世，消得斜阳几度？余音更苦。甚独抱清高，顿成凄楚？谩想熏风⑥，柳丝千万缕。

【注释】①宫魂断：齐王后怨恨而死，尸变为蝉。

②凉柯：清凉的树枝。

③怪瑶佩流空：怪：惊异。瑶佩流空：蝉鸣如玉佩击打之声。

④玉筝调柱：蝉鸣如调好玉柱的筝音。

⑤铜仙：指汉铸造的金铜仙人。此处暗喻亡国。

⑥熏风：夏日暖风。这里暗喻南宋盛世。

蝉

帝后悲魂无归处，化作怨蝉鸣官树。
时隐时现身孤独，忽起忽落音飞渡。
年年声断林间叶，欲把亡国悲情诉。
细雨飞洒西窗前，诧异蝉声鸣天鼓。
佩玉摇动声忽异，银筝轻抚乐音舒。
幽暗残妆对铜镜，娇鬓薄翼为谁梳？

金铜仙人泪如洗，承露玉盘遭强掳。
何处能饮清风露？何处能果饥肠腹？
恹恹病翼惊寒秋，形枯身残度朝暮。
历尽人世苦无数，尚余斜阳有几度？
自诩清高宿高枝，独悲宫商声凄楚。
长忆江南熏风日，万千柳丝长袖舞。

天香·龙涎香①

王沂孙

孤峤蟠烟②，层涛蜕月，骊宫夜采铅水③。汛远槎风④，梦深薇露⑤，化作断魂心字。红甆候火⑥，还乍识、冰环玉指⑦。一缕萦帘翠影，依稀海天云气。

几回殢娇半醉⑧。剪春灯、夜寒花碎。更好故溪飞雪，小窗深闭。荀令如今顿老⑨，总忘却、樽前旧风味。谩惜余熏，空篝素被。

【注释】①龙涎香：抹香鲸的呕吐物为主要原料制作的高级香料。
②峤：山高而尖。这里指礁石。蟠：盘曲起伏。
③骊宫：龙宫。铅水：这里指龙涎。
④汛：潮汛。槎：竹，木制作的筏子。 ⑤薇露：蔷薇花露水。
⑥甆：即瓷。候火：掌握火候。 ⑦冰环玉指：香料制成指环状。
⑧殢（tì）娇：故意撒娇。 ⑨荀令：东汉荀彧（yù）作者自比。

龙涎香

海中礁石孤耸立，烟水苍茫绕云霓。
层层云涛涛蜕尽，淡淡月光光洗衣。
趁着月夜到骊宫，渔人龙涎忙采集。
木筏趁势海潮去，驾驭海风采香回。
调和蔷薇花露水，深夜加以秘炼制。
把稳火候精巧作，香末萦篆成心字。
龙涎放入红瓷盒，制成晶莹玉环指。
焚爇翠烟绕帘时，仿佛海天云香气。

暗想从前俏佳人，几番尽撒娇嗔气。
故意喝得半沉醉，挑灯剪花相嬉戏。
更有故乡溪山夜，漫天飞雪春暖意。
窗儿轻轻关上时，多么温馨情别致。
如今天涯孤单客，爱香荀令老朽矣。
旧日樽前风情味，早已迷糊难回忆。
枉留当年香料在，徒然空熏孤锦被。
往事难回余熏在，权慰孤客伤心意。

庆春宫·水仙花

王沂孙

明玉擎金[①]，纤罗飘带，为君起舞回雪。柔影参差，幽芳零乱，翠围腰瘦一捻[②]。岁华相误，记前度湘皋怨别[③]。哀弦重听，都是凄凉，未须弹彻。

国香到此谁怜？烟冷沙昏，顿成愁绝。花恼难禁，酒销欲尽，门外冰澌初结。试招仙魄，怕今夜瑶簪冻折。携盘独出，空想咸阳，故宫落月。

【注释】①擎（qíng）：向上托着，举。

②捻：这里念古音（niē），纤细美丽意。

③湘皋：湘水边高地。

水　仙

玉洁花瓣晶莹明亮如雪　深藏花蕊闪耀灿灿金色
好似仙女飘然离开仙界　捧着金盘飞来身轻如叶
纤细丝绢罗带随风飘曳　日夜为君曼舞回风飞雪
佳人亭亭玉立略带羞涩　宛如飞燕身影风中跳跃
沁人暗香浮动绵绵不绝　更有楚腰一捻裙围翠色
恍如白驹过隙时光飞越　当年美好情景烟消云灭
曾记三宫被掳北上岁月　离宫幽怨作别湘水悲咽
可叹靖康前耻尚未洗雪　今朝又闻亡国之音响彻

昔日国色天香已成囚客　沦落塞外异乡孤村荒野
终日黄沙暝暝凄凉寒冽　又有谁来怜惜谁来慰藉
花儿气恼难禁心如撕裂　无奈昏昏醉酒情何宣泄
门外流冰凝结肠断时刻　回首宫阙可知芳魂凉热
只怕难熬今夜严冰寒雪　只怕玉簪冻折魂断荒野
手捧金盘独出潸然泪咽　空忆故都良宵好花圆月
空忆咸阳升平辉煌时刻　空忆当年宫中起舞回雪
深深思索为何天塌地裂　奈何如今凄凉漫长寒夜

史达祖（1163—1220？），字邦卿，号梅溪，今河南开封人。他的词长于咏物，尽态极妍。善用白描手法，刻画入微。他的一部分词也充满了沉痛的家国之感。今传有《梅溪词》，存词112首。

八 归

史达祖

秋江带雨，寒沙萦水，人瞰画阁愁独。烟蓑散响惊诗思[①]，还被乱鸥飞去，秀句难续。冷眼尽归图画上，认隔岸、微茫云屋。想半属、渔市樵村，欲暮竞然竹。

须信风流未老，凭持尊酒、慰此凄凉心目。一鞭南陌，几篙官渡，赖有歌眉舒绿[②]。只匆匆眺远，早觉闲愁挂乔木。应难奈故人天际，望彻淮山，相思无雁足。

【注释】①烟蓑散响：蓑：蓑衣，代指渔人。这里指渔人断续的歌声。

②歌眉舒绿：歌眉，代指歌女。舒绿：古人以黛绿色画眉，听歌声眉舒展，故称舒绿。

空望淮山

一江碧流带秋雨，寒水冷烟绕沙渚。登高画楼向远眺，孤寂暗生愁满腹。
披蓑撒网水花溅，搅乱一江江面雾。渔歌飞出烟波里，撩拨诗情意欲出。
一群鸥鸟惊鸣叫，搅飞佳句赋难书。隔岸隐隐显茅庐，江流村落美画图。
樵村渔市夜正忙，几处火光燃枯竹。

发疏形枯身虽老，风流豪情却如故。暂时凭借杯中酒，慰我心中凄凉苦。
一鞭马驰越乡道，几篙船快过官渡。赖有歌女乐声绕，愁眉稍展鸥鹭舞。
残阳匆匆下山岗，闲愁重重挂林树。无奈空望淮山远，故人更在天际处。
欲寄书信无雁来，相思梦随云飞渡。

绮罗香·春雨

史达祖

做冷欺花，将烟困柳，千里偷催春暮。尽日冥迷[①]，愁里欲飞还住。惊粉重、蝶宿西园，喜泥润、燕归南浦。最妨他、佳约风流，钿车不到杜陵路[②]。

沉沉江上望极，还被春潮晚急，难寻官渡。隐约遥峰，和泪谢娘眉妩[③]。临断岸、新绿生时，是落红、带愁流处。记当日、门掩梨花，剪灯深夜语。

【注释】①冥迷：阴暗迷茫。

②杜陵：汉宣帝陵墓所在地，今陕西西安。当时富贵人家多居于此。

③谢娘：唐代名妓。代指歌女。

春　雨

春风春雨春寒急，欺花欺朵是何故？
烟霭重重锁垂柳，千里偷偷催春暮。
终日阴阴迷蒙蒙，几多忧伤愁满腹。
愁情欲飞飘不定，若即若离迷茫处。
雨打粉蝶惊飞扑，沉重无力西园驻。
喜好润土梁间燕，匆匆衔泥归南浦。
遍是淤泞雨后路，空望佳人相约处。
华丽车辆装饰美，可惜难到杜陵路。

极目遥望大江流，春潮暮雨茫茫雾。
平芜难寻官家渡，隐约青山峰如矗。
犹似妩媚含愁女，两道秀眉微微蹙。
但见断崖绝壁处，草木青葱翻新绿。
已是红消香断时，带愁携恨流水误。
还曾记得那时节，风雨轻敲西窗户。
门掩梨花千娇媚，喜剪良夜灯花炷。
如梦似幻烟云散，凄风冷月破窗入。

双双燕·咏燕

史达祖

过春社了[①]，度帘幕中间，去年尘冷。差池欲住，试入旧巢相并。还相雕梁藻井[②]。又软语、商量不定。飘然快拂花梢，翠尾分开红影。

芳径，芹泥雨润。爱贴地争飞，竞夸轻俊。红楼归晚，看足柳昏花暝[③]。应自栖香正稳，便忘了、天涯芳信。愁损翠黛双蛾，日日画阑独凭。

【注释】①春社：立春后的第五个戊日为祭祀土地神的节日，称为春社。

②藻井：这里指有井栏状图案的天花板。

③暝暝：昏暗的样子。

咏燕

又过春社时分，燕子帘间穿行。
屋梁积满灰尘，总感一丝冷清。
仿佛犹豫难决，新旧难选画屏。
栖息旧巢幽静，交颈双宿深情。
不时四下张望，审视雕梁藻井。
呢呢喃喃软语，似乎商量难定。
飘然飞越花梢，巡视周边环境。
张开燕尾快剪，修理红花花影。

芳香阡陌小径，雨浸泥润柳青。
忙忙碌碌双燕，最喜贴地飞行。
仿佛竞相夸耀，轻灵俊逸身形。
红楼归晚难困，看足柳暗花暝。
自顾栖息爱巢，睡得香甜安稳。
却忘游子托付，天涯捎回书信。
害苦闺中佳人，翠黛双眉愁损。
天天独倚画栏，徒留思念长恨。

玉蝴蝶

史达祖

晚雨未摧宫树[①]，可怜闲叶，犹抱凉蝉。短景归秋[②]，吟思又接愁边。漏初长、梦魂难禁，人渐老、风月俱寒。想幽欢土花庭甃[③]，虫网阑干。

无端啼蛄搅夜，恨随团扇，苦近秋莲。一笛当楼，谢娘悬泪立风前[④]。故园晚、强留诗酒，新雁远、不致寒暄。隔苍烟、楚香罗袖，谁伴婵娟[⑤]？

【注释】①宫树：本指宫中树，这里泛指树木。

②短景归秋：白天渐短，进入秋天。

③土花庭甃（zhòu）：土花，苔藓。甃：露在地上的井壁。

④谢娘：这里指心上人。

⑤婵娟：可代指美人；代指美好时光；代指月亮。

谁伴婵娟

最是无情黄昏雨，几番欲将宫树断。
可叹疏叶亦多情，犹抱寒蝉度惊乱。
岁月暗流白昼短，诗词歌赋入秋怨。
漏壶滴水夜渐长，梦魂难禁愁无眠。
轻霜渐染双鬓白，人老风月不胜寒。
曾记当年幽会地，寻爱追欢意缠绵。
如今苔衣满庭甃，蛛丝结网遍栏杆。

无奈蝼蛄啼长夜，惊扰佳人泪难眠。
身如秋扇离恨生，心似荷莲苦难言。
当年对楼吹横笛，佳人垂泪立风前。
迟迟未能返故园，强留诗酒驱哀怨。
欲求新雁捎寒暄，谁知无情高飞远。
两地苍茫云烟隔，空留思念情眷眷。
楚香罗袖心上人，孤苦伶仃谁相伴？

满江红·书怀

史达祖

好领青衫[①]，全不向、诗书中得。还也费、区区造物，许多心力。未暇买田清颍尾[②]，尚须索米长安陌[③]。有当时、黄卷满前头，多渐德。

思往事，嗟儿剧[④]。怜牛后[⑤]，怀鸡肋[⑥]。奈稜稜虎豹[⑦]，九重九隔[⑧]。三径就荒秋自好[⑨]，一钱不直贫相逼。对黄花、常待不吟诗，诗成癖。

【注释】①青衫：黑色衣衫，这里代指小官吏。

②暇（xiá）：空闲。清颍：地名。

③索米长安：有长安米贵居不易之意。

④嗟儿剧：嗟叹往日做事如同儿戏。 ⑤牛后：牛尾巴，牛屁股。

⑥鸡肋：鸡肋骨，食之无味，弃之可惜。

⑦稜：即棱。稜稜：凶恶样。 ⑧九重：九重天，代指皇宫。

⑨三径：代指农村田园。

书　怀

一领青衫上天赐，职低位卑责重吏。
满腹才华空自好，青衫求取非孔师。
区区小吏得非易，费血尽心始有之。
欲学高士茅庐隐，无暇买田何处居。
常叩长安富贵门，无奈索米安肠饥。
当年书卷历历在，几多辛酸又谁知？
愧对十年寒窗志，愧对祖宗荫德滋。

追悔往事如儿戏，轻率置身公门事。
牛尾甩摆仰主意，可怜犹忧受鞭笞。
食之无味似鸡肋，弃之可叹无生计。
虎豹当道路难行，高天阻隔贤被弃。
三径就荒待我归，更有秋韵无限意。
一钱不值贫想逼，攀附风雅非我志。
借得秋菊解苦闷，宣泄吟诗亦成癖。

秋　霁

史达祖

江水苍苍，望倦柳愁荷，共感秋色。废阁先凉，古帘空暮，雁程最嫌风力。故园信息。爱渠入眼南山碧[①]。念上国。谁是、脍鲈江汉未归客[②]？

还又岁晚，瘦骨临风，夜闻秋声，吹动岑寂。露蛩悲、清灯冷屋，翻书愁上鬓毛白。年少俊游浑断得。但可怜处，无奈苒苒魂惊，采香南浦，剪梅烟驿。

【注释】①渠：它。这里指故园。

②脍鲈：晋代张翰，因思念家乡脍鲈美味辞官回家。此后脍鲈成为思乡典故。

思　乡

道旁柳丝意倦倦，池中荷花愁寂寂。
荷柳共感深秋寒，江水苍苍横天际。
旧帘空断暮霭色，废阁先着秋凉意。
南归大雁征途远，最怕朔风劲猛力。
羁旅游子艰辛途，最盼故园来信使。
酷爱家乡景色美，水绕南山青翠碧。
遭贬更忧京城事，谁愿江汉做游子？
异乡迁客难回归，空忆家乡脍鲈味。

又到深秋惊岁晚，强撑瘦骨被寒欺。
忍听萧萧秋风吼，孤客岑寂倍伤戚。
一盏青灯照寒屋，蟋蟀悲鸣声凄凄。
闲翻书卷度长夜，鬓边又白几多丝。
少年俊雅游乐伴，如今音信渐疏稀。
抗战将帅成冤鬼，荒野迁客命安知？
苒苒时光惊魂魄，悬悬头颅白发催。
采赠香草互勉励，曾记南浦分手时。
剪束梅花寄思念，驿馆烟绕雾凄迷。

夜合花

史达祖

柳锁莺魂，花翻蝶梦[①]，自知愁染潘郎[②]。轻衫未揽，犹将泪点偷藏。念前事，怯流光[③]，早春窥、酥雨池塘。向消凝里，梅开半面，情满徐妆[④]。

风丝一寸柔肠，曾在歌边惹恨，烛底萦香。芳机瑞锦，如何未织鸳鸯。人扶醉，月依墙，是当初、谁敢疏狂！把闲言语，花房夜久[⑤]，各自思量。

【注释】①蝶梦：庄子梦见自己变成蝴蝶。

②潘郎：代指美貌男子。　③流光：岁月如流光。

④徐妆：徐妃因梁元帝一目失明，故意画半面妆。惹怒元帝而去，却私下会心上人。

⑤花房：代指闺房。

悔

黄莺苦恋春神魂，已被柳丝深锁藏。
蝴蝶采春美好梦，红英飞落偏搅黄。
只为心上人潘郎，相思早已入愁肠。
尚未换上夏时装，偷将泪点细收藏。
想起从前旧日事，害怕溜走好时光。
悄悄窥望早来春，酥润细雨落池塘。
梅花半露显芳容，最是心迷神魂荡。
好似徐妃别有情，着意娇展半面妆。

丝丝细雨微微风，撩拨寸寸柔情肠。
曾在歌舞宴会上，惹起痴想美娇娘。
烛光摇晃情迷离，馨香幽幽绕华堂。
华美纺机织瑞锦，为何偏不织鸳鸯。
失魂难言醉断肠，月光无语恋高墙。
回想当初那时刻，谁敢疏慢露轻狂。
扯些闲话不沾边，而今叫人悔断肠。
最好深深夜闺房，各自细细重思量。

宴清都·初春

卢祖皋

春讯飞琼管[①]，风日薄，度墙啼鸟声乱。江城次第，笙歌翠合，绮罗香暖。溶溶涧渌冰泮[②]，醉梦里，年华暗换。料黛眉，重锁隋堤，芳心还动梁苑[③]。

新来雁阔云音，鸾分鉴影[④]，无计重见。春啼细雨，笼愁淡月，恁时庭院[⑤]。离肠未语先断，算犹有凭高望眼。更那堪衰草连天，飞梅弄晚。

【注释】①琼管：这里采用玉笛说法。另一种说法为测节气的工具。竹管按十二音律排列置于室内，管内放入芦苇灰，据说每到节气，芦灰会飞出。 ②渌（lù）：清澈。泮（pàn）：溶解。

③梁苑：汉梁孝王所建，一般代指豪华富贵的别墅院落。

④鸾分鉴影：指妇女失偶。 ⑤恁时：这时。

初　春

玉笛飞出第一音，清亮悠扬报春天。
墙外春风风渐暖，林间百鸟鸟声欢。
江城晕染染翠绿，箫笙歌飞飞云天。
无限春香温柔意，尽付佳人绮罗衫。
山涧残冰已消融，清澈溪流水涓涓。
恍如活在醉梦间，青春年华暗转换。
料想隋堤黛眉多，接踵摩肩竞香艳。
更有梁苑春意浓，芳心犹思潘郎恋。

新近不见南归雁，纷飞鸾凤空呼唤。
对镜自怜犹自叹，痛失佳偶再难见。
春风频频送悲情，细雨绵绵泣幽怨。
淡淡月光如烟云，困锁高楼深深院。
未曾开口言一句，离人愁肠已寸断。
纵然登高能远眺，浮云漠漠心上乱。
衰草凄凉连天际，孤寂无奈度春晚。
哪堪落梅片片飞？搅乱阴云魂欲断。

小重山

章良能

柳暗花明春事深，小阑红芍药，已抽簪[①]。雨余风软碎鸣禽，迟迟日，犹带一分阴。

往事莫沉吟，身闲时序好[②]，且登临。旧游无处不堪寻。无寻处、惟有少年心。

【注释】①抽簪（zān）：指抽出的新芽纤细状。

②时序：时节，时光。

追 忆

柳叶浓荫百花艳，秀色可餐春深深。
花圃含苞红芍药，宛如美人玉簪新。
百鸟齐奏欢乐颂，温柔春风雨后晨。
春日迟迟不出山，晴空尚留一丝阴。

往事如烟风吹去，何须思量苦沉吟。
趁着身闲时令好，赶快登山追阳春。
旧日游赏留迹印，如今处处可搜寻。
唯有时光无觅处，纯真无忧少年心。

贺新郎·萤

赵闻礼

池馆收新雨。耿幽丛[①]、流光几点，半侵疏户。入夜凉风吹不灭，冷焰微茫暗度。碎影落、仙盘秋露[②]。漏断长门空照泪[③]，袖衫寒、映竹无心顾。孤枕掩，残灯炷[④]。

练囊不照诗人苦[⑤]。夜沈沈、拍手相亲，騃儿痴女[⑥]。栏外扑来罗扇小，谁在风廊笑语。竟戏踏、金钗双股。故苑荒凉悲旧赏，怅寒芜、衰草隋宫路。同燐火，遍秋圃[⑦]。

【注释】①耿：光明，耿耀。
②仙盘秋露：汉武帝造金铜仙人，手托承露盘，接天露以做长生药。
③长门：汉代长门宫。汉武帝陈皇后失宠，被打入长门冷宫。
④炷（zhù）：灯芯。　⑤练囊：粗纱口袋，装入萤火虫做照明。
⑥騃（ái）：呆傻。　⑦燐：同“磷”。

萤

驿馆池边新雨初停暗影浮　幽幽荒草萤虫提灯进复出
点点流光宛若夜月星光图　星光飞渡时送光明农家屋
凉风悠悠晴明夏夜长吹拂　无奈难灭冷焰微光小灯烛
萤虫飞影落入汉家金盘露　但见仙人悲恨清泪盘中注
闪烁萤火掠过长门冷宫处　更漏声断难断阿娇凄凉苦
流萤提灯幽幽翠竹无心顾　袖纱怯寒哪有心思相关注
漫漫长夜残烛红泪落簌簌　孤枕无眠万千愁怨向谁诉

囊萤夜光光照寒门攻诗书　可惜难照士子前程时运图
窗外谁家呆儿痴女相追逐　无忧无愁拍手相亲心宽舒
绕廊笑语沉沉夜空时飞出　娇女栏外手执罗扇把萤扑
金钗坠地追萤踏钗全不顾　隋炀暴君旧日宫殿窜狐兔
放萤数斛当年流光遍山谷　赏萤虐民可怜江山易新主
故苑荒凉犹悲当年赐赏处　衰草凄迷寒烟邪瘴隋宫路
磷火点点冷焰幽光遍秋圃　萤光依旧故国悲歌传千古

金人捧露盘·水仙花

高观国

梦湘云，吟湘月，吊湘灵[①]。有谁见、罗袜尘生[②]。凌波步弱，背人羞整六铢轻[③]。娉娉袅袅[④]，晕娇黄、玉色轻明。

香心静，波心冷，琴心怨，客心惊。怕佩解[⑤]、却返瑶京。杯擎清露，醉春兰友与梅兄。苍烟万顷，断肠是、雪冷江清。

【注释】①湘灵：湘水之神，指湘君，湘夫人。

②罗袜尘生：丝织的袜子溅起水花似香尘。

③六铢轻：铢，重量单位，很小。言衣服很薄很轻，仅六铢重。

④娉娉袅袅：姿态美好，身材苗条。

⑤佩解：传说古代郑交甫在汉水边遇两位女子，接下相赠玉佩，郑交甫走几步后，发现玉佩不在，女子也不见了。原来是汉水女神。

水仙花

水仙玉立婷婷身穿绿裙　像梦幻中的五彩湘云
正绕着湘月浅唱低吟　时而伫立凭吊湘灵女神
美幻水仙我心中的女神　罗袖飘飘窈窕轻盈如行云
有谁见凌波微步洛水粼粼　她缓缓前行罗袜无尘
低头背人把丝衫理整　容仪端庄秀美优雅娴静
脸上满是娇羞的黄晕　像透明的美玉光洁照影

花儿静静暗吐幽香清芬　脚下水波透着丝丝寒侵
似淡淡哀怨轻拨弦琴　使浪迹游子暗自惊心
怕她像解佩相赠女神　回首处倏然含羞隐身
空留艳遇人遗憾情深　水仙盘装满清露甘醇
留与兰友梅兄共举樽　陶醉相拥着美好温馨
徒留无尽思念冥冥　湘江女神啊一去无影
雪冷江清悠悠断魂　烟波苍茫碧波万顷

南乡子·九日用东坡韵

陈师道

晴野下田收。照影寒江落雁洲。禅榻茶炉深闭阁[1]，飕飕。横雨旁风不到头。

登览却轻酬。剩作新诗报答秋。人意自阑花自好，休休。今日看时蝶也愁。

【注释】①禅：佛教用语，指静坐。榻：狭长而较低矮的床。

九九登高

秋阳旷野下田畴，喜把庄稼收
深秋寒江斜阳照，雁影落沙洲
归家参禅床头坐，茶炉火悠悠
闭目忘却身外事，休问世间愁
纵然风骤雨也骤，门外寒嗖嗖
横雨旁风不上头，世外享清幽

而今登高览胜景，推却虚应酬
作诗填词饮美酒，报答金色秋
乐山乐水情趣好，无心仕途游
花谢自有花红日，何须粉蝶愁
伤世感时情枉付，能休且休休
心自悠闲把茶饮，神仙也点头

林逋（967—1028），北宋诗人，字君复，后人称“和靖先生”，钱塘人。隐居于西湖孤山，终身不仕。未娶妻，与梅花、仙鹤为伴，称为“梅妻鹤子”。王国维在《人间词话》一书中盛赞这首词能摄春草之魂。

点绛唇

林　逋

金谷年年[1]，乱生春色谁为主？余花落处，满地和烟雨。
又是离歌，一阕长亭暮。王孙去，萋萋无数，南北东西路。

【注释】①金谷：金谷园，西晋富豪石崇在洛阳建造的一座奢华的别墅。代指繁华，名胜地。

春　草

金谷园中谁做主，肃杀荒凉把春误。
富贵荣华烟散尽，人世沧桑云飞渡。
曾是烟柳繁华地，残花凋落归尘土。
荒藤野蔓着苦雨，凄凉铺到怨深处。

又是长亭分手时，几多珍重几多苦。
游子挥手自兹去，凄切离歌萦朝暮。
几度萋萋几度愁，天涯游子今何处？
离愁铺尽天涯路，魂断春山云深处。

大有·九日

潘希白

戏马台前[1]，采花篱下，问岁华、还是重九。恰归来、南山翠色依旧。帘栊昨夜听风雨，都不似、登临时候。一片宋玉情怀，十分卫郎清瘦。

红萸佩[2]、空对酒。砧杵动微寒，暗欺罗袖。秋已无多，早是败荷衰柳。强整帽檐攲侧[3]，曾经向、天涯搔首。几回忆，故国莼鲈，霜前雁后。

【注释】①戏马台：今浙江铜山县。曾是项羽阅兵处。
②红萸佩：古人重阳登高饮酒戴茱萸。茱萸是一种药材，红色。
③攲侧：歪斜。

九　日

当年情系点将台，如今东篱饮菊酒。
岁月年华如流水，又是登高九月九。
远游归来逢佳节，遥望南山翠依旧。
帘外一夜听风雨，登高尚须待时候。
乡愁善感悲秋色，宋玉情怀依然有。
身衰体弱常多病，人比卫郎更清瘦。

红色茱萸腰间佩，醇香美酒空对愁。
寒凉微风欺薄袖，捣衣砧杵夜难休。
景色残留已无多，败荷衰柳唱晚秋。
强撑身体正帽檐，望断天涯搔白头。
莼菜汤羹鲈鱼美，家乡风味忆中求。
鸿雁霜前尽数飞，游子何时踏归途？

胡铨（1102—1180），字邦衡，号澹庵。属今江西吉安人。南宋政治家，文学家，爱国名臣。

好事近

胡　铨

富贵本无心，何事故乡轻别。空使猿惊鹤怨，误薜萝风月。①
囊锥刚要出头来②，不道甚时节。欲驾巾车归去，有豺狼当辙。③

【注释】①薜萝：代指隐居地。
②囊锥：指毛遂自荐中的囊中锥子。
③辙：车道。

归无路

求取功名非我本心选择
悔不该轻率把家乡离别
空使山中灵猿惊异指责
空使林间仙鹤幽怨悲咽
辜负徜徉自适无边风月
国家危亡岂做林间清客

囊中锥子硬出头遭夭折
力主抗金遭贬天涯荒野
这是什么世道什么时节
报国无门为民志向不灭
无奈欲驾巾车回归山野
然而豺狼当辙无路可越

南乡子

绍兴太学生

洪迈被拘留，稽首垂哀告彼酋[①]。七日忍饥犹不耐，堪羞！苏武怎禁十九秋？

厥父既无谋，厥子安能解国忧？万里归来夸舌辨，村牛！[②]好摆头时便摆头。

【注释】①稽首：磕头。彼酋：仇敌，指金国。

②村牛：蠢货，笨蛋的样子。

村　牛

洪迈小子做使臣，派往金国被拘留。
七天饥饿淫威下，屈膝乞怜软骨头。
民族气节丧失尽，对敌哀告又磕头。
身为天朝大宋使，实在可耻又可羞。
怎能相比汉苏武，坚贞不屈十九秋。

当年其父使金国，也是被扣无良谋。
如今其子做使臣，安能为国解祸忧？
万里归来不知耻，到处夸耀辩才优。
威风八面对百姓，胆小如鼠对敌仇。
真如村牛一蠢货，摇头摆尾几时休。

临江仙

侯　蒙

未遇行藏谁肯信，如今方表名踪。无端良匠画形容[①]。当风轻借力，一举入高空。

才得吹嘘身渐稳，只疑远赴蟾宫。雨余时候夕阳红。几人平地上，看我碧霄中。

【注释】①无端良匠：侯蒙较丑，鸢匠丑化他并画上风筝出售。

风　筝

竟是无一用，常年藏“冬宫”。
谁能相信我，凌云能驾风。
如今青云端，扬名露行踪。
常遭人戏弄，只因命贱穷。
鸢匠也势利，纸上丑我容。
当风轻借力，一举入高空。

攀高人称颂，全凭拉扯功。
自吹本事高，折桂入月宫。
借助东风起，腾达好运通。
雨过天晴明，正当夕阳红。
地上芸芸生，仰视向苍穹。
随风排云上，得意凌霄中。

离亭燕

张　昇

一带江山如画。风物向秋潇洒。水浸碧天何处断，霁色冷光相射[①]。蓼岸荻花洲[②]，掩印竹篱茅舍。

天际客帆高挂。门外酒旗低亚[③]。多少六朝兴废事，尽入渔樵闲话。怅望倚危栏，寒日无言西下。

【注释】①霁色：雨后晴朗的天色。

②蓼：水草。

③亚：通“压”。

金陵怀古

一带江山美如画，秋景风物尽潇洒。
水浸碧天何处断，烟波浩渺接天涯。
波光闪闪江流远，雨后晴空飞流霞。
蓼绿荻红绣岛洲，竹篱茅舍黄菊花。
风月无边金陵秋，民安物阜乐千家。

远游客船一帆风，飘向云海天际挂。
谁家酒旗林梢飘？烟困雾锁秋江汉。
六朝古都兴废事，尽入渔樵闲聊话。
世事沧桑如流水，千古风云竞叱咤。
惆怅依楼望江天，冷寂残阳悄然下。

清平乐

王安国

留春不住，费尽莺儿语。满地残红宫锦污[①]，昨夜南园风雨。
小怜初上琵琶[②]，晓来思绕天涯。不肯画堂朱户[③]，春风自在杨花。

【注释】①宫锦：比喻落花铺地如宫中锦缎。
②小怜：原指北齐后主宠妃小怜，善弹琵琶，歌舞。这里代指歌女。
③画堂朱户：指豪门贵族。

自在杨花

费尽千娇黄莺语，情笃意诚挽春衣。
苦苦劝春春不顾，一夜风雨悄然离。
残花飘零伤离枝，遍地锦绣染尘泥。
春去何须偷红妆，南园落英谁人惜？

昨夜美女初登场，琴弦一曲惊才艺。
晓来思绕天涯行，欲抱琵琶采春蜜。
只因不愿落豪门，困笼黄鹂难展翅。
但求洁白飘杨花，自在飞翔春风里。

渔家傲

朱　服

小雨纤纤风细细。万家杨柳青烟里。恋树湿花飞不起。愁无比。和春付与西流水。

九十光阴能有几[①]。金龟解尽留无计[②]。寄语东城沽酒市[③]。拼一醉。而今乐事他年泪。

【注释】①九十光阴：春天三个月九十天。

②金龟：唐代三品以上官员佩金龟。

③东阳：今浙江金华。

愁无际

细雨纤纤织，春风习习吹。
门掩万家户，绿云柳烟依。
雨湿花犹娇，恋树不忍离。
东风不解情，欲带落花飞。
春惹春恨生，绵绵愁无际。
春愁难排遣，付与流水归。

春光九十天，于今剩几日？
解尽金龟饰，难留春一时。
不如上酒家，东阳城边醉。
酒中天地宽，酒中求快意。
聊解惜春悲，拼将一时醉。
他年忆今朝，嗟叹拭清泪。

菩萨蛮

陈　克

赤阑桥尽香街直，笼街细柳娇无力。金碧上青空，花晴帘影红。
黄衫飞白马[①]，日日青楼下[②]。醉眼不逢人，午香吹暗尘。

【注释】①黄衫：指贵族子弟。
②青楼：歌楼妓馆。

长街行

红栏桥身美，香漫长街行。
家家柔柳媚，婀娜又多情。
楼阁何辉煌？金碧耸青云。
花繁映日红，帘动移绣裙。

王孙飞白马，横披黄衫绫。
天天卧青楼，日日醉死生。
沉酣眼迷乱，目空无旁人。
香花艳正午，熏风吹暗尘。

辛弃疾（1140—1207），字幼安，号稼轩，山东济南人。22岁起义抗金，后归南宋。由于立志恢复中原，力主抗金，多次被免职。闲居二十多年，最后诗人大呼“杀贼”数声，含恨离世。词人常以英雄自许，在词中时而慷慨悲歌，时而豪情激荡，时而沉郁悲怆，时而缠绵委婉，时而浪漫，时而现实，时而引经据典，时而俗言俚语。有人称赞他是宋代最杰出的词人。“创造量之大（达620首），内容涉及之广，风格变化之多，艺术成就之高，对后世影响之巨，在我国词学发展史上都无与伦比，堪称空前绝后。”（摘自《人间词话》）

卜算子

辛弃疾

千古李将军①，夺得胡儿马②。李蔡为人在下中③，却是封侯者。
芸草去陈根④，笕竹添新瓦⑤。万一朝廷举力田⑥，舍我其谁也。

【注释】①李将军：西汉著名将军李广。

②夺得胡儿马：李广出兵匈奴，兵败被俘。伤重佯死，趁机夺得身边匈奴人的快马和弓箭逃离。

③李蔡：才能及功绩远不如李广，却封侯加爵，享高官厚禄。

④芸草：农田除草。 ⑤笕竹：竹子一剖二，用于接水引水。

⑥力田：掌管农事的乡官。凡勤于农耕的人，汉时可推荐就任此职。

隐居漫兴

千古英雄李将军，当年伤重敌欺凌。择机飞身夺胡马，一箭退敌回大营。
战功屡屡勋无数，至死未能入侯庭。堂弟李蔡平庸辈，无才无德世所轻。
拍马溜须求议和，却列公侯权臣名。

主战竟成眼中钉，解我战甲归山林。兵法换得农耕书，刀剑化作犁锄金。
杜康消解豪杰志，锄头埋没壮士魂。笕水修房添新瓦，种田锄草忙耕耘。
朝廷若选力田官，舍我还能有谁人。

满江红·题冷泉亭[1]

辛弃疾

直节堂堂，看夹道、冠缨拱立。渐翠谷、群仙东下，佩环声急。闻道天峰飞堕地，傍湖千丈开青壁。是当年、玉斧削方壶[2]，无人识。

山木润。琅玕温[3]。秋露下，琼珠滴[4]。向危亭横跨，玉渊澄碧。醉舞且摇鸾凤影[5]，浩歌莫遣鱼龙泣。恨此中、风月本吾家，今为客。

【注释】①冷泉亭：杭州灵隐寺前飞来峰下。作者山东家乡有七十二泉，其中亦有冷泉。

②玉斧：仙人神斧。方壶：《列子汤问》中所写海上神山之一。

③琅玕（láng gān）：像珠子的美石。

④琼珠：即秋露。

⑤鸾凤：作者自喻。

冷泉亭

山道两旁树森森，巍峨挺立接云际。
宛若群吏夹道迎，戴冠垂缨拱手立。
腾云驾雾神仙来，溪谷幽幽祥霭起。
流泉叮咚绕翠碧，如鸣佩环声声急。
何年突堕飞来石，化作青峰千丈奇。
陪伴西子度朝暮，雄峻娇媚两相宜。
天上玉斧削神山，沧桑变幻谁能识?

秋云秋气凝秋露，晶莹玉珠林间滴。
冷泉亭边山木润，飞来峰上玉岩湿。
亭上峰高云湛蓝，泉下渊深水澄碧。
山头醉舞鸾凤影，家山愁云涌天际。
风送悲啸声浩浩，或惊深渊鱼龙泣。
家乡有泉七十二，风物堪与此中比。
故土沦陷何时回？异乡孤客恨难止。

山鬼谣

辛弃疾

雨岩有石，状怪甚，取《离骚》《九歌》，名曰“山鬼”，因赋《摸鱼儿》改今名。

问何年、此山来此？西风落日无语。看君似是羲皇上[1]，直作太初名汝[2]。溪上路，算只有、红尘不到今犹古。一杯谁举？举我醉呼君，崔嵬未起[3]，山鸟覆杯去。

须记取：昨夜龙湫风雨[4]，门前石浪掀舞[5]。四更山鬼吹灯啸[6]，惊倒世间儿女。依约处，还问我：清游杖履公良苦。神交心许。待万里携君，鞭笞鸾凤，诵我《远游》赋。[7]

【注释】①羲皇上：伏羲。
②太初：这里指远古时代。
③崔嵬：高大。　④龙湫（qiū）：龙潭。
⑤石浪：庵内巨石，长三十余丈。
⑥山鬼：雨岩在江西广丰县博山山湾里，岩形状怪异，名叫山鬼。
⑦远游：《楚辞》中的篇名。

山鬼谣

山君何年遭贬？天上降到这里。穿越时空千年，西风瑟瑟逃离。
太阳老态龙钟，无语向西隐匿。远古盘古伏羲，赐你雨岩名字。
溪水孤山寂寂，依然太初容仪。在这千年孤独，红尘不染幽地。
这里除了你我，还能邀谁共醉？你这高峻精灵，无语纹丝不起。
何处飞来山鸟，打翻酒杯消失。

犹记龙潭昨夜，风暴雨狂如注。山石犹似海涛，波翻浪涌狂舞。
冲破如磐长夜，山鬼厉声啸呼。惊倒世间儿女，积怨尽情狂吐。
见我却又轻声，向我问候倾诉。公自身清执杖，历尽人间凄苦。
咱俩千年知己，难得神交心许。要约你这精灵，共奔万里长途。
驾鸾驭凤求索兮，一路高颂《远游》矣。

霜天晓角·赤壁

辛弃疾

雪堂迁客[①]。不得文章力。赋写曹刘兴废[②]，千古事、泯陈迹。
望中矶岸赤。直下江涛白。半夜一声长啸，悲天地、为予窄。

【注释】①雪堂迁客：即苏轼。迁客：被贬官的人称迁客。
②曹刘：指三国曹操刘备。

赤　壁

文章别意几人知？贬居雪堂苏学士。
当年面对赤壁矶，赋论英雄曹刘事。
以少胜多彪史册，皆因决战坚定志。
千古兴衰成与败，如今荡然了无迹。

山色依旧如血赤，唯余眺望赤壁矶。
大江滚滚向东去，心逐江流白浪急。
一声长啸惊夜空，满腔悲愤冲天击！
化作四海云水怒，天地变窄乾坤移。

水龙吟·甲辰岁寿韩南涧尚书[1]

辛弃疾

渡江天马南来[2]，几人真是经纶手[3]？长安父老，新亭风景[4]，可怜依旧。夷甫诸人[5]，神州沉陆[6]，几曾回首！算平戎万里[7]，功名本是，真儒事[8]，公知否？

况有文章山斗[9]，对桐阴、满庭清昼。当年堕地，而今试看，风云奔走。绿野风烟[10]，平泉林木[11]，东山歌酒[12]。待他年，整顿乾坤事了，为先生寿。

【注释】①韩南涧：韩元吉，字韩咎，号南涧。曾任吏部尚书。

②渡江天马：原指晋南迁建东晋。晋代皇帝姓司马，故云天马。这里指宋南迁建南宋。　③经纶：整理乱丝。引申为处理政事，治理国家。

④新亭风景：东晋士大夫常聚新亭，谈亡国悲恨，空自流泪。

⑤夷甫：王衍，字夷甫。魏晋名士，喜空谈吹牛，终因亡国身亡。

⑥沉陆：中原沦丧。　⑦平戎：戎指金兵，平定平原。

⑧真儒事：儒：书生。这里指真正爱国有本事的书生为真儒。

⑨文章山斗：把韩南涧比作韩愈，是当代文坛泰山北斗。

⑩绿野风烟：唐丞相裴度退隐建绿野别墅，号绿野堂。

⑪ 平泉草木：唐丞相李德裕退隐建平泉庄别墅，种名花异草。

⑫ 东山歌酒：指东晋谢安携歌女常游东山。

为韩公寿

自从南迁渡江来，谁是经纶堪与谋？安邦定国需英才，可叹有谁识曹刘？
期待北伐大宋军，长安父老翘望愁。新亭风景依旧是，君臣无计泪空流。
夷甫诸人尚清谈，怎堪为国作谋筹？中原陆沉日已久，何曾心思复神州。
吾曾平戎征万里，御敌靖边扫敌酋。建功立业真儒事，报效社稷写春秋。
有人清谈终误国，欲问韩公可知否？

韩公庭前桐荫庇，名门望族身贵胄。更有才学追韩愈，一时文章亦泰斗。
君若身逢时运好，叱咤风云擎天手。绿野风烟景色幽，裴度平叛功不朽。
平泉草木犹俊秀，德裕戡乱安神州。凯歌旋舞淝水战，谢安淡定东山游。
满腹才华当施展，闲散居家易白头。他日报国建功名，肩比三相料未羞。
整顿乾坤复金瓯，再为先生祝高寿。

贺新郎·别茂嘉十二弟[①]

辛弃疾

绿树听鹈鴂。更那堪、鹧鸪声住，杜鹃声切。啼到春归无寻处，苦恨芳菲都歇。算未抵、人间离别。马上琵琶关塞黑[②]，更长门、翠辇辞金阙[③]。看燕燕，送归妾。[④]

将军百战身名裂[⑤]。向河梁、回头万里，故人长绝。易水萧萧西风冷[⑥]，满座衣冠似雪。正壮士、悲歌未彻。啼鸟还知如许恨，料不啼清泪长啼血。谁共我，醉明月。

【注释】①茂嘉：辛弃疾族弟。 ②马上琵琶：指昭君出塞。

③长门翠辇：汉武帝陈皇后被废一事。

④送归妾：指卫庄公妻庄姜送戴妫（guī）回娘家，并作《燕燕》诗赠之一事。 ⑤身名裂：指李陵被俘降敌一事。

⑥易水萧萧：指荆轲刺秦，易水分别一事。

别茂嘉十二弟

绿树荫里鹈鴂鸣，凄凉声音哀不绝。
不堪鹧鸪声不停，杜鹃“归去”又啼切。
群鸟不停悲伤鸣，直到春归芳菲歇。
春去徒留凄凉景，枝残叶败花魂绝。
算来天地苦恨事，难比生离和死别。
马上琵琶王昭君，和番不毛充边塞。
阿娇乘辇离金阙，冷落幽居长门舍。
春秋姜庄多情女，悲鸣燕燕送归妾。

百战名将汉李陵，兵败降敌身名裂；
送别苏武曲河梁，孤客永无家乡月。
千古荆轲侠义士，义无反顾心似铁。
素衣素冠送行客，天地惨淡白如雪。
风萧萧兮易水寒，慷慨悲歌惊史册。
壮志难酬千古恨，为国轻抛一腔血。
啼鸟若知离人恨，不啼清泪长啼血。
茂嘉兄弟一别后，谁人与我醉明月。

念奴娇·书东流村壁[①]

辛弃疾

野棠花落[②]，又匆匆，过了清明时节。刬地东风欺客梦[③]，一枕云屏寒怯。曲岸持觞[④]，垂杨系马，此地曾经别。楼空人去，旧游飞燕能说。

闻道绮陌东头[⑤]，行人长见，帘底纤纤月[⑥]。旧恨春江流不断，新恨云山千叠。料得明朝，尊前重见，镜里花难折。也应惊问：近来多少华发？

【注释】①东流：今安徽东流县。

②野棠：即棠梨。

③刬（chàn）地：平白无故地。

④觞：盛酒的器皿。

⑤绮陌：繁华的街道。

⑥纤纤：此处代指美女。

镜中花

平野棠梨花凋谢，匆匆又过清明节。
东风无故欺远客，梦里归家也难得。
云母屏风透寒气，枕上更添心忧怯。
马儿系在垂柳旁，轻易离别家山月。
曲岸流水举杯饮，如今楼空人去也。
旧日游踪何处寻，且听飞燕说萧瑟。

闻道美人绣帘处，应是繁华东街侧。
行人路过常窥见，帘下佳人娇媚色。
旧恨犹如春江水，日夜绵绵长流泻。
新恨恰似云雾山，千峰万岭重叠叠。
料想酒宴重相见，犹似镜花水中月。
相见也应惊诧问：双鬓又添几多雪？

汉宫春·立春日

辛弃疾

春已归来，看美人头上，袅袅春幡[①]。无端风雨，未肯收尽余寒。年时燕子，料今宵、梦到西园。浑未办，黄柑荐酒[②]，更传青韭堆盘。[③]

却笑东风从此，便薰梅染柳，更没些闲。闲时又来镜里，转变朱颜。清愁不断，问何人、会解连环？生怕见、花开花落，朝来塞雁先还。[④]

【注释】①春幡：古代风俗，每逢立春，剪彩绸为花、蝶、燕等形状插于妇女头上或缀于花枝下，曰春幡。

②荐酒：酿酒。

③推盘：以葱、蒜、韭、蓼蒿、芥堆成玉盘。宋立春风俗。

④塞雁先还：指北方沦陷区，雁先于人还，言家仇国恨。

立春日

万物复苏春归来，犹堪美人秀娇妍。
彩绸化作彩蝶飞，眷依头侧舞翩翩。
无端风雨肃杀意，中原依旧严冬寒。
料想旧日燕归来，今夜梦里回西园。
黄柑酿酒尚未制，更无赠友青韭盘。
归燕怎知黎民事？江南春色从何言？

却笑东风忙不完，熏染梅红柳绿烟。
忙东忙西着春色，竟无一点空时闲。
待到空闲入镜来，偷将白发换朱颜。
凄清忧愁似连环，谁能解环展愁颜。
花开花落最怕见，触景伤情情何堪。
遥望中原几时归？边塞大雁早先还。

贺新郎·赋琵琶

辛弃疾

凤尾龙香拨[①]，自开元《霓裳曲》罢，几番风月？最苦浔阳江头客，画舸亭亭待发。记出塞、黄云堆雪。马上离愁三万里，望昭阳宫殿孤鸿没。弦解语，恨难说。

辽阳驿使音尘绝，琐窗寒、轻拢慢捻，泪珠盈睫。推手含情还却手，一抹《梁州》哀彻。千古事，云飞烟灭。贺老定场无消息，想沉香亭北繁华歇。弹到此，为呜咽。

【注释】①凤尾浓香拨：相传杨贵妃的琵琶槽似凤尾，琴拨为龙香柏木。

赋琵琶

龙香木拨凤尾槽，贵妃琵琶动京阙。
霓裳羽衣迷长安，俄顷腥风惨淡月。
一曲琵琶泪满襟，最苦浔阳江头客。
悲动天涯沦落情，停舸挥毫留诗页。
天上黄云蔽红日，地上千里堆白雪。
马背琵琶叙幽怨，昭君和番出边塞。
去国离家三万里，恰似孤雁离巢穴。
遥望昭阳汉宫阙，魂断异乡空悲切。
纵使琵琶善解意，悲诉离恨永无竭。

辽阳传信驿站使，书信不见传半页。
穿窗入户寒气洌，僵直琴弦苦涩涩。
乐女轻拢又慢捻，珠泪盈眶心飞越。
音入沙场寻夫君，空自魂断边城夜。
推揉却撚情凄凄，一曲《梁州》声哀彻。
千古兴亡多少事，皆似云飞烟散灭。
琵琶名家贺怀智，早已归隐匿荒野。
沉香亭北繁华地，树倒猢散人踪灭。
国难家仇痛心扉，满座无不尽呜咽。

水龙吟·登建康赏心亭[1]

辛弃疾

楚天千里清秋[2]，水随天去秋无际。遥岑远目[3]，献愁供恨，玉簪螺髻[4]。落日楼头，断鸿声里，江南游子。把吴钩看了[5]，阑干拍遍，无人会，登临意。

休说鲈鱼堪脍，尽西风，季鹰归未？求田问舍，怕应羞见，刘郎才气。可惜流年，忧愁风雨，树犹如此！倩何人唤取[6]，红巾翠袖，揾英雄泪！[7]

【注释】①建康：今江苏南京市。

②楚天：泛指江南一带。

③遥岑（cén）远目：遥望远山。

④玉簪螺髻：形容群山秀美的样子。

⑤吴钩：吴国产的弯形宝刀，后泛指兵器。

⑥倩：请。唤取：叫来。

⑦揾（wèn）：擦拭。

登建康赏心亭

楚天千里辽阔地，一派凄清秋寒意。
江涛直追碧云去，茫茫秋色连天际。
群山逶迤纵目望，分明离愁别恨意。
山高耸似碧玉簪，山旋叠如盘罗髻。
落日余晖望楼头，孤雁声中听悲泣。
吴钩宝剑空闲置，手拍栏杆叹不止。
江南游子频北顾，谁解此中登楼意。

休说鲈鱼味美鲜，休管风吹乡愁起。
劝君莫学张季鹰，弃官只为恋美味。
三国徐汜更可笑，买田置地贪私利。
只怕虚度好时光，羞对刘郎英豪气。
北伐无期年光逝，国势飘摇风雨迷。
树犹如此人何堪！恒温感叹应深思。
谁把英雄热泪拭？国运昌盛安可期！

摸鱼儿

辛弃疾

淳熙己亥[1]，自湖北漕移湖南[2]，同官王正之置酒小山亭[3]，为赋。

更能消、几番风雨，匆匆春又归去。惜春长怕花开早，何况落红无数。春且住！见说道[4]、天涯芳草无归路。怨春不语。算只有殷勤，画檐蛛网，尽日惹飞絮。

长门事[5]，准拟佳期又误。蛾眉曾有人妒。千金纵买相如赋，脉脉此情谁诉？君莫舞！君不见、玉环飞燕皆尘土[6]！闲愁最苦！休去倚危阑，斜阳正在，烟柳断肠处。

【注释】①淳熙己亥：即 1179 年，宋孝宗淳熙六年。
②漕移：转运使调任。
③同官：同僚。
④见说道：古人口语，即今之“听说”。
⑤长门事：陈皇后失宠于汉武帝，幽居长门宫。
⑥玉环：杨贵妃，字玉环。飞燕：赵飞燕。汉成帝皇后。

春难留

还能经受几番风凌雨辱　春光来也匆匆去也仓促
只怕春光早去催花归尘土　更何况遍地落红飞无数
春光春光请你暂停脚步　芳草满天涯你已无归路
怨春偷偷溜走此为何故　抛弃花魂美好韶光轻遗误
只有蜘蛛日夜房檐织布　总想粘住柳絮把春留驻

幽居长门阿娇终遭奸佞妒　与皇上相约佳期一误再误
纵然千金能买相如长门赋　空置高阁泥牛入海有谁顾
千般良言万种风情枉然诉　奉劝奸佞休要得意长袖舞
君不见玉环飞燕早化尘土　登高倚栏触景闲愁情最苦
深意谁解春事阑珊千红哭　斜阳正在如烟垂柳断肠处

永遇乐·京口北固亭怀古[1]

辛弃疾

千古江山，英雄无觅，孙仲谋处[2]。舞榭歌台，风流总被，雨打风吹去。斜阳草树，寻常巷陌，人道寄奴曾住[3]。想当年，金戈铁马，气吞万里如虎。

元嘉草草[4]，封狼居胥，赢得仓皇北顾。四十三年，望中犹记，烽火扬州路。可堪回首[5]，佛狸祠下，一片神鸦社鼓[6]。凭谁问，廉颇老矣[7]，尚能饭否？

【注释】①京口：今江苏镇江市。北固亭：在镇江市东北北固山上。

②孙仲谋：三国孙权，字仲谋。曾建都京口。 ③寄奴：南朝宋武帝刘裕的小名。 ④草草：草率。 ⑤可堪：何堪，怎堪，不堪。 ⑥社鼓：每年春秋两季，祭祀土地神的鼓声。 ⑦廉颇：战国时赵国名将。赵国危难时想重新起用他，廉颇亦有意披甲上阵，但使者受贿回报赵王，称年老不中用，吃一顿饭三次拉屎。作者以廉颇自比，不受重视。

京口北固亭怀古

千古江山雄伟依旧，看尽多少英雄沉浮。
再无孙权那样明君，再无当年招贤东吴。
多少英雄故事长卷，多少楼台风流画图。
总被雨打风吹云散，空留后人评说回顾。
平平常常小街巷陌，几度斜阳芳草烟树。
闲坐邻里常常议论，这是英雄暂居隐处。
当年寄奴风华正茂，潜龙一跃彰显神武。
金戈铁马横扫千军，气吞万里勇猛如虎。

元嘉年间刘义隆，梦想建功把错铸。
草率兴兵伐中原，落得大败反受辱。
四十三年一瞬过，犹记烽火扬州路。
当年血战惨烈景，实在不堪回首顾。
南侵敌建佛狸祠，乞神上香鸣社鼓。
鸦噪云腾烟缭绕，丧志怎堪对先祖。
想起当年老廉颇，尚有假意人问顾。
而今谁问老夫能饭否，呜呼痛哉痛哉呜呼！

木兰花慢·滁州送范倅[1]

辛弃疾

老来情味减，对别酒，怯流年。况屈指中秋，十分好月，不照人圆。无情水都不管，共西风、只管送归船。秋晚莼鲈江上[2]，夜深儿女灯前。

征衫，便好去朝天，玉殿正思贤。想夜半承明[3]，留教视草[4]，却遣筹边。长安故人问我，道愁肠殢酒只依然[5]。目断秋霄落雁，醉来时响空弦[6]。

【注释】①范倅（cuì）：名昂，任滁州通判。

②莼鲈：莼菜羹和鲈鱼脍。晋代张翰，字季鹰，因想念家乡莼鲈美味而辞官归家。

③承明：汉代起草文稿或待臣值班处。

④视草：起草诏书。

⑤殢（tì）酒：沉溺于酒。

⑥响空弦：用战国策“虚弦落病雁”典故，借以表明作者壮心不已，尚可效力的情怀。

滁州送范倅

情怀趣味渐消减，人老身衰日艰难。举杯面对送别酒，年华虚度心不甘。
何况屈指中秋到，又是一轮月儿圆。月圆不照人团圆，空泻清辉添愁怨。
无情流水无语流，不顾人间情眷眷。更有西风推波澜，强送离船渐去远。
祝君早品莼鲈美，泛舟月夜秋江面。回家儿女共团圆，欢声笑语夜灯前。

旅途征衫尚未换，便好朝圣拜金殿。朝廷广访思贤达，此去正好合时愿。
深夜办公难休息，留你忙碌承明殿。草拟诏书下公告，边关军务细筹算。
京都故友若相问，某人近况身可安？只说满腹皆愁情，借酒消愁人依然。
目断秋日寒云天，醉意激情满弓弦。霹雳强音落飞雁，犹有报国心拳拳。

祝英台近·晚春

辛弃疾

宝钗分[①]，桃叶渡[②]，烟柳暗南浦[③]。怕上层楼，十日九风雨。断肠片片飞红，都无人管，更谁劝啼莺声住？

鬓边觑[④]。试把花卜归期[⑤]，才簪又重数。罗帐灯昏，哽咽梦中语。是他春带愁来，春归何处？却不解带将愁去。

【注释】①宝钗分：情人分别时，宝钗分为两股，各执一股做纪念。

②桃叶渡：情人或夫妻分别的渡口。

③南浦：江边。泛指分别地。

④觑：仔细看。

⑤把花卜归期：数花瓣数目占卜爱人归来日期，即预测。

晚　春

分开金钗各留念，依依离别桃叶渡。
南浦凄凉天暗淡，垂柳困锁寒烟雾。
怕上层楼凭高栏，只因天天风雨苦。
片片飞花风中泣，最是令人断肠处。
受尽风欺雨凌辱，无人关切无人助。
谁能劝止黄莺儿，凄惨悲鸣快停住。

鬓边花簪取下数，试把离人归期卜。
数完花瓣又簪上，簪上取下又重数。
昏灯暗光闪烁烁，映照罗帐更孤独。
梦中暝暝遇亲人，多少幽怨哽咽诉。
是春带来愁重重，如今春又去何处？
春愁原自逐春来，为何不随春归去？

青玉案·元夕[①]

辛弃疾

东风夜放花千树，更吹落、星如雨。宝马雕车香满路，凤箫声动，玉壶光转[②]，一夜鱼龙舞[③]。

蛾儿雪柳黄金缕[④]，笑语盈盈暗香去。众里寻他千百度，蓦然回首，那人却在，灯火阑珊处[⑤]。

【注释】①元夕：农历正月十五，又叫上元节。

②玉壶：比喻月亮。

③鱼龙：指各种彩灯。

④蛾儿雪柳黄金缕：古代妇女的不同首饰。

⑤阑珊：指灯火稀少冷僻处。

元　夕

元宵一夜东风吹，红灯倾城花千树。
金花银朵云中浮，烟火星雨垂天幕。
华贵车马来来往，满城弥漫薰香雾。
凤箫声声韵悠扬，明月皓皓云飞渡。
鱼龙曼衍琉璃灯，大街小巷彻夜舞。

蛾儿雪柳金首饰，千娇百媚巧妆梳。
欢声笑语歌不绝，暗香盈盈随风拂。
熙熙攘攘人流中，苦苦寻她千百度。
难忘突然回首顾，惊见佳人如玉伫。
淡妆素雅亭亭立，独在灯火阑珊处。

水调歌头

辛弃疾

赵昌父七月望日用东坡韵，[①]叙太白、东坡事见寄，过相褒借[②]，且有秋水之约[③]。八月十四日余卧病博山寺中，因用韵为谢，兼寄吴子似[④]。

我志在寥阔，畴昔梦登天[⑤]。摩娑素月，人世俯仰已千年。有客骖鸾并凤，云遇青山赤壁[⑥]，相约上高寒。酌酒援北斗，我亦虱其间[⑦]。

少歌曰："神甚放，形如眠。鸿鹄一再高举，天地睹方圆。"欲重歌兮梦觉，推枕惘然独念，人事底亏全？有美人可语[⑧]，秋水隔婵娟[⑨]。

【注释】①赵昌父：赵蕃字昌父，辛弃疾朋友。
②过相褒借：言对自己过于赞扬。 ③秋水之约：约定到秋水观会作者。
④吴子似：吴绍古字子似，辛之朋友。 ⑤畴昔：即从前。
⑥青山赤壁：青山代指李白，赤壁代指苏东坡。
⑦虱：虱子。这里指作者依附之意，自谦词。
⑧美人：比喻贤士，品德高尚的人。 ⑨婵娟：指美人。

仙 游

气度恢宏啊志向高远 理想境界在云中飘悬
梦里我飞向辽阔九天 轻轻抚摸着银色玉盘
陶醉着天宫彩锦万千 我上下俯仰天上人间
一转眼世上已是千年 赵兄乘鸾跨凤到面前
说云中遇坡翁和诗仙 相约一起来月宫游观
银河里琼浆取用不完 北斗为杯畅饮在高天
同先贤游真前世修缘 我滥竽充数混杂其间

不由心旷神怡情动诗泉 浅唱低吟弹拨心中情弦
身虽清静无为犹似困眠 精神依然旷达搏击云天
我像鸿鹄不断向上飞旋 雄视大千世界天方地圆
意犹未尽欲歌梦醒身还 推开梦枕无限惆怅伤感
为何月有盈亏长缺难圆 为何人事艰险好事难全
虽有高人先贤倾心交谈 却是如隔秋水时空遥远
眼前一片混沌乱烟弥漫 谁知我心中苦闷和茫然

鹧鸪天·鹅湖归[①]，病起作

辛弃疾

枕簟溪堂冷欲秋[②]，断云依水晚来收。红莲相倚浑如醉，白鸟无言定自愁。

书咄咄[③]，且休休[④]。一丘一壑也风流。不知筋力衰多少，但觉新来懒上楼。

【注释】①鹅湖：在江西铅山县东北。

②枕簟：枕席。簟：竹席。

③书咄咄：晋书记载，殷浩被废后，口虽不言，却日日在空中书咄咄怪事四个字，以表示不满。

④休休：归隐。唐末司空图归隐后，在中条山建一个亭叫“休休”。

且休休

躺在溪边阁楼上，
竹席冰凉好似秋。
沉沉暮色烟霭起，
片片浮云悄然收。
好似美人饮醉酒，
红莲相依羞低头。
鹭鸟头白静无语，
定是独自生闲愁。

何必朝天书咄咄，
被废殷浩气昏头。
聪明当数司空图，
休休亭中安然游。
一条山沟一座丘，
隐居潇洒也风流。
心志日衰力不济，
近来闲闷懒上楼。

柳梢青·三山归途代白鸥见嘲

辛弃疾

白鸟相迎，相怜相笑，满面尘埃。华发苍颜，去时曾劝，闻早归来。

而今岂是高怀。为千里、莼羹汁哉。好把《移文》[①]，从今日日，读取千回。

【注释】①移文：指孔稚珪的《北山移文》该文揭发讽刺假隐士丑态，表现不与统治者同流合污的思想。

白鸥见嘲

穿着白衣的鸥鸟，特意迎接我的归来。
怜悯我，谑笑我，笑我灰头土脸满尘埃；
笑我满头白发人老矣，笑我一身憔悴竟堪哀。
当年离开曾劝我，前路难行最好早归来。

几经波折回故土，并非高尚有情怀。
只因思念家乡莼羹美，远在千里也难忘怀。
从今每天颂千回，对《北山移文》虔诚拜。
更以作者为榜样，坚守节操志不改。

破阵子

辛弃疾

醉里挑灯看剑，梦回吹角连营①。八百里分麾下炙②，五十弦翻塞外声③。沙场秋点兵。

马作的卢飞快④，弓如霹雳弦惊。了却君王天下事，赢得生前身后名。可怜白发生。

【注释】①梦回：梦里回到。

②八百里：指牛。据《世说新语》记载，晋王恺以牛“八百里驳”与王济做赌注，王济获胜后杀牛做炙，后人即以八百里指代牛。麾下：部下。炙：火上烤。

③五十弦：瑟。这里代指军乐。

④的卢：骏马名。相传刘备骑“的卢”马在檀溪水中一跃三丈，使刘备脱离被追杀危险。

看　剑

昨夜又梦回军帐，醉里挑灯抚剑魂。
凌厉号角动边塞，荷戈带甲出军门。
拂晓分取烤牛肉，威武神勇列三军。
弹奏雄壮五十弦，声震塞外千里云。
秋高马壮好时节，将士沙场练兵勤。

三军战马皆的卢，来往奔驰如飞鹰。
飞鹰闪处弓弦响，箭如霹雳鬼神惊。
只为君王天下事，失地重归大宋旌。
胜利班师奏凯歌，赢得生前身后名。
壮志未酬人已老，悲叹梦醒白发生。

鹧鸪天·博山寺作[1]

辛弃疾

不向长安路上行。却教山寺厌逢迎。味无味处求吾乐，材不材间过此生。宁作我，岂其卿。人间走遍却归耕。一松一竹真朋友，山鸟山花好弟兄。

【注释】①博山寺：江西广丰县西南。

归耕

不逐名利长安行，宁教山寺厌逢迎。
常到山寺问归处，山寺劝我不较真。
有味无味游荡间，寻求快乐才是真。
成才不才两难间，淡定自如平常心。

努力做好我自己，何羡他人作公卿。
走遍人间条条路，莫如回家把田耕。
松竹交我做朋友，节操本色皆同心。
山鸟山花好兄弟，情趣相投伴吾身。

生查子·独游西岩

辛弃疾

青山招不来，偃蹇谁怜汝①？晚岁太寒生，劝我溪边住。
山头明月来，本在天高处。夜夜入青溪，听读《离骚》去。

【注释】①偃蹇（yǎn jiǎn）：倒下，不顺利之意。这里借指山的高傲神态，宁倒不屈，宁折不弯。

独游西岩

独立挺拔雄奇山，卓尔不群显非凡。
傲世嫉俗不可劝，谁是知音将你怜！
高天天意不可变，时令越来越严寒。
青山劝我留下住，溪边共享月明天。
难得知音相依伴，志同道合度时艰。

每到夜晚明月来，准时出现在山巅。
偏从寒冷高天下，到我所居清溪边。
夜夜潜入清溪水，听诵屈原《楚辞》篇。
信而见疑忠被谤，心系社稷志更坚。
溪水和鸣吟《离骚》，清歌一路唱婵娟。

南乡子·登京口北固亭有怀

辛弃疾

何处望神州[①]？满眼风光北固楼[②]。千古兴亡多少事，悠悠。不尽长江滚滚流。

年少万兜鍪[③]，坐断东南战未休[④]。天下英雄谁敌手？曹刘。生子当如孙仲谋[⑤]。

【注释】①神州：指中原。

②北固楼：即北固亭，镇江城北山上。

③兜鍪（dōu móu）：古代作战头盔。

④坐断：占据。

⑤孙仲谋：孙权。

登京口北固亭有怀

中原故土今何如？何处才能望神州？
登高远眺无觅处？唯有眼前北固楼。
千古兴亡多少事？恰如长江水悠悠。
英雄辈出代代有，不尽长江滚滚流。

三国孙权年少时，指挥千军壮志酬。
威震东南建基业，大展宏图战不休。
数尽天下真英雄，除却曹刘谁敌手！
男儿当如孙仲谋，莫学懦夫如猪狗！

最高楼

辛弃疾

吾拟乞归，犬子以田产未置止我，赋此骂之。

吾衰矣，须富贵何时？富贵是危机。暂忘设醴抽身去①，未曾得米弃官归②。穆先生，陶县令，是吾师。

待葺个园儿名“佚老”③，更作个亭儿名“亦好”④，闲饮酒，醉吟诗。千年田换八百主，一人口插几张匙？便休休，更说甚，是和非！

【注释】①暂忘设醴抽身去：醴：度数不高的甜酒。刘邦之弟刘交封楚王，因中大夫穆生不喜欢饮酒，便为他设甜酒，后来刘交之孙为王，忘记上甜酒，穆生知趣而离职，其后穆生朋友因未离职而受牢狱之灾。

②未曾得米弃官归：指陶渊明弃官归隐一事。

③葺：泛指修建房屋。佚老，指老来得安逸。佚即逸。

④亦好：语出唐诗人戎昱《中秋感怀》最后一句“远客归去来，在家贫亦好”。“亦好”意指金窝银窝不如自家草窝。

富贵是危机

垂垂吾老也，合当辞官归。犹言业未置，犬子竟不依。
嫌父官尚小，俸禄亦为低。子欲求富贵，富贵需何时？
待到富且贵，昼夜忧难息。富贵是危机，身家命难知。
无醴抽身去，穆生免灾至。不为五斗米，折腰侍权贵。
拂袖弃官归，开心做布衣。穆生陶县令，先辈真吾师。

归家葺庭院，“佚老”身安计。再建“亦好”亭，闲看风云起。
草庐清贫好，无灾享清逸。悠闲饮老酒，快意吟新诗。
薄田够吃穿，何须求殷实。千年田永在，八百主频易。
一口一汤匙，安能插多只。子若败家子，产业多何益？
子若男儿汉，勤俭当自立。是非理已明，休得歪叽叽！

水调歌头·汤朝美司谏见和，用韵为谢[①]

辛弃疾

白日射金阙[②]，虎豹九关开。见君谏疏频上，谈笑挽天回。千古忠肝义胆，万里蛮烟瘴雨[③]，往事莫惊猜。政恐不免耳，消息日边来[④]。

笑吾庐，门掩草，径封苔。未应两手无用，要把蟹螯杯[⑤]。说剑论诗余事，醉舞狂歌欲倒，老子颇堪哀。白发宁有种，一一醒时栽。

【注释】①汤朝美：辛之朋友。敢于指责朝政，发表抗战言论。曾因屡上谏书被贬。见和：意思说，和了我一首。

②金阙：指皇宫，代指皇上。

③蛮烟瘴雨：指边远蛮荒苦寒之地。

④日边：指京城。

⑤把：端着。

春从日边来

君之诤言陈金阙，响箭飞逼九关开。
不畏重重阻碍险，何惧悬悬头顶灾。
从容侃侃频谏疏，力排众议挽天回。
忠肝义胆传千古，刚直不阿引祸来。
蛮烟瘴雨贬万里，忍辱负重事堪哀。
艰难困苦玉汝成，淡定处变莫惊猜。
忠诚奇才堪大用，春光定会日边来。

吾庐寒门门掩草，庭院幽径径封苔。
难得清闲亦快事，笑把东篱黄菊栽。
莫叹屠鲸刺虎手，端杯持蟹亦悠哉。
醉舞狂歌意难平，酒倾玉山曲抒怀。
说剑论诗闲余事，文韬武略置蒿莱。
痴癫狂放谁知我？悲愤豪壮入云台。
谁说白发天生种？堪哀一一醒时栽。

贺新郎

辛弃疾

邑中园亭，仆皆为赋此词。一日，独坐停云[1]，水声山色，竞来相娱。意溪山欲援例者，遂作数语，庶几仿佛渊明思亲友之意云。

甚矣吾衰矣[2]。怅平生、交游零落，只今馀几！白发空垂三千丈，一笑人间万事。问何物、能令公喜？我见青山多妩媚，料青山见我应如是。情与貌，略相似。

一尊搔首东窗里。想渊明《停云》诗就，此时风味。江左沉酣求名者[3]，岂识浊醪妙理[4]。回首叫、云飞风起[5]。不恨古人吾不见，恨古人不见吾狂耳。知我者，二三子。

【注释】①停云：辛所修新居，其中有停云堂。取陶渊明《停云》诗意。 ②甚矣吾衰矣：引自《论语》，孔子哀其道不行矣，作者哀其政治抱负无法实现。 ③江左：长江下游一带。指江左一带人对功名利禄总是孜孜以求。 ④浊醪：过去做的米酒，呈乳白色，称浊酒。浊酒妙理在于使人活得自在，三杯两盏下肚，宠辱不惊。 ⑤云飞风起：刘邦得天下后，回故乡，作《大风歌》，抒志得意满之情。

狂　客

齿摇鬓毛衰，垂垂吾老矣。惯习贬谪居，空怀报国计。
知交本零落，如今更无几。万事成蹉跎，岁月流云逝。
白发三千丈，笑对人孤寂。何事开君颜？何物令公喜？
柔情心相许，青山多妩媚。相看两不厌，青山应如是。
历尽风雨狂，本色终不改。任凭雷霆击，岿然不移志。
貌合情亦投，与吾何相似。

举杯黄篱菊，搔首东窗里。遥想渊明诗，《停云》个中味。
不折斗米腰，但留清傲志。高士今何在？谁解酒中意。
江左沉酣者，为私逐名利。不识浊酒妙，更无豪情寄。
回首《大风歌》，英雄何快意！吾不见古人，生平不足惜。
高风亮节在，神交长相知。古人不见吾，犹堪长太息。
知我二三子，狂客自雄奇。

鹧鸪天

辛弃疾

陌上柔桑破嫩芽，东邻蚕种已生些[①]。平冈细草鸣黄犊，斜日寒林点暮鸦。山远近，路横斜，青旗沽酒有人家。城中桃李愁风雨，春在溪头荠菜花。

【注释】①些（sā）：这里读古音。

春在溪头

野外路边桑树密，柔枝冒出嫩黄芽。
日暖蚕宝孵出多，喜煞东邻养蚕家。
青草绿坡黄牛犊，一声长鸣过山垭。
太阳落山寒林静，啼乱争巢归来鸦。

远山近山青幽幽，大路小路相交叉。
青色酒旗高高挂，招呼行客进酒家。
莫羡城中桃李艳，怕风怕雨怕离丫。
乡村四季春不败，溪边长开荠菜花。

阮郎归·耒阳道中为张处父推官赋[1]

辛弃疾

山前灯火欲黄昏，山头来去云。鹧鸪声里数家村，潇湘逢故人。

挥羽扇，整纶巾，少年鞍马尘。如今憔悴赋《招魂》，儒冠多误身。

【注释】①耒（lěi）阳：今湖南省耒阳市。张处父：作者好友。推官：州郡的属官。

倾　诉

山前灯火光闪烁，山色朦胧欲黄昏。
高天云飞谁能料？迷迷茫茫数家村。
“行不得也哥哥啊”鹧鸪苦劝声阵阵。
湖南山间小道上，居然他乡遇故人。
执手朋友话难止，痛快淋漓吐郁闷。

当年英姿如周郎，年少风流统千军。
头戴纶巾挥羽扇，妙计一出定乾坤。
如今遭贬志难酬，忧虑国是心若焚。
苦闷憔悴无所托，唯有怅然吟《招魂》。
悲叹书生戴儒冠，空怀经纶误此身。

摸鱼儿

朱嗣发

对西风、鬓摇烟碧，参差前事流水。紫丝罗带鸳鸯结，的的镜盟钗誓[①]。浑不记、漫手织回文[②]，几度欲心碎。安花着蒂[③]。奈雨覆云翻[④]，情宽分窄[⑤]，石上玉簪脆。

朱楼外。愁压空云欲坠。月痕犹照无寐。阴晴也只随天意，枉了玉消香碎。君且醉。君不见、长门青草春风泪。一时左计[⑥]。悔不早荆钗[⑦]，暮天修竹，头白倚寒翠。

【注释】①的的：明白，明确。镜盟钗誓：用徐德言和乐昌公主分离后又团圆的合镜典故，用唐玄宗和杨贵妃以金钗作信物起誓典故；以表示夫妻恩爱、永不分离。

②回文：十六国时苏蕙织锦作回文诗寄丈夫，以寄相思情。

③安花著蒂：落花重接回花蒂上。比喻爱情已破，不可修复。

④雨覆云翻：指男子感情变化无常。

⑤情宽分窄：指有情无缘。

⑥左计：错误的主意。

⑦荆钗：简易打扮，装束简陋。代指贫家女子。

悔

一团乱发如烟碧，鬓上摇荡耳边垂。又见萧瑟秋风紧，往事纷涌如流水。
紫色丝线系罗带，巧织鸳鸯吐心事。枉说分镜又合钗，空许山盟又海誓。
空织回文锦字书，徒使心上泪悲催。痴想再拾落花起，接上花蒂回旧枝。
无奈翻云又覆雨，负我情真和意美。缘分已是到尽头，犹如玉簪石上碎。

仰望红楼楼外天，愁压阴云云欲坠。淡淡月光照床头，重重心事难入睡。
人生阴晴变化快，莫是天公乱捣鬼？玉消香殒作结局，实在委屈又后悔。
谁见长门陈皇后，甘受孤独囚幽室。青青碧草亦伤悲，春风难禁洒热泪。
当初轻信遭抛弃，悔不早做贫民妹。日暮尚可依修竹，年年岁岁共寒翠。

陆游（1125—1210），字务观，号放翁，今浙江绍兴人。一生力主抗金，仕途十分坎坷，直到66岁罢职，闲居山阴20年，其文学成就以诗为主，今尚存有九千三百余首。其诗词均洋溢着强烈的爱国主义精神。词作有《放翁词》一卷，《渭南河》两卷。他的名句“山重水复疑无路，柳暗花明又一村”，一直被人们广为传诵。

卜算子·咏梅

陆　游

驿外断桥边，寂寞开无主。已是黄昏独自愁，更着风和雨。
无意苦争春，一任群芳妒。零落成泥碾作尘，只有香如故。

咏　梅

驿馆墙外断桥边，孤芳傲然一梅树。
高洁素雅吐芬芳，无人垂怜无人护。
已是黄昏独自愁，受尽凄苦荒野伫。
更有无情风和雨，无休无止相凌辱。

天生丽质韵高洁，不屑争春相攀附。
中伤嫉妒群芳乱，心自淡定泰然处。
质本洁来还洁去，纵使零落化尘土。
清新素雅终不改，幽幽脉脉香如故。

诉衷情

陆 游

当年万里觅封侯，匹马戍梁州[①]。关河梦断何处[②]？尘暗旧貂裘[③]。胡未灭[④]，鬓先秋，泪空流。此生谁料，心在天山[⑤]，身老沧州[⑥]。

【注释】①梁州：今陕西南部汉中地区。
②关河：关塞，河防，指边疆。
③尘暗旧貂裘：暗指长期不受重用。
④胡：指金兵。
⑤天山：新疆境内，借指抗金前线。
⑥沧州：水边，泛指隐士居住地。

梦断关河

男儿当有班超志，万里征战觅封侯。
匹马单枪赴梁州，心雄志壮守金瓯。
自豪当年军旅事，如今只堪梦里求。
大宋疆界应何处？梦醒拭泪倍忧愁。
戍边貂裘百战衣，尘封灰暗置高楼。

可叹金兵犹未灭，满头鬓发已霜秋。
徒有壮志志难酬，空含悲泪泪长流。
事竟如此谁能料？社稷黎民蒙耻羞。
夜夜梦魂上天山，老翁挥戈雄赳赳。
可叹马放南山草，身老野云隐沧州。

秋波媚·七月十六日晚登高兴亭望长安南山

陆　游

秋到边城角声哀[1]，烽火照高台[2]。悲歌击筑[3]，凭高酹酒[4]，此兴悠哉。多情谁似南山月[5]，特地暮云开。灞桥烟柳，曲江池馆[6]，应待人来。

【注释】①边城：抗金前线。
②高台：指高兴亭，在南郑内城西北。
③筑：古代弦乐器，十三根弦。
④酹（lèi）：把酒浇在地上，表祭奠。
⑤南山：终南山，秦岭主峰。
⑥灞桥烟柳：曲江池馆：都是长安风景区，当时为金兵占领。

望长安

空阔苍凉入边城，呜咽声断号角哀。
烽火传报平安夜，心潮激荡登高台。
三军将士击筑歌，悲壮慷慨震边塞。
远眺故都长安近，举酒痛悼金瓯灾。
亲上前线高兴亭，披甲为国兴悠哉。

多情谁似南山月？南北山川天门开。
着意推开层层雾，故土惨况入眼来。
曲江池馆断残垣，灞桥烟柳景何在？
大军出征时不待，解救遗民倒悬灾。
遗民日夜向南望，大宋铁骑何时来？

夜游宫·记梦寄师伯浑[1]

陆　游

雪晓清笳乱起[2]。梦游处、不知何地。铁骑无声望似水。想关河，雁门西[3]，青海际。

睡觉寒灯里。漏声断[4]、月斜窗纸。自许封侯在万里[5]。有谁知，鬓虽残，心未死。

【注释】①师伯浑：人名，作者朋友。

②笳：我国北方民族的一个乐器。

③雁门：雁门关，今山西代县西北。

④漏声：古代计时用的漏壶滴水声。

⑤自许：自信，自负。封侯：封给官爵。

夜　梦

漫天飞雪迎拂晓，原野胡笳声凄凄。
不知飘荡身何地？梦里记忆尚依稀。
大宋铁骑望似水，披坚执锐无声息。
滚滚洪流向前进，剑指雁门青海西。

独眠寒室灯荧荧，漏壶声断惊梦止。
淡淡月光送寒意，凄凉斜照破窗纸。
早已立下建功志，自许封侯万里西。
白发稀疏心未死，夜夜边关纵马驰。

钗头凤

陆　游

红酥手。黄縢酒[①]。满城春色宫墙柳。东风恶[②]。欢情薄。一怀愁绪，几年离索[③]。错！错！错！

春如旧。人空瘦。泪痕红浥鲛绡透[④]。桃花落。闲池阁。山盟虽在，锦书难托。莫！莫！莫！

【注释】①黄縢酒：官家酿酒用黄纸封口，叫黄封酒，又叫黄縢酒。

②东风：比喻破坏诗人美好婚姻的家长。

③离索：即离散。

④浥：湿润。鲛绡：这里指手帕。

错错错

你那红润酥软手，为我斟满黄縢酒。
回想当年同来游，满城春色宫墙柳。
无奈冷酷东风恶，吹走姻缘红盖头。
几年分别音讯断，唯留一身怨与愁。
错在母亲强拆散，不让人辩说分由；
错在自己太糊涂，不该违心把妻休；
错在世人旧眼光，阴风冷雨逼人走。
一错再错错错错，犹似衣针锥心头。

这次重逢春依旧，你为离散空消瘦。
伤心泪水不住流，早把手绢湿个透。
沈园桃花已凋零，池塘亭阁更冷幽。
当初山盟刻心中，而今书信怕寄邮。
莫要触动你心事，往事不堪再回首；
莫要引你家人误，难堪处境不好受；
莫要引发外人议，以免遭人泼污垢。
万事皆休莫莫莫，千恨万怨我独受。

钗头凤

唐 婉[1]

世情薄，人情恶，雨送黄昏花易落。晓风干，泪痕残。欲笺心事，独语斜阑。难！难！难！

人成各，今非昨，病魂常似秋千索。角声寒，夜阑珊。怕人寻问，咽泪装欢。瞒！瞒！瞒！

【注释】①唐婉：陆游妻。为陆母所逼离异，改适他人，抑郁而终。存词一首，有人考证认为唐婉这首与陆游钗头凤均是后人伪托。姑且不论真伪，此两首词均是上乘之作，感人至深。

瞒瞒瞒

世间感情何淡薄，人情世故多凶险。
黄昏苦雨潇潇下，风抛花落枝头散。
晓风吹干花上雨，苦女难拭泪痕残。
欲把心事付纸上，自言自语独倚栏。
世情冷淡摧煞人，做个女人真是难；
纵然一快吐心事，恐引误会遭诽难；
命运对我何不公，改变命运何其难。
为难为难难难难，心中孤苦泪流干。

人已分别各东西，情知今天非昨天。
心中苦痛倍熬煎，病魂常似荡秋千。
孤独最怕夜阑珊，更兼号角鸣凄寒。
最怕被问今如何？强咽泪水装欢颜。
且瞒自己新婚人，新欢虽建情难建；
且瞒身边口舌人，受人讥笑情难堪；
且瞒自己心上人，旧爱虽断情难断。
且瞒且瞒瞒瞒瞒，凄风荒冢草喃喃。

垂丝钓

丘　宻[①]

戊戌迓客[②]。自入淮南，多所感怆作。

夕烽戍鼓。悲凉江岸淮浦。雾隐孤城，水荒沙聚。人共语。尽向来胜处。谩怀古。

问柳津花渡。露桥夜月[③]，吹箫人在何许[④]。缭墙禁籞[⑤]。粉黛成黄土[⑥]。惟有江东注。都无虏。似旧时得否。

【注释】①宻：即崇。

②迓（yà）：迎接。

③露桥：夜露润湿的桥。

④吹箫人：杜牧诗，“二十四桥明月夜，玉人何处教吹箫”。

⑤缭墙禁籞（yù）：宫墙环绕的皇家禁苑。籞：御花园。

⑥粉黛：宫娥彩女。

扬州怀古

入夜烽火扬州路，清晨不绝戍边鼓。
连年战乱灾深重，江淮两岸黎民苦。
断垣残壁乱石堆，拥塞孤城河道堵。
江流呜咽起悲雾，腥风低诉千村戮。
当年名胜今何在？遥指荒凉空怀古。

试问杨柳津花渡，如今可有行人路？
露桥风月空悲切，美人吹箫在何处？
后宫佳丽化烟尘，皇家禁苑成黄土。
千般美景化乌有，唯余怒涛水东注。
驱逐强虏复大宋，还我锦绣尚能否？

洞仙歌

李元膺

一年春物，惟梅柳间意味最深。至莺花烂漫时，则春已衰迟，使人无复新意。予作《洞仙歌》，使探春者歌之，无后时之悔。

雪云散尽，放晓晴池院。杨柳于人便青眼[①]。更风流多处，一点梅心，相映远，约略颦轻笑浅[②]。

一年春好处，不在浓芳，小艳疏香最娇软[③]。到清明时候，百紫千红，花正乱，已失春风一半。早占取韶光共追游，但莫管春寒，醉红自暖。

【注释】①青眼：多用于表示对人重视，喜爱。此处比喻柳眼。

②颦：眉毛轻皱。

③疏香：宋代林逋有“疏影横斜水清浅，暗香浮动月黄昏”诗句后，梅花即有“疏影”“暗香”的代称。因此这里的疏香应指梅花。

春醉红

雪后的阴云已经消散
拂晓的阳光照着庭院
初春的杨柳新芽舒展
逢人便抛多情的媚眼
风流梅魂芳心欲语难言
与柳枝儿呼应预告春天
浅浅微笑宛如少女一般
轻皱眉尖一丝哀怨淡淡

一年春光何时最为灿烂
却不是繁华的浓芳香艳
百花盛开春光已失一半
梅的疏影暗香最是经典
要趁早抓住春天的短暂
让美好的时光更加璀璨
莫负年华举杯笑迎明天
莫管春寒酒中自有温暖
饮后酡颜正是春意盎然

菩萨蛮·六军阅罢，犒饮兵将官

王安中

中军玉帐旌旗绕，吴钩锦带明霜晓①。快马去追风，弓声惊塞鸿。
分兵闲细柳②，金字回飞奏。犒饮上恩浓，燕然思勒功③。

【注释】①吴钩：泛指精良兵器。
②细柳：借用西汉名将周亚夫驻军细柳故事，表示军纪严明，不可侵犯。
③燕然：燕然山，今杭爱山，在内蒙古境内。
勒功：刻石碑记功。

阅　军

中军帐外旗如林，
狂卷漫舞烈烈风。
刀枪剑戟寒光闪，
演兵场上晓霜重。
骏马奔驰追响箭，
弓弦一动惊飞鸿。
边关将士勤操演，
守疆卫土练神功。

六军阅罢归行营，
犹赛亚夫纪严明。
闲居细柳人不闲，
厉兵秣马守边城。
皇上御赐犒三军，
表章飞马谢朝廷。
将士尽忠报国恩，
立功燕然刻石铭。

减字木兰花·涟水登楼寄赵伯山

米　芾

云间皓月，光照银淮来万折。海岱楼中[①]，拂袖雄披楚岸风[②]。
醉余清夜，羽扇纶巾人入画。江远淮长，举首宗英醒更狂[③]。

【注释】①岱：泰山的古称。
②楚岸风：借用楚国宋玉《风赋》中的雄风。
③宗英：即赵伯山。

涟水登楼

浩然月华穿云雾，倾泻淮河泛银光。
万道银鳞亮闪闪，驾波驭流志远方。
东海泰山两地间，登楼极目望八荒。
楚国故地江南岸，世间变化看沧桑。
雄披当年王台风，顿添三楚精神狂。
伫立江岸心神怡，大袖随风飘飘扬。

清幽无边风月夜，频频举杯意酣畅。
鹅毛羽扇摇湘云，青丝头巾随风荡。
飘飘然若入画中，飘飘然若瑶台降。
最是快意孤独时，岂把远方朋友忘。
拜托长长淮河水，带去思念和盼望。
盼望赵兄同游此，纵然无酒也狂放。

减字木兰花·竞渡

黄　裳

红旗高举，飞出深深杨柳渚。鼓击春雷，直破烟波远远回。
欢声震地，惊退万人争战气。金碧楼西，衔得锦标第一归。

竞　渡

红旗如林船头立，端午龙舟排柳堤。
一声令下千船发，飞出柳荫响箭疾。
鼓声犹似春雷震，细浪腾空大江迷。
凌厉前行破烟波，半程终点惊回急。

但见猛龙过江来，两岸欢声震大地。
山呼海啸如战场，千船万桨齐努力。
当先一马誓夺魁，力压群雄逞豪威。
金碧楼西夺锦旗，衔在龙口缓缓归。

姜夔（约 1155—1221），字尧章，号白石道人，饶州鄱阳（今江西）人。终生布衣。精通音律，能度曲，诗词、文章、书法等无不工，尤以词名世。姜词多为咏物、记游之作，讲究格律，炼字锻句，风格清幽冷峭，在南宋词坛自标一格，影响颇深。有《白石道人歌曲》传世，存词 80 余首。

点绛唇·丁末冬过吴松作①

姜　夔

燕雁无心②，太湖西畔随云去。数峰清苦。商略黄昏雨③。
第四桥边④，拟共天随住⑤。今何许？凭阑怀古。残柳参差舞。

【注释】①吴松：今江苏吴江。
②燕雁：北方幽燕一带的鸿雁。
③商略：商议。
④第四桥：吴江城外甘泉桥。
⑤天随：晚唐诗人陆蒙，号天随子。曾隐居吴江上浦里。

过吴松

漂泊天涯过太湖，燕雁无心稍停驻。
不畏浮云遮望眼，匆匆随风向南渡。
湖上数峰愁寂静，黄昏时分更凄苦。
几番酝酿成雨意，垂垂欲下暗天幕。
去留两难皆是愁，意乱情迷对谁诉？

吴江城外甘泉桥，曾是天随隐居处。
心驰神往追高人，欲留此地与共住。
今夕何夕意迷糊，惆怅倚栏思今古。
但见残柳啼鸦处，参差千缕风中舞。
欲追前贤难相见，无限苍凉空怀古。

琵琶仙

姜 夔

《吴都赋》云："户藏烟浦，家具画船。"唯吴兴为然。春游之盛，西湖未能过也。已酉岁，予与萧时父载酒南郭[①]，感遇成歌。

双桨来时，有人似、旧曲桃根桃叶[②]。歌扇轻约飞花，蛾眉正奇绝。春渐远，汀洲自绿，更添了几声啼鴂。十里扬州，三生杜牧[③]，前事休说。

又还是、宫烛分烟[④]，奈愁里、匆匆换时节。都把一襟芳思，与空阶榆荚[⑤]。千万缕、藏鸦细柳，为玉尊、起舞回雪。想见西出阳关，故人初别。

【注释】①萧时父：人名，作者妻弟。南郭：城南。

②旧曲：旧日坊曲。桃根桃叶：晋代王献之的二位爱妾。这里指作者所恋的姐妹二人。 ③三生：佛家指前生，今生和来生。 ④宫烛分烟：寒食禁烟火后，由皇宫分送火烛火种。 ⑤榆荚：榆钱。榆叶形圆似钱。

往 昔

双桨轻摇画船近，相识佳人船头顾。
旧日坊间两歌女，手执桃扇轻曼舞。
蛾眉秋波金莲步，扇接落花歌飞渡。
春光渐行渐远去，一片浓绿满江浦。
杜鹃声声啼不住，更添几多愁入腹。
十里繁华梦扬州，三生有缘像杜牧。
往事伤感休再提，心逐江天乱云渡。

又是寒食清明节，宫廷赐火恩万户。
轻烟散尽愁依旧，时光匆匆又暗度。
徒留一腔惜春情，付与空阶榆荚树。
千丝万缕柳依依，浓荫渐深鸦藏入。
遥想当年离别宴，絮如飞雪柳丝舞。
犹记宴上《渭城曲》，至今断魂无寄处。
惜别故人情依依，西出阳关凄凉路。

八归·湘中送胡德华

姜　夔

芳莲坠粉，疏桐吹绿，庭院暗雨乍歇。无端抱影销魂处，还见筱墙萤暗[①]，藓阶蛩切[②]。送客重寻西去路，问水面琵琶谁拨？最可惜、一片江山，总付与啼鴂。

长恨相逢未款[③]，而今何事，又对西风离别？渚寒烟淡，棹移人远，缥渺行舟如叶。想文君望久[④]，倚竹愁生步罗袜。归来后，翠尊双饮，下了珠帘，玲珑闲看月。

【注释】①筱（xiǎo）：小竹子。

②蛩：蟋蟀。　③款：招待，款待。

④文君：司马相如之妻，这里借指胡德华之妻。

湘中送胡德华

莲花低垂愁凋谢，梧桐稀疏飘绿叶。
黄昏秋雨骤停歇，空庭无人犹寒怯。
几多无聊对孤影，直叫魂魄难守舍。
竹编篱围暗角处，只见萤火频闪灭。
石阶侵满绿青苔，蟋蟀草丛鸣暗夜。
又将西行上长途，无计长留天涯客。
试问悠悠东去水，谁弹琵琶萧瑟瑟？
可惜江山依旧在，总付杜鹃空啼血。

今为何事匆忙别？长恨未及款待客。
凄寒沙渚淡淡烟，凛冽秋风萧萧野。
人随孤舟渐移远，隐隐约约如漂叶。
料想君妻望夫归，足穿罗袜依竹斜。
愁容惨淡情切切，望断秋水心如裂。
祝君一路好心情，早早归家话亲热。
翠玉酒杯迎君归，双双对饮酬欢悦。
缓缓垂下珍珠帘，伉俪悠闲赏圆月。

念奴娇·闹红一舸

姜　夔

余客武陵。湖北宪治在焉：古城野水，乔木参天。余与二三友，日荡舟其间。薄荷花而饮①，意象幽闲，不类人境。秋水且涸。荷叶出地寻丈②，因列坐其下，上不见日。清风徐来，绿云自动。间于疏处，窥见游人画船，亦一乐也。朅来吴兴③。数得相羊荷花中④，又夜泛西湖，光景奇绝。故以此句写之。

闹红一舸⑤，记来时尝与鸳鸯为侣，三十六陂人未到⑥，水佩风裳无数。翠叶吹凉，玉容消酒⑦，更洒菰蒲雨⑧。嫣然摇动，冷香飞上诗句。

日暮，青盖亭亭，情人不见，争忍凌波去？只恐舞衣寒易落，愁人西风南浦。高柳垂阴，老鱼吹浪，留我花间住。田田多少⑨，几回沙际归路。

【注释】①薄：挨近，靠近。　②寻丈：一丈左右。
③朅（qiè）来：唐宋俗语，相当于今言“来到”。
④相羊：徜徉，徘徊留连。　⑤闹红：成片盛开荷花。
⑥陂（bēi）：泛指池塘。三十六陂，言池塘之多。
⑦玉容消酒：荷花鲜艳红润如美人醉酒。
⑧菰蒲：分别是两种水生植物。
⑨田田：荷叶毗连成片的样子。

荷　花

满塘红莲喧闹迎，孤篷小舟游荷池。几只鹭鸟船头翔，一对鸳鸯戏涟漪。
大小荷塘三十六，接天碧海飘红衣。盛开荷花相竞美，水如环佩风习习。
绿萼一展荷花红，美人酒醉带娇姿。菰蒲幽幽伴水草，随风摇曳迎雨丝。
侧身嫣然微微笑，更显高雅孤芳仪。吐露清幽飘冷香，飞入骚人笔下诗。

荷叶青青如伞盖，护花挺立碧波池。日暮水面烟霭起，犹着佳人晚妆衣。
一年美景有几时？怎忍凌波荡舟离。更恐无情秋寒至，强将红莲脱舞衣。
谁谴西风入南浦，满池荷花愁凄凄。高高柳树垂绿荫，池中老鱼逐浪飞。
美景留我无限意，田田荷花情依依。沙岸归路几徘徊，频频回首憾然归。

扬州慢

姜　夔

淳熙丙申至日[①]，予过维扬。夜雪初霁，荠麦弥望[②]。入其城，则四顾萧条，寒水自碧，暮色渐起，戍角悲吟。予怀怆然，感慨今昔，因自度此曲。千岩老人以为有《黍离》之悲也[③]。

淮左名都[④]，竹西佳处[⑤]，解鞍少驻初程。过春风十里。尽荠麦青青。自胡马窥江去后，废池乔木，犹厌言兵。渐黄昏，清角吹寒。都在空城。

杜郎俊赏[⑥]，算而今、重到须惊。纵豆蔻词工，青楼梦好，难赋深情。二十四桥仍在[⑦]，波心荡、冷月无声。念桥边红药[⑧]，年年知为谁生？

【注释】①至日：冬至日。

②弥望：满眼。

③《黍离》之悲：对国事艰难的感叹。

④淮左：淮南东路，称淮左。

⑤竹西：扬州竹西亭，著名景区。

⑥杜郎：唐诗人杜牧。俊赏：对美有极高的鉴赏力。

⑦二十四桥：桥名。扬州西郊，传说古代曾有二十四位美人在桥上吹箫。

⑧红药：红芍药。

哀扬州

扬州地处淮河东，千古闻名大都城。初次光临心肃然，解鞍下马稍留停。
安居乐业繁华地，春风十里荠麦青。而今断垣残壁景，满目凄凉鬼神惊。
自从金兵大洗劫，唯余荒废旧都城。怕提当年血光灾，城中草木恨刀兵。
雪云飞移黄昏近，垂垂夜幕落空城。惨淡号角声呜咽，透骨寒风送悲情。

曾记杜牧歌扬州，倾情赞美赋诗文。当年杜郎重归来，定会扼腕断肠魂。
高歌豆蔻芳华绝，低吟青楼遗梦神。纵然才华高八斗，难赋眼前恨深深。
二十四桥应犹在，徒有吹箫留传闻。但见残破半轮月，空自悲愤荡江心。
想那桥边芍药苦，年年凄凉对寒春。芍药安知人间事，空自花红蒙污尘。

一萼红

姜 夔

丙午人日①，予客长沙别驾之观政堂②。堂下曲沼，沼西负古垣，有卢橘幽篁③，一径深曲。穿径而南，官梅数十株，如椒、如菽，或红破白露，枝影扶疏。着屐苍苔细石间④，野兴横生。亟命驾登定王台，乱湘流，入麓山，湘云低昂，湘波容与，兴尽悲来，醉吟成调。

古城阴。有官梅几许，红萼未宜簪。池面冰胶，墙腰雪老⑤，云意还又沉沉。翠藤共、闲穿径竹，渐笑语、惊起卧沙禽。野老林泉⑥，故王台榭，呼唤登临。

南去北来何事？荡湘云楚水，目极伤心。朱户粘鸡⑦，金盘簇燕⑧，空叹时序侵寻⑨。记曾共西楼雅集，想垂杨、还袅万丝金。待得归鞍到时，只怕春深。

【注释】①人日：农历正月初七。

②别驾：官名。 ③卢橘：金橘。幽篁：幽暗的竹子。

④着屐（jī）：穿鞋。此处指步行。

⑤雪老：积雪未化。 ⑥野老：村野老人，这里作者自况。

⑦粘鸡：古风俗，用画鸡或剪纸鸡贴门上辟邪。

⑧簇燕：立春时供的春盘。 ⑨侵寻：消逝。

人日踏青

长沙城北背阴处，官家寒梅迎早春。花蕾不宜插发髻，留待竞艳染红云。
墙角阴处余残雪，池面初凝冰胶新。彤云沉沉欲雪天，寒意难阻把春寻。
欢声笑语过小径，闲穿翠藤修竹林。惊动水边栖鸟飞，空留沙滩双宿印。
不求功名不求富，只作山林隐居人。故王楼台林泉地，呼朋唤友齐登临。

南来北往为何事？天涯羁旅孤独身。极目天际生悲凉，湘楚云飞水粼粼。
人日家家剪彩纸，吉祥雄鸡贴红门。生菜雕刻双飞燕，置放铜盘喜迎春。
颠沛流离空叹息，时光流逝何处寻。曾记当年西楼会，多少风流如浮云。
遥想垂柳依旧在，袅袅摇曳万缕金。只恐飞马归来时，落花流水春深深。

淡黄柳

姜　夔

客居合肥南城赤阑桥之西，巷陌凄凉，与江左异[①]，惟柳色夹道，依依可怜。因度此阕，以纾客怀[②]。

空城晓角，吹入垂杨陌。马上单衣寒恻恻[③]。看尽鹅黄嫩绿，都是江南旧相识。

正岑寂[④]。明朝又寒食。强携酒，小桥宅[⑤]。怕梨花落尽成秋色。燕燕飞来，问春何在，唯有池塘自碧。

【注释】①江左：江南。

②纾（shū）：排解，消除。

③恻恻：轻寒的样子。

④岑寂：寂静，寂寞。

⑤小桥宅：三国时乔玄二女住处，这里指情人住所。

春　寂

空城拂晓吹号角，满目凄凉惊犹怯。
吹入阡陌柳斜斜，吹上衣单寒恻恻。
繁华飘逝如浮云，枯藤荒草弥丘野。
春催杨柳换新妆，看尽鹅黄嫩绿色。
旧日江南谁能识？唯我年年天涯客。
当年春光今何在，欲说还休风呜咽。

明朝又到寒食节，不堪孤寂冷清夜。
勉强携酒去何处？举杯对饮佳人舍。
醉难成欢惨将别，空将杜康浇苦涩。
最怕梨花花落尽，春红变成衰秋色。
更怕春去不再回，徒留秋冬长恨夜。
燕燕归问春何在？池塘碧波漂黄叶。

暗香

姜　夔

辛亥之冬，余载雪诣石湖①。止既月②，授简索句，且征新声，作此两曲，石湖把玩不已，使二妓肄习之，音节谐婉，乃名之曰《暗香》《疏影》。

旧时月色，算几番照我，梅边吹笛？唤起玉人，不管清寒与攀摘。何逊而今渐老③，都忘却春风词笔。但怪得竹外疏花，香冷入瑶席④。

江国⑤，正寂寂，叹寄与路遥，夜雪初积。翠尊易泣⑥，红萼无言耿相忆⑦。长记曾携手处，千树压、西湖寒碧。又片片、吹尽也，几时见得？

【注释】①载雪：冒雪乘船。

②止既月：住了一个多月。

③何逊：南朝梁诗人，这里作者自喻。

④瑶席：豪华宴席。

⑤江国：江南水乡。

⑥翠尊：翠绿色酒杯，代指酒。

⑦红萼：红梅花。

西湖梅

树下吹笛玉人来，月光摇曳梅影姿。良辰美景赏心事，几番同游长相记。
清寒冷光幽香时，踏月攀梅摘花枝。如同何逊渐老矣，往事如烟情迷失。
而今诗词失文采，春风踌躇安可期。惊见清冷竹林外，稀疏梅花展芳姿。
竹伴梅花岁寒友，高洁傲骨几人知？淡淡清幽香飘逸，别样风情入瑶席。

江南水乡正寂寂，欲摘梅花寄相思。路途遥远惜难托，夜寒雪狂复堆积。
翠玉酒杯杯不停，伤怀清泪泪难止。红梅更有儿女情，陪伴长把往事忆。
曾记携手同游处，千株梅树花满枝。寒冷碧绿西湖水，长留佳人芳华仪。
花开花谢春易老，片片落梅尽吹离。如花玉人几时见？莫待头白空相思！

疏　影

姜　夔

苔枝缀玉[①]，有翠禽小小，枝上同宿。客里相逢[②]，篱角黄昏，无言自倚修竹。昭君不惯胡沙远，但暗忆、江南江北。想佩环、月夜归来，化作此花幽独。

犹记深宫旧事[③]，那人正睡里，飞近蛾绿[④]。莫似春风，不管盈盈[⑤]，早与安排金屋。还教一片随波去，又却怨、玉龙哀曲[⑥]。等恁时[⑦]、重觅幽香，已入小窗横幅。

【注释】①苔枝：长有苔藓的梅枝。缀玉：梅花如玉缀满树枝。　②客里相逢：出门在外与梅相遇。　③深宫旧事：指南朝宋武帝刘裕女寿阳公主，落梅花额上点缀一事。　④蛾绿：女子美丽眉毛。　⑤盈盈：女子美好仪态，这里喻梅花。　⑥玉龙：笛子名。哀曲：指笛子吹奏的名曲《梅花落》。　⑦恁时：那时。

梅花落

身披绿苔繁花似玉初露　梅仙装点得花团又绵簇
两只小小翠鸟怀中栖宿　仿佛彩衣仙童为她守护
斜阳挂疏篱人在黄昏路　客居他乡惊见仙葩梅树
犹如绝代佳人幽居独处　亭亭玉立忧郁泪洒清露
想昭君出塞大漠黄沙路　定然不惯胡沙荒凉凄楚
带着思国怀乡眷恋痛苦　暗忆江南江北美好故土
我想她定然是佩玉戴珠　趁月夜踏上了归乡旅途
化作梅树守望日落日出　甘愿忍受家乡幽冷孤独

记得南朝宫中梅花飞舞　寿阳公主檐下小睡正午
一朵梅花飘落眉间留驻　从此留下“梅花妆”的典故
可惜如今春风昏庸失误　摧残盈盈梅花卷落无数
应该备下藏娇金屋呵护　结果花儿被抛荒野尘土
污泥浊水浪卷沉浮漂渡　哪堪玉龙笛声如泣如诉
诉说历史兴衰无情冷酷　《梅花落》穿越时空千载飞度
待到梅花落尽寻觅幽香处　她却早已被小窗画幅留驻
空留下芳姿倩影天不眷顾　空留下无尽思念千红一窟

翠楼吟

姜 夔

淳熙丙午冬，武昌安远楼成，与刘去非诸友落之，度曲见志。予去武昌十年，故人有泊舟鹦鹉洲者，闻小姬歌此词，问之，颇能道其事，还吴为余言之；兴怀昔游，且伤今之离索也。

月冷龙沙①，尘清虎落②，今年汉酺初赐③。新翻胡部曲，听毡幕元戎歌吹。层楼高峙。看槛曲萦红，檐牙飞翠。人姝丽，粉香吹下，夜寒风细。

此地宜有词仙，拥素云黄鹤④，与君游戏。玉梯凝望久，叹芳草萋萋千里。天涯情味。仗酒祓清愁⑤，花销英气。西山外，晚来还卷，一帘秋霁。

【注释】①龙沙：塞外沙漠。

②虎落：护城篱笆称虎落，这里指城墙。

③汉酺（pú）：汉代赐诏臣民欢聚饮。

④素云：指白云楼；黄鹤：指黄鹤山。

⑤祓（fú）：清除。

翠楼吟

塞外漠漠风烟静，月光冷冷照边域。今日皇恩犒三军，美酒佳肴共欢聚。军营新翻胡人曲，大漠帐内戎歌起。安远楼成高耸峙，辉煌雄壮边关地。喜看红栏绕环曲，牙状飞檐亮绿翠。楼上佳人容颜丽，脂粉飘下香四逸。升平歌罢人归去，高楼夜寒风细细。

灵地当有词中仙，白云黄鹤凌空至。登楼观瞻皆吾友，饮酒赋诗文墨戏。倚楼远眺长太息，芳草萋萋连千里。天涯游子何时归，徒留情思空寂寂。暂借酒力消闲愁，且凭赏花磨英气。黄昏时节卷珠帘，烟飞云敛秋雨止。红霞悠然入室来，西山山头正晴丽。

紫萸香慢

姚云文

近重阳、偏多风雨，绝怜此日暄明①。问秋香浓未，待携客、出西城。正自羁怀多感②，怕荒台高处，更不胜情。向尊前，又忆漉酒插花人③。只座上、已无老兵④。

凄清，浅醉还醒，愁不肯，与诗评。记长楸走马⑤，雕弓笮柳⑥，前事休评。紫萸一枝传赐，梦谁到、汉家陵⑦。尽乌纱便随风去，要天知道，华发如此星星⑧，歌罢涕零。

【注释】①暄明：暖和晴朗。

②羁怀：客居他乡的情怀。

③漉：滤。插花人：代指故人。

④老兵：指旧友，或志同道合人。

⑤长楸：乔木林。

⑥笮（zé）柳：以箭射柳叶，喻百步穿杨。

⑦汉家陵：代指宋皇陵。

⑧星星：头发斑白稀疏的样子。

重阳有感

眼看临近重阳节，连日风雨难出行。分外珍惜今朝好，阴云散尽天晴明。
出游欲待邀朋友，载酒径直出西城。不知秋色香浓否？不知尚有几多情？
羁旅已是愁满杯，更怕荒台风悲鸣。登高临远望故国，遗民悲愤恨难平。
生死兄弟余几人？风烛残年发星星。举目故友今何在，滤酒插花犹思卿。
可怜樽前形影孤，举杯环顾无老兵。

满目无限凄凉景，酒难醉人愁还醒。饮酒赋诗且抒怀，忧愤郁闷心难宁。
曾记少年扬鞭时，浑身百步穿杨劲。欲作卫国功勋臣，横刀立马任驰骋。
往事如烟休再语，空留白发对金镜。曾记重阳赐茱萸，朝野年年喜相庆。
如今故国家难回，思亲祭祖求梦境。华发稀疏垂垂老，乌纱随风落荒径。
仰天长啸泪横飞，遥望故都无云影。

水调歌头·题剑阁

崔与之

万里云间戍，立马剑门关。乱山极目无际，直北是长安[①]。人苦百年涂炭，鬼哭三边锋镝[②]，天道久应还[③]。手写留屯奏[④]，炯炯寸心丹[⑤]。

对青灯，搔白首，漏声残。老来勋业未就，妨却一身闲。梅岭绿阴青子，蒲涧清泉白石[⑥]，怪我旧盟寒[⑦]。烽火平安夜，归梦绕家山。

【注释】①长安：长安汉唐旧都，这里代指北宋京都汴京（今河南开封）。长安剑阁北面，早沦陷。

②锋镝：锋：剑刃，刀刃。镝：箭头。锋镝：代指兵器。

③天道久应还：天道：天理。天理应还我一个公道。善有善报，恶有恶报。

④留屯奏：作者曾任四川安抚使，写下屯守御金的奏章。

⑤炯炯：眼睛明亮有神，这里暗指看得清形势，明了问题。丹：红。

⑥蒲涧：在广州白云山上，涧中有蒲草。作者在此隐居。

⑦旧盟：旧日盟约。

题剑阁

江山万里云间戍，横刀立马剑门关。枕戈待旦守疆土，三军将士家难还。
故都沦陷乱山北，无限悲恨望长安。百年烽火征战烈，万千生灵坠深渊。
夜夜犹闻神鬼哭，日日但见刀枪寒。驱逐强虏应此时，天当助我复河山。
留川御金上奏章，平戎守疆谋边安。不计生死报家国，赤胆忠心可对天。
不求功封万户侯，但愿黎民长开颜。

青灯荧荧夜犹长，白发苍苍搔更短。漏壶滴声愁煞人，心忧家国夜无眠。
建功立业当年志，老来未竟心不甘！抗金复宋责任重，岂能归家享清闲！
梅岭绿荫梅果熟，蒲涧白石清泉甜。家乡风物情深深，盼我早早把家还。
怪我归隐违盟约，怪我无情忘家园。家国自古难两全，男儿壮志守边关。
只盼烽火报平安，容我梦魂绕家山。

吴文英（约 1200—1260），字君特，号梦窗，又号觉翁，今浙江宁波市人。一生未做官，以布衣终身，常出入于权贵门庭。长期居苏、杭。他精于音乐，能自由度曲，讲究辞藻格律，多抒写个人身世之感，生活面不广。在艺术技巧方面有一定成就。清人对他评价甚高，将其与辛弃疾、周邦彦、王沂孙并列为两宋词坛四大家。有《梦窗词集》存词三百余首。

浣溪沙

吴文英

门隔花深梦旧游。夕阳无语燕归愁。玉纤香动小帘钩。
落絮无声春堕泪，行云有影月含羞。东风临夜冷于秋。

东风冷于秋

门锁花园锦绣春，
魂绕旧梦难重游。
夕阳无语渐西沉，
归燕带回几多愁。
纤纤玉指动帘影，
悄悄挂上小帘钩。
门隔花深佳人远，
情断思连望高楼。

柳絮飘落悄无声，
春雨洒泪绵柔柔。
一团浮云送暗影，
半露明月含娇羞。
东风不解今夜情，
丝丝寒意冷于秋。
云暗月明谁会意？
魂销魄散梦难酬。

花犯·郭希道送水仙索赋

吴文英

小娉婷，清铅素靥①，蜂黄暗偷晕。翠翘欹鬓②。昨夜冷中庭，月下相认。睡浓更苦凄风紧。惊回心未稳。送晓色、一壶葱茜③，才知花梦准。

湘娥化作此幽芳，凌波路，古岸云沙遗恨。临砌影，寒香乱、冻梅藏韵。熏炉畔、旋移傍枕，还又见、玉人垂绀鬒④。料唤赏、清华池馆，台杯须满引。

【注释】①靥（yè）：酒窝，笑靥。清铅素靥：这里指淡妆素抹。

②翠翘：妇女头饰，似翠鸟尾上长毛。这里形容绿叶。

③葱茜：青翠色。

④绀鬒（zhěn）：绀：红而黑，带紫。鬒：稠密而黑的头发。

赋水仙

像娇小玲珑的仙女，身材秀美娉婷。
雪白的花瓣，素颜淡妆轻盈。
蜂黄色的花蕊，略带青涩的娇晕。
翡翠般的绿叶，像头饰斜插两鬓。
昨夜空庭幽静，月光朦胧中相认。
睡梦中突然醒来，凄凉的夜风阵阵。
一种莫名的惊诧，让我久久难以安枕。
刚刚送走拂晓，花神就叩门相问。
原来梦里的事情，竟然如此精准！

是湘江女神的化身，凌波一路水印。
记录着古岸云沙，多少年的遗恨。
寻不到亲人舜帝，依然素妆不施脂粉。
只因羞见你的身姿，梅花也藏起神韵。
时而置您薰炉边，时而移向绣枕。
只为你的典雅芬芳，不离不弃甘贫乐困。
欣赏着浓稠的发鬓，一派芳幽仙姿神韵。
坚守在清华池馆，厮守爱的忠贞诚信。
让我们高举酒杯，把美好畅饮为美好干杯！

宴清都·连理海棠

吴文英

绣幄鸳鸯柱[①]，红情密、腻云低护秦树[②]。芳根兼倚，花梢钿合[③]，锦屏人妒。东风睡足交枝，正梦枕瑶钗燕股[④]。障滟蜡、满照欢丛，嫠蟾冷落羞度[⑤]。

人闲万感幽单，华清惯浴，春盎风露。连鬟并暖[⑥]，同心共结，向承恩处。凭谁为歌长恨？暗殿锁[⑦]、秋灯夜语。叙旧期、不负春盟，红朝翠暮。

【注释】①绣幄：绣幕，形容海棠花瓣。

②秦树：指连理海棠。秦中（即长安一带）出现了双株海棠，枝叶相交相依，似结连理。

③钿合：钿为金饰之盒。上下两扇相合叫钿合。

④燕股：金钗有两股如燕尾。

⑤嫠（lí）蟾：指月亮。嫠：寡妇。嫦娥独居，故称。

⑥连鬟（huán）：古代妇女梳的环形发髻。双髻，婚后合一，表同心。

⑦暗殿锁：暗示唐明皇被幽禁。

连理海棠

红花浓密香馥郁，绣帐围搭鸳鸯柱。绿叶低垂如碧云，痴情呵护海棠树。
树根缠绵互交错，花枝交颈相依护。惹得锦屏孤栖女，触景伤情生嫉妒。
花如美人卧枝头，东风温柔轻轻抚。相依相伴入梦枕，轻摇金钗和玉珠。
障烛避风入花圃，光映海棠花扶疏。嫦娥羞见花连理，月宫寡居人孤独。

凄凉幽恨满人间，好事不到黎民处。唯有贵妃华清池，占尽春风和雨露。
芙蓉帐暖度春宵，同心共结生死渡。渔阳鼙鼓惊好梦，到头生死却异处。
凭谁为歌抒长恨，绵绵此恨传千古。秋灯夜雨犹闻哭，幽暗孤独冷宫苦。
犹思当年长生殿，叙旧盟约再回顾。红花绿叶长相依，风风雨雨共朝暮。

渡江云·西湖清明

吴文英

羞红鬓浅恨，晚风未落，片绣点重茵[1]。旧堤分燕尾[2]，桂棹轻鸥，宝勒倚残云[3]。千丝怨碧，渐路入、仙坞迷津。肠漫回，隔花时见、背面楚腰身[4]。

逡巡。题门惆怅，坠履牵萦。数幽其难准。还始觉、留情缘眼，宽带因春。明朝事与孤烟冷。做满湖、风雨愁人。山黛暝，尘波淡绿无痕。

【注释】①片绣：指花瓣。

②燕尾：西湖苏堤、白堤交叉，形似燕尾。

③宝勒：马笼头，指代马。

④楚腰：指美人细腰。

西湖清明

娇羞红花紧蹙眉，惊恨晚风扫残云。
落英片片如彩绣，点缀厚厚绿草茵。
苏堤白堤相交叉，好似斜燕尾双分。
湖面舟船如水鸥，飘荡轻点水中云。
华贵宝马系柳下，依偎残云对黄昏。
碧绿垂柳千重丝，凝挂多少幽怨春。
缓缓穿过柳间径，花环相绕入胜景。
风姿绰约楚腰身，隔花惊叹佳人影。

一时情迷心绪乱，徘徊疑虑欲追寻。
只怕空留人面恨，枉教崔护题诗门。
犹似坠靴两难事，难舍难弃牵人魂。
多少密约与幽会，抛珠落玉水中沉。
空留秋波一瞥恨，长叹归宿命浮云。
衣带渐宽人憔悴，只怨自己太痴情。
情事变迁烟云冷，西湖风雨愁煞人。
远山青黛黄昏近，秀水微波绿无痕。

夜合花·自白鹤江入京，①泊葑门外有感②

吴文英

柳暝河桥，莺晴台苑，短策频惹春香③。当时夜泊，温柔便入深乡。词韵窄，酒杯长。剪蜡花、壶箭催忙④。共追游处，凌波翠陌，连棹横塘⑤。

十年一梦凄凉。似西湖燕去，吴馆巢荒⑥。重来万感，依前唤酒银罂⑦。溪雨急，岸花狂。趁残鸦、飞过苍茫。故人楼上，凭谁指与，芳草斜阳。

【注释】①白鹤江：在江苏武进。

②葑门：今苏州东南角。

③策：马鞭。

④壶箭：古代以铜壶盛水，壶中之箭计时。

⑤横塘：在苏州西南。

⑥吴馆：此处指作者旧居。

⑦银罂：一种大腹小口的酒器。

吴馆梦

浓密柳荫，恰把河桥隐藏。庭院黄莺，啾啾婉转悠扬。
连马鞭儿，也沾附着春香。当年夜泊，与她深陷梦乡。
那时笔头，词窄韵短迷茫。唯对酒杯，特情浓又意长。
曾记那时，偎依剪烛西窗。只嫌漏壶，滴水太过匆忙。
我们携手，漫步绿荫长廊。两情相悦，尽享美好春光。
凌波泛舟，共渡翠碧横塘。轻摇船桨，追逐情爱激浪。

十年一梦，只余无限凄凉。西湖燕归，吴馆旧巢空荒。
此番重游，又到故人楼上。连呼斟酒，物是人非心伤。
江岸残花，风中悠悠飘荡。急骤溪雨，拍打当年船桨。
数只乌鸦，无树可栖惶惶。迎着风雨，飞过一片苍茫。
探她旧时，华美琼楼玉堂。早已蛛丝，结满画栋雕梁。
而今与谁？共同凭栏眺望。指点细说，无情芳草斜阳。

霜叶飞·重九

吴文英

断烟离绪。关心事，斜阳红隐霜树。半壶秋水荐黄花[①]，香噀西风雨[②]。纵玉勒、轻飞迅羽，凄凉谁吊荒台古[③]？记醉踏南屏，彩扇咽寒蝉，倦梦不知蛮素[④]。

聊对旧节传杯[⑤]，尘笺蠹管[⑥]，断阕经岁慵赋。小蟾斜影转东篱，夜冷残蛩语。早白发、缘愁万缕。惊飙从卷乌纱去。谩细将、茱萸看，但约明年，翠微高处。

【注释】①荐：祭祀。 ②噀（xùn）：从口中喷出。 ③荒台：戏马台，项羽阅兵处。今江苏铜山县南。 ④蛮素：白居易的妾。代指心上人。 ⑤旧节：重阳节。 ⑥蠹（dù）管：被蠹虫咬坏的毛笔。

重　九

残破断续的云烟，翻动我心中的愁苦。
斜阳流淌的残红啊！渐隐于经霜的枫树。
提了半壶秋水，插上黄菊一束。
在西风冷雨中，把幽香暗自吐露。
放开马儿的缰绳，像鸟儿飞翔赶路。
凄风愁雨的旅途，谁还有心思荒台吊古？
记得醉眼蒙胧，踏歌南屏山麓。
寒蝉不停地悲咽，佳人执扇轻盈起舞。
而我却酒酣倦梦，忘却了心上人蛮素。

姑且在重阳佳节，传杯豪饮醉倒山麓。
只可惜我诗笺蒙尘，笔管也被虫蠹。
一首残断的辞章，经年也难以完赋。
初月的清辉匆匆，光影转向东篱处。
几只孤零蟋蟀悲鸣，躲进冷清的夜幕。
只因万缕愁思困扰，催落我白发无数。
随它突起的狂风，顷刻将乌纱卷下山谷。
休说已将茱萸观看，相约明年再来光顾。
那时登翠碧山顶，且看山下乱云迷雾。

贺新郎·陪履斋先生沧浪看梅[①]

吴文英

乔木生云气。访中兴[②]英雄陈迹，暗追前事。战舰东风悭借便[③]，梦断神州故里。旋小筑、吴宫闲地。华表月明归夜鹤[④]，叹当时、花竹今如此！枝上露，溅清泪。

遨头小簇行春队[⑤]，步苍苔、寻幽别墅，问梅开未？重唱梅边新度曲，催发寒梢冻蕊。此心与、东君同意[⑥]。后不如今今非昔，两无言相对沧浪水。怀此恨，寄残醉。

【注释】①履斋：吴潜，号履斋。吴文英当时为其幕僚。

②中兴：衰败后复兴。

③战舰东风：指韩世忠在黄天荡大败金兀术一事。

④华表月：暗喻英雄英魂回归故居。

⑤遨头：游玩牵头者。

⑥东君：春神。这里借指吴潜。这句道出二人忠款之心。

沧海看梅

高大挺拔乔木树，至今翻涌豪壮气。拜访中兴韩将军，当年归隐居住地。沧浪亭中话当年，悲叹追忆旧战事。吝啬东风不与便，生擒敌酋亏一篑。收复神州沦陷地，天不助宋梦破碎。吴宫旧址建宅居，归隐且把权奸避。月夜飞宿仙鹤来，萦绕华表悲不止。风衰景败河山异，当时花竹今如此。树压梅朵凝珠露，人花泪溅共凄泣。

叨陪知州出游行，为赏新梅探幽秘。踏过苍绿苔藓地，沧浪别墅清寂寂。借问梅花花开否？宾客主人别有意。梅下齐唱新编曲，催促花蕾缀满枝。催花花放希图强，暗合东君春神意。每况愈下时势衰，哀叹今日不如昔。相顾无语皆默然，沧浪流水亦悲滞。积郁深深怀遗恨，权借杯酒图一醉。何时天公重抖擞？大宋枯梅展新枝。

鹧鸪天·化度寺作[1]

吴文英

池上红衣伴倚阑[2]，栖鸦常带夕阳还。殷云度雨疏桐落[3]，明月生凉宝扇闲。

乡梦窄，水天宽。小窗愁黛淡秋山。吴鸿好为传归信[4]，杨柳阊门屋数间。

【注释】①化度寺：今杭州西部仁和县内。

②红衣：红艳荷花。

③殷云：浓云。

④吴鸿：吴地的鸿雁。

乡梦窄

池塘荷花红艳艳，佳人倚栏愁望远。
乌鸦栖息化度寺，归来常带夕阳还。
阴暗浓云送秋雨，凄清寂寞受熬煎。
稀疏梧桐又黄落，空虚苦闷度日难。
皎洁月华生凉意，愁向明月几时圆？
但盼郎君归来早，莫将宝扇置清闲。

异乡山水空自好，怎能无情忘家园！
夜夜只作归乡梦，茫茫故土纵遥远。
但见佳人眉黛愁，恰似秋山暗云天。
莫为登楼减玉肌，莫为思念褪容颜。
拜托鸿雁到吴地，快把思乡书信传。
苏州城西阊门外，杨柳掩映房数间。

浣溪沙

吴文英

波面铜花冷不收[①]，玉人垂钓理纤钩[②]，月明池阁夜来秋。

江燕话归成晓别，水花红减似春休，西风梧井叶先愁。

【注释】①波面铜花：指水面清澈如镜。古代铜镜有些刻有花纹，故称铜花。

②纤钩：月影。

秋叶愁

平静水面如铜镜，
寒光冷夜无人收。
美人湖边闲垂钓，
水中新月影如钩。
皎皎月光映池阁，
秋夜秋风秋意愁。
何时钓得金龟婿？
鱼水柔情度春秋。

清晨双燕约双归，
暮回巢穴已单游。
水池荷莲蜕红装，
好似浓艳春渐休。
天井梧桐惧西风，
未曾飘零先黄瘦。
往昔欢乐不可追，
空留无奈百年愁。

八声甘州·灵岩陪庾幕诸公游①

吴文英

渺空烟、四远是何年，青天坠长星②？幻苍崖云树，名娃金屋③，残霸宫城④。箭径酸风射眼⑤，腻水染花腥。时靸双鸳响⑥，廊叶秋声。

宫里吴王沉醉，倩五湖倦客⑦，独钓醒醒。问苍波无语，华发奈山青。水涵空⑧、阑干高处，送乱鸦斜日落渔汀。连呼酒、上琴台去，秋与云平。

【注释】①庾幕：幕府僚属的美称。灵岩山在苏州西，因有吴王夫差遗址而闻名。

②长星：彗星。

③名娃：西施。金屋：指汉武帝金屋藏娇故事。

④残霸：指霸业有始无终的夫差。

⑤箭径：采香径。酸风：寒凉风。

⑥靸（sǎ）：一种草制拖鞋。也指鞋后帮踩在脚后跟下。

⑦五湖倦客：指范蠡。

⑧涵空：水映天空。

游灵岩

极目万里长空尽，过眼千年皆浮云。何年何月有谁知？青天坠下此星辰。
幻化灵岩苍翠立，草木荫荫如阵云。霸主夫差残宫寝，尚余西施娇媚春。
当年弃乱脂粉重，花草山水沾腻腥。一水其直如箭射，凉冷酸风刺眼睛。
曾是游乐长廊景，至今犹闻双鸳声。旧日回廊黄叶舞，不堪秋云悲凉情。

当年范蠡独清醒，偏有吴王意昏昏。倦客精明执钩钓，功成遁隐五湖身。
江流苍波凭谁问？谁主沉浮水愔愔？空有经纶伤世事，华发奈何山青青！
登高凭栏望远处，五湖水接碧空云。目送乱鸦噪枯树，又见斜日落渔汀。
连呼朋友饮美酒，眺望秋随烟云升。且上琴台最高顶，心逐旷远碧空净。

高阳台·丰乐楼分韵得“如”字

吴文英

修竹凝妆[①]，垂杨驻马，凭阑浅画成图。山色谁题？楼前有雁斜书[②]。东风紧送斜阳下，弄旧寒、晚酒醒余。自消凝[③]，能几花前，顿老相如[④]。

伤春不在高楼上，在灯前攲枕，雨外熏炉。怕舣游船[⑤]，临流可奈清臞[⑥]？飞红若到西湖底，搅翠澜、总是愁鱼。莫重来，吹尽香绵[⑦]，泪满平芜。

【注释】①凝妆：浓妆，盛妆。

②斜书：大雁飞行成“人”字或“一”字。

③消凝：销魂凝望。

④相如：作者自比司马相如多才多情，多病。

⑤舣（yǐ）：停船靠岸。

⑥清臞（qú）：清瘦。

⑦香绵：柳絮。

西湖伤春

修竹幽径披翠绿，系马垂杨留客处。凭倚雕栏极目望，湖光山色翔鸥鹭。山明水秀动情思，犹堪挥毫题诗赋。空留天书谁解读，鸿雁无语向南渡。无情东风频频吹，斜阳悠悠下山麓。旧地重游今思昔，酣醉复醒已日暮。尚余几多好时光，花前月下悠然度。暗自忧伤神魂销，顿感心力衰无助。恰如当年相如命，愁病交加瘦成骨。

伤春惜春盈我怀，岂止高楼远纵目。更有静夜孤灯前，无眠斜依绣枕褥。忧伤独对熏香炉，春雨窗外泪如诉。最怕游船靠岸停，水镜映出清瘦骨。眼前落红纷纷下，魂游湖底幽冥路。惹翻闲鱼生愁闷，搅动碧波起寒雾。今日重游已神伤，落花早被东风误。异日重来香绵尽，国势日衰凄凉路。天愁地暗情何堪，悲泪洒满平芜处。

高阳台·落梅

吴文英

宫粉雕痕[①]，仙云堕影，无人野水荒湾。古石埋香，金沙锁骨连环[②]。南楼不恨吹横笛，恨晓风、千里关山。半飘零，庭上黄昏，月冷阑干。

寿阳空理愁鸾[③]。问谁调玉髓，暗补香瘢。细雨归鸿，孤山无限春寒[④]。离魂难倩招清些，梦缟衣[⑤]、解佩溪边。最愁人，啼鸟清明，叶底青圆。

【注释】①宫粉：宫女用的脂粉，代指梅花的颜色。

②金沙锁骨：用锁骨菩萨死葬传说暗喻梅花美艳绝伦。

③寿阳：即寿阳公主。愁鸾：代指镜子。

④孤山：杭州西湖边。

⑤缟衣：白衣。

落　梅

犹似宫中脂粉坠，梅花纷下飘香艳。
云中仙子悄然至，倩影优雅姿妙曼。
沦落荒郊野地处，杂草丛生死水湾。
落梅芳魂古石下，锁骨香埋金沙滩。
不恨南楼吹横笛，只恨“梅花落”声喧。
更有清晨寒风厉，呼啸掠过万重山。
梅花飘荡半生死，黄昏困锁愁团团。
暗香落尽月幽冷，有谁赏景倚阑干？

寿阳公主对鸾镜，空自忧愁枉打扮。
谁调玉髓补伤瘢，更无落梅添香艳。
孤山梅花不复存，细雨归鸿渐飞远。
谁能知我孤独意？谁能暖我心中寒？
谁知佳人归何处？谁能招得芳魂还？
梦里佳人着白衣，暗自解佩立溪边。
梅魂仙影皆虚幻，更愁鸟啼清明烟。
岁月无情花落尽，梅子叶底青又圆。

风入松

吴文英

听风听雨过清明，愁草瘗花铭[①]。楼前绿暗分携路，一丝柳，一寸柔情。料峭春寒中酒，交加晓梦啼莺。

西园日日扫林亭[②]，依旧赏新晴。黄蜂频扑秋千索，有当时、纤手香凝。惆怅双鸳不到[③]，幽阶一夜苔生。

【注释】①草：起草，拟写。瘗（yì）：掩埋。庾信曾作《瘗花铭》。

②西园：西园在吴地，是作者和情人寓居之处，二人分手也在此。故词中屡咏之。

③双鸳：一双绣花鞋，借指情人。

西园怀人

听风听雨听潇潇，孤灯独卧又清明。
掩花埋草悲泪滴，归来愁写葬花铭。
楼前绿荫遮小径，佳人离别独西行。
门外柔情柳千条，尽系相思寸寸情。
面对料峭春寒紧，终日依赖酒壶倾。
夜夜但求梦里会，无奈拂晓惊啼莺。

只因西园旧日情，天天为伊扫林亭。
难忘当时赏心事，风雨过后盼新晴。
蜂蝶亦有思春意，频频扑惹秋千绳。
只因美人纤纤手，着意留芳香脂凝。
双鸳脚迹今无影，唯有惆怅夜夜生。
幽幽台阶无人顾，绿茵一夜满中庭。

澡兰香·淮安重午①

吴文英

盘丝系腕②，巧篆垂簪，玉隐绀纱睡觉。银瓶露井③，彩箑云窗④，往事少年依约。为当时曾写榴裙，伤心红绡褪萼。黍梦光阴，渐老汀洲烟蒻⑤。

莫唱江南古调，怨抑难招，楚江沉魄⑥。薰风燕乳，暗雨梅黄，午镜澡兰帘幕⑦。念秦楼也拟人归，应剪菖蒲自酌⑧。但怅望、一缕新蟾，随人天角。

【注释】①重午：端午节。

②盘丝：端午节儿童手腕系五色丝带，据说能辟邪。

③银瓶露井：露井边饮酒，借指酒宴。

④彩箑（shà）：彩扇，借指歌舞。

⑤蒻（ruò）：嫩蒲草。

⑥楚江沉魄：指投江屈原。

⑦澡兰：端午用草药汤洗澡。

⑧菖蒲：一种草药。

淮安重午

五色丝带盘手腕，精巧篆符插发簪。银瓶露井置华宴，粉红蚊帐玉人眠。
犹记窗前彩扇舞，少年往事浮眼前。曾经一时好兴致，石榴裙上题诗篇。
但见石榴花魂落，不由心中涌悲酸。当年欢乐一瞬间，如今愁苦长熬煎。
人生犹如黄粱梦，梦醒已是暮云天。沙洲嫩蒲烟迷乱，转眼衰败叶枯残。

休唱江南旧曲调，音韵抑郁生哀怨。汨罗屈魂难拾回，楚江幽幽千年憾。
暖风频吹飞乳燕，梅黄时节雨绵绵。家家垂帘备兰汤，悬镜沐浴正午间。
猜想秦楼心上人，屈指常算花月圆。应剪菖蒲泡酒饮，自斟自酌苦作欢。
无可奈何惆怅望，一弯新月离恨天。愿化一缕月光明，随君天涯越千山！

祝英台近·除夜立春

吴文英

剪红情，裁绿意，花信上钗股。残日东风[①]，不放岁华去。有人添烛西窗，不眠侵晓，笑声转、新年莺语。

旧尊俎[②]。玉纤曾擘黄柑[③]，柔香系幽素。归梦湖边，还迷镜中路。可怜千点吴霜[④]，寒消不尽，又相对、落梅如雨。

【注释】①残日：指除夕，一年之中最后一日。

②尊俎（zǔ）：古代盛酒器皿，借指宴席。

③擘（bò）：剖，切。

④吴霜：指白发。

除夜立春

剪出红花带柔情，裁出绿叶带蜜意。
红花绿叶制彩幡，插上钗头报春至。
东风伴陪除夕夜，不放年华轻逃逸。
守岁人家话西窗，无限留恋倍珍惜。
笑语声中度无眠，添烛掌灯夜不熄。
不觉时光暗偷移，迎来新年黄莺啼。

回想旧日迎春时，佳人斟酒共宴席。
玉手纤纤剖黄柑，柔情脉脉心神怡。
分别既久水迢递，归梦湖边影迷离。
可惜湖水光如镜，镜花朦胧路迷失。
东风难将鬓霜洗，春雨易添愁千丝。
江边梅树魂飘零，花落如雨风急急。

祝英台近·春日客龟溪游废园[1]

吴文英

采幽香，巡古苑[2]，竹冷翠微路[3]。斗草溪根，沙印小莲步。自怜两鬓清霜，一年寒食，又身在、云山深处。

昼闲度。因甚天也悭春[4]，轻阴便成雨。绿暗长亭[5]，归梦趁飞絮。有情花影阑干，莺声门径，解留我、霎时凝伫。

【注释】①龟溪：今浙江德清县内。

②古苑：指题中废园。

③翠微路：青苔路。

④悭（qiān）春：惜春。悭：吝啬。

⑤亭：古人大路边供休息的驿亭。十里一长亭，五里一短亭。

游废园

凄凉冷落成废园，竹木掩映无人顾。
古苑已然见荒芜，绿苔铺满采香路。
路边野花谁人采？沙滩又留金莲步。
寒食清明踏春来，溪边斗草游戏处。
繁华古苑今何在，盛衰变化谁能度？
老朽如今两鬓霜，自叹身衰垂垂暮。
佳节孤独犹思亲，却在白云深山处。

孤独异乡倍无聊，寂寞长日尽闲度。
游园轻雨怨天公，吝惜春光是何故？
春雨如丝柳成荫，遮断长亭望乡路。
归梦好似柳絮飞，风中飘摇无定数。
栏外花影亦多情，流光溢彩为我舞。
林间黄莺啼殷勤，婉转劝我留下住。
恋恋不舍西园景，万般思绪顿凝伫。

满江红

王清惠[①]

太液芙蓉[②]，浑不似、旧时颜色。曾记得、春风雨露，玉楼金阙。名播兰馨妃后里，晕潮莲脸君王侧。忽一声、鼙鼓揭天来，繁华歇。

龙虎散[③]，风云灭。千古恨，凭谁说。对山河百二[④]，泪盈襟血。客馆夜惊尘土梦，宫车晓碾关山月。问嫦娥、于我肯从容，同圆缺？

【注释】①王清惠：南宋亡后被俘北上的宫妃之一，在途中驿馆壁上留下的唯一传世之作。北上后出家做女道士。

②太液：汉、唐宫苑中的水池名。芙蓉：荷花。

③龙虎：比喻南宋君臣。

④山河百二：指关中军事险要重地。

芙蓉泪

太液芙蓉遭大劫，强盗暴掳囚荒野。
花容憔悴颜褪尽，更无御苑娇媚色。
曾沐春风浴雨露，玉楼金阙享恩泽。
清水芙蓉天生丽，当年艳姿风华绝。
名压后宫三千妃，似兰馨香如玉洁。
娇润红晕莲花面，日日幸宠君王侧。
“渔阳鼙鼓”忽惊雷，繁华春梦烟飞灭。

满朝君臣走兽散，金瓯破碎山崩裂。
对谁倾诉亡国痛，千古遗恨女囚客。
百二山河兵家地，只图苟安弃要塞。
甲胄男子盛酒囊，衣襟女儿盈泪血。
客馆夜惊尘土梦，宫车晓碾关山月。
区区弱女身何寄？不做顺奴心似铁。
借问嫦娥容我否？魂留月桂清白客。

蒋捷（生卒年不详），字胜欲，号竹山，今属江苏宜兴人。宋亡后，隐居太湖中竹山，人称竹山先生。写了不少表现亡国之痛的词作。有《竹山词》一卷。

女冠子·元夕[1]

蒋　捷

蕙花香也。雪晴池馆如画。春风飞到，宝钗楼上[2]，一片笙箫，琉璃光射。而今灯漫挂。不是暗尘明月[3]，那时元夜。况年来、心懒意怯，羞与蛾儿争耍[4]。

江城人悄初更打[5]。问繁华谁解，再向天公借。剔残红灺[6]。但梦里隐隐，钿车罗帕。吴笺银粉砑[7]。待把旧家风景，写成闲话。笑绿鬟邻女[8]，倚窗犹唱，夕阳西下。

【注释】①元夕：正月十五元宵夜。
②宝钗楼：本指咸阳，这里泛指酒楼。
③暗沉明月：形容元宵节的繁华。
④蛾儿：妇女头上的装饰物。这里代指妇女。
⑤江城：杭州。　⑥灺（xiè）：烛灰。
⑦吴笺银粉砑：压有银粉发亮的信笺。
⑧绿鬟：少女黑发，代指少女。

元　夕

雪晴池馆美如画，元夕飘香蕙兰花。春风吹动酒旗飘，笙箫齐奏动天涯。
琉璃彩灯高高挂，流光四射赛月华。当年灯火如繁星，大街小巷披彩霞。
愔愔暗尘随马去，淡淡月光入千家。如今灯稀零乱挂，冷清黯淡谁顾它。
蒙羞忍耻兴索然，怎堪灯前心若扎。

古都入夜静悄悄，街空巷冷闻更打。有谁能复繁华景？欲向天公借一霎。
且对烛台剔残灰，隐隐梦境权记下。华盖香车缓缓来，挥动传情红罗帕。
铺开精美银粉纸，故国盛世千载话。“夕阳西下”盛世音，今朝闻听如鞭挞。
可叹绿鬟邻家女，倚窗犹唱夕阳下。

贺新郎

蒋　捷

梦冷黄金屋[①]。叹秦筝、斜鸿阵里，素弦尘扑。化作娇莺飞归去[②]，犹认纱窗旧绿。正过雨、荆桃如菽[③]。此恨难平君知否，似琼台、涌起弹棋局[④]。消瘦影，嫌明烛。

鸳楼碎泻东西玉。问芳踪、何时再展，翠钗难卜。待把宫眉横云样，描上生绡画幅[⑤]。怕不是、新来妆束。彩扇红牙今都在[⑥]，恨无人、解听开元曲。空掩袖，倚寒竹。

【注释】①黄金屋：借指南宋后宫宫苑。

②娇莺：美人。这里代指宋朝。

③荆桃：樱桃。菽：豆。

④弹棋局：比喻世事如棋，变幻不定。

⑤生绡画幅：画布为生丝的画幅。

⑥红牙：歌舞时作打击节拍用的红色板子。

春去也

不堪凄冷忧伤苦，梦回当年黄金屋。秦筝弦柱斜排列，好似雁阵欲长途。
往日素色琴弦上，早已变色蒙尘污。梦魂化莺飞归去，犹辨纱窗旧画幅。
窗外飞过毛毛雨，樱桃如豆正初熟。物是人非君知否？亡国悲恨怎堪书。
犹似琼台弹棋局，风云瞬息变化殊。孤灯映照清瘦影，犹嫌光亮恨明烛。

饮酒碰杯鸳鸯楼，杯碎酒泻难收复。问她去后芳踪迹，何时玉容再展露？
时代变迁永别去，翠玉金钗难占卜。欲借丹青画宫眉，芳颜画幅永留驻。
又怕宫人旧时衣，不合当今新装束。歌舞彩扇应犹在，击节牙板无变故。
只恨故国盛世音，而今无人能解读。空自掩袖拭清泪，孤臣幽恨倚寒竹。

瑞鹤仙·乡城见月

蒋　捷

绀烟迷雁迹[①]。渐断鼓零钟，街喧初息。风檠背寒壁[②]。放冰蟾[③]，飞到丝丝帘隙。琼瑰暗泣[④]。念乡关、霜芜似织。漫将身、化鹤归来，忘却旧游端的[⑤]。

欢极。蓬壶蕖浸[⑥]，花院梨溶，醉连春夕。柯云罢弈[⑦]。樱桃在[⑧]，梦难觅。劝清光，乍可幽窗相伴，休照红楼夜笛。怕人间、换谱《伊》《凉》[⑨]，素娥未识[⑩]。

【注释】①绀（gàn）：深青透红之色。

②檠（qíng）：灯架，代指灯烛。　③冰蟾：月光。

④琼瑰：美玉，宝珠。代指泪珠。

⑤端的：确切情况。

⑥蓬壶：海中神仙，这里代指西湖。蕖：荷花。

⑦柯云罢弈：晋人王质入山砍柴观二人下棋，一局完后回家世上已过百年，喻世事变化极快。

⑧樱桃在：有人梦吃樱桃，醒后发现桃核遗留枕边。

⑨伊凉：《伊州》《凉州》曲名，指少数民族音乐。

⑩素娥：嫦娥。

乡城见月

暮云深红烟霞起，遮断飞雁行踪迹。依稀零落钟鼓声，时断时续声凄厉。街市喧嚣渐平息，风灯光影摇寒壁。明月欲访人间事，挤过细密丝帘隙。抛珠洒泪似冰玉，嫦娥暗自伤心泣。今宵随风到家乡，寒霜如织漫无际。梦想化作白鹤飞，飞遍家山每寸地。故土已是凄凉景，处处冷清和阒寂。不闻鸟语犬吠声，村村薜芳人无几。

旧日民乐人安居，美景犹如神仙地。庭院百花弄娇媚，西湖荷莲接天碧。更有春宵月溶溶，一树梨花展神逸。初一十五月长明，醉酒欢歌声不止。观棋烂柯方一日，樱桃好梦瞬间事。烟云散尽难再聚，繁华美好不堪忆。苦劝月光入寒门，休照红楼人间耻。红楼笛谱异族音，犹似利刃心上刺。孤寂嫦娥应未识，家国情仇人间事。

刘克庄（1187—1269），字潜夫，号后村，今福建莆田人。其词作继承了辛弃疾的爱国主义传统和豪放风格，被称为“辛派词人”。一生著作较多，今存有《后村先生大全集》，其中诗有五千多首，词二百多首。

玉楼春·戏呈林节推乡兄①

刘克庄

年年跃马长安市②。客舍似家家似寄。青钱换酒日无何③，红烛呼卢宵不寐④。

易挑锦妇机中字。难得玉人心下事⑤。男儿西北有神州，莫滴水西桥畔泪⑥。

【注释】①节推：古代官名。

②长安市：代指南宋都城临安。

③青钱：古代钱币分青黑两种。

④呼卢：赌博。

⑤玉人：这里指妓女。

⑥水西桥：纸醉金迷区域。

戏呈林兄

年年跨马游长安，歌馆楼台上酒肆。
进出客舍似回家，回家却似游魂寄。
铜钱常换浊酒醉，饱食终日无所事。
红烛高照掷赌骰，通宵呼战夜不寐。

锦字回文藏深情，深知爱妻此中意。
华饰胭脂掩真容，难明情人心上事。
男儿当为天下计，西北神州犹闻泣。
岂能醉梦任轻狂，莫为花巷空抛泪。

贺新郎·端午

刘克庄

深院榴花吐，画帘开、练衣纨扇[1]，午风清暑。儿女纷纷夸结束[2]，新样钗符艾虎[3]。早已有游人观渡。老大逢场慵作戏[4]，任陌头、年少争旗鼓。溪雨急，浪花舞。

灵均标致高如许[5]，忆生平、既纫兰佩[6]，更怀椒醑[7]。谁信骚魂千载后，波底垂涎角黍[8]。又说是蛟馋龙怒。把似而今醒到了[9]，料当年、醉死差无苦[10]。聊一笑，吊千古。

【注释】①练（shū）：粗布衣服。 ②结束：打扮装束。

③钗符：头饰。艾虎：艾草扎的虎。

④老大：年纪已老。

⑤灵均：屈原。

⑥纫：佩戴。兰佩：香草制作的香包。

⑦椒醑（xǔ）：以椒香和粮食制的美食。

⑧角黍：粽子。

⑨把似：假如。

⑩差：大概，也许。

端　午

庭院深深绿茵茵，石榴花红脸半露。彩绘纬帘已敞开，清风驱走夏日暑。游人如织摇纨扇，粗麻布衣拥江浦。年轻儿女竟夸耀，个个一身俏装束。鬓边斜插新彩符，艾草扎佩腰间虎。游人如潮涌江边，喜看龙舟争抢渡。我已人老无精神，无心参与且观睹。船头青壮齐努力，争相摇旗擂大鼓。但见船桨上下飞，溪流雨溅浪花舞。

千年屈原有高风，一生高洁无瑕污。纵观屈子生平事，品格超凡称楷模。成串秋兰身佩戴，手捧椒醑擎酒壶。虔诚敬畏向神灵，为民祈祷佑康福。屈子难料千年后，米粽投江成民俗。角状粽子龙贪食，只为蛟龙不发怒。假如屈子魂复苏，堪笑今日好糊涂。不如狂饮醉长眠，省去今朝多少误。姑且博尔笑一笑，悼念屈子子千古。

贺新郎·九日[1]

刘克庄

湛湛长空黑[2]。更那堪、斜风细雨，乱愁如织。老眼平生空四海，赖有高楼百尺[3]。看浩荡、千崖秋色。白发书生神州泪，尽凄凉、不向牛山滴[4]。追往事，去无迹。

少年自负凌云笔[5]。到而今、春华落尽[6]，满怀萧瑟。常恨世人新意少，爱说南朝狂客[7]。把破帽、年年拈出。若对黄花孤负酒，怕黄花、也笑人岑寂[8]。鸿北去，日西匿[9]。

【注释】①九日：重阳节。

②湛湛：深深意。

③高楼百丈：暗指目光远大。

④牛山：今山东临淄。春秋齐景公曾登临泣泪。

⑤凌云笔：豪气凌云之意。

⑥春华：指少年豪气。

⑦狂客：指东晋孟嘉因风吹落帽不觉一事。

⑧岑寂：寂静，寂寞。

⑨匿：隐藏，逃匿。

九　日

已是黑云压长空，哪堪风斜雨细细。凄风苦雨最伤情，万缕愁丝织万里。
老眼平生空四海，最喜层楼高百尺。千岩万壑云浩荡，尽在残阳血色里。
神州残缺情何堪？白发书生泪空泣。有泪只为神州滴，心境凄凉忧国是。
不屑牛山登临客，空有悲泪只为己。苦苦追忆当年事，往事如烟了无迹。

遥想豪俊少年时，自负常有凌云笔。春华落尽人衰老，满腹寂寞萧瑟意。
常恨世人创意少，谈诗论道无新奇。爱论南朝狂客事，老生常谈让人嗤。
每当重阳吟诗句，总捡破帽年年讥。山河破碎愁万端，哪有心思为酒痴？
黄花笑我辜负酒，自寻憔悴度孤寂。鸿雁哀鸣向北去，残阳黯然朝西匿。

沁园春·梦孚若[1]

刘克庄

何处相逢，登宝钗楼[2]，访铜雀台[3]。唤厨人斫就[4]，东溟鲸脍[5]，圉人呈罢[6]，西极龙媒[7]。天下英雄，使君与操[8]，余子谁堪共酒杯。车千乘[9]，载燕南赵北，剑客奇才。

饮酣画鼓如雷。谁信被晨鸡轻唤回。叹年光过尽，功名未立，书生老去，机会方来。使李将军，遇高皇帝，万户侯何足道哉。披衣起，但凄凉感旧，慷慨生哀。

【注释】①梦孚若：方孚若，名信儒，刘克庄的老朋友，此时已病故，故梦中相会。 ②宝钗楼：唐宋时的著名酒楼，在咸阳市。

③铜雀台：三国时曹操所建。 ④斫（zhuó）：用刀斧砍削。

⑤溟：海。脍（kuài）：切细的鱼或肉。 ⑥圉（yǔ）：马夫。

⑦西极：西天。龙媒：天马名。 ⑧使君与操：代指方孚若自己。

⑨两：通“辆”。

梦孚若

常忆孚若梦中清晰相见　曾在中原故土握手寒暄
宝钗酒楼直入雅致里间　耳热酒酣不停推杯换盏
再上铜雀高台吊古访探　同为孟德暮年豪情感叹
庖厨运斧海鲸剁块切片　你我纵情烹享珍馐佳餐
忠诚马夫呈上天马宝鞍　飞身上马驰骋华夏中原
曹操刘备英雄豪情云天　海纳百川网罗奇才俊贤
豪雄甲士数万战车逾千　壮哉直捣敌巢光复河山

鼾声如雷醉卧沙场梦幻　谁料雄鸡轻声呼唤醒转
南柯一梦叫人倍加伤感　哀叹年光过尽功名未建
想我一介书生华发苍颜　纵有报国机会无力回天
当年李广将军守疆戍边　可谓神武盖世威镇三关
若遇明君万户侯又何难　可惜生不逢时自刎含冤
披衣独立暗夜无人霜天　凛冽寒风不由砭骨心寒
往日旧事徒引凄凉悲酸　豪情万丈化入浊酒醉眠

忆秦娥

刘克庄

春酲薄[①]。梦中毬马豪如昨[②]。豪如昨。月明横笛，晓寒吹角。
古来成败难描摸。而今却悔当时错。当时错。铁衣犹在[③]，不堪重着。

【注释】①酲（chéng）：喝醉了神志不清。
②毬（qiú）：即球，又称鞠丸。
③铁衣：战袍。

铁衣犹在

春酒一醉神志迷，
飞身跨马梦回昨。
来往驰骋击鞠球，
军营豪气势磅礴。
势磅礴，
英姿勃。
笛声悠扬月婆娑，
号角嘹亮晓寒破。
三军将士志高昂，
剑吼楼兰敌酋捉。

自古成败难捉摸，
而今却悔当时错。
不该轻易离军营，
报效朝廷机会过。
机会过，
岁蹉跎。
白发苍颜身老朽，
当年战袍光灼灼。
战袍犹有沙场意，
老夫唯余泪流多。

清平乐

刘克庄

风高浪快，万里骑蟾背[①]。曾识姮娥真体态[②]。素面元无粉黛。

身游银阙珠宫，俯看积气蒙蒙。醉里偶摇桂树[③]，人间唤作凉风。

【注释】①蟾：蟾蜍，传说月中精灵。

②姮娥：嫦娥。

③桂树：传说月中的桂花树。

五月十五夜玩月

如浪飞涌天风急，扶摇直上九万里。
骑上月精蟾蜍背，嫦娥相邀广寒会。
清水芙蓉真体态，如玉肌肤窈窕姿。
素面相迎无粉黛，天然绝色端庄仪。

身临其境游月宫，银阙珠宫气恢宏。
月色清辉照九州，下界昏暝气蒙蒙。
桂花树下桂花酒，一杯仙酿醉苍穹。
醉里轻摇桂花树，难得人间清凉风。

六丑·杨花

彭元逊

似东风老大，那复有、当时风气。有情不收，江山身是寄。浩荡何世[①]。但忆临官道，暂来不住，便出门千里。痴心指望回风坠[②]。扇底相逢，钗头微缀。他家万条千缕，解遮亭障驿，不隔江水。

瓜洲曾舣[③]，等行人岁岁。日下长秋[④]，城乌夜起。帐庐好在春睡。共飞归湖上，草青无地。愔愔雨[⑤]、春心如腻。欲待化、丰乐楼前帐饮[⑥]，青门都废[⑦]。何人念、流落无几。点点抟作[⑧]，雪绵松润，为君浥泪[⑨]。

【注释】①浩荡何世：浩荡东风，这是什么时代。

②回风：旋风。

③舣（yǐ）：停船靠岸。

④长秋：汉宫名。

⑤愔愔：寂静无声。

⑥丰乐楼：丰乐亭。帐饮：设帷帐饮酒。

⑦青门：古代长安城门名。

⑧抟（tuán）：同“团”。

⑨浥（yì）：沾湿。

杨　花

东君老病已无力，不复当年雄风姿。柔情杨花居无所，偌大江山难栖息。
什么时代竟如此？漂泊流浪到何时？曾住官家大道旁，随风自在多快意。
谁料好景难久长，北风卷我千万里。痴盼旋风送我归，重返莺歌燕舞地。
或落舞扇步香尘，或落钗头倚花醉。他家柳荫万缕丝，遮断长亭和馆驿。
唯有江水遮不住，昼夜浩浩向东逝。

停滞瓜洲古渡口，只盼能随行人归。年年岁岁苦相望，唯见烟荒雾障迷。
日落长秋宫中过，暮归乌鸦惊乱飞。曾在帐庐春睡好，流浪湖边草萋萋。
沾湿难飞愔愔雨，不改春心痴柔腻。丰乐楼前送行宴，欢歌醉饮梦里事。
青门果园不复存，如今残破尽荒弃。飘零万里命将止，星星点点剩无几。
绵绵白絮如雪团，饱浸遗民辛酸泪！

刘辰翁（1232—1297），字会孟，今江西吉安人，号须溪，宋末元初爱国词人。宋亡之前，他的词作多揭露南宋的腐败。宋亡后的二十多年，词作多抒发亡国之恨，风格遒劲，慷慨悲凉。著有《须溪集》《须溪四景诗》。后人辑为《须溪词》。

摸鱼儿·酒边留同年徐云屋[①]

刘辰翁

怎知他、春归何处，相逢且尽尊酒。少年袅袅天涯恨[②]，长结西湖烟柳。休回首。但细雨断桥[③]，憔悴人归后。东风似旧。问前度桃花，刘郎能记，花复认郎否。

君且住，草草留君剪韭[④]。前宵正恁时候。深杯欲共歌声滑，翻湿春衫半袖。空眉皱。看白发尊前，已似人人有。临分把手。叹一笑论文[⑤]，清狂顾曲[⑥]，此会几时又。

【注释】①同年：科考同一年中榜进士称同年。

②袅袅：这里指少年精神，状态好。天涯恨：漂泊天涯异乡之恨。

③断桥：杭州西湖盛景之一。

④剪韭：指以家常菜饭待客。

⑤论文：评议文章。

⑥顾曲：欣赏音乐。

春归何处

试问谁人能知道，春天已向何处溜？难得客地偶相逢，权且饮尽杯中忧。
少年漂泊行天涯，尝尽离恨怨悠悠。恨怨缠绕西湖柳，烟柳凄迷更着愁。
多少往事休回首，细雨迷茫断桥头。待我重归西湖后，一身憔悴人空瘦。
东风依旧向日暖，前度桃花展新秀。刘郎尚记桃花事，桃花可识刘郎否？

请君暂且停下来，家常便饭把君留。前夜此地正此时，朋友相聚乐悠悠。
满斟酒杯纵情唱，歌声跑调乐忘忧。恣意潇洒复醉狂，酒杯倾覆湿衣袖。
空自烦忧常皱眉，转眼白发人人有。临到分别相把手，难舍难分送挚友。
疑义相析细论文，鉴赏乐曲最宜酒。清高疏狂真性情，可叹此会几时又！

永遇乐

刘辰翁

余自乙亥上元，诵李易安《永遇乐》[①]，为之涕下。今三年矣，每闻此词，辄不自堪，遂依其声，又托之易安自喻，虽辞情不及，而悲苦过之。

璧月初晴[②]，黛云远澹，春事谁主？禁苑娇寒[③]，湖堤倦暖[④]，前度遽如许[⑤]。香尘暗陌，华灯明昼，长是懒携手去。谁知道，断烟禁夜[⑥]，满城似愁风雨。

宣和旧日，临安南渡[⑦]，芳景犹自如故。缃帙流离[⑧]，风鬟三五[⑨]，能赋词最苦。江南无路，鄜州今夜[⑩]，此苦又谁知否？空相对，残釭无寐，满村社鼓。

【注释】①李易安：即李清照。 ②璧：圆形的玉。
③娇寒：微寒。 ④倦暖：发困的暖意。
⑤前度遽（jù）如许：再次来到临安，局势竟发生如此急剧的变化。
⑥断烟禁夜：断烟断火，禁止夜行。 ⑦临安：今杭州。
⑧缃帙（xiāng zhì）：书套，这里代指书籍。
⑨三五：正月十五。
⑩鄜州：陕西县富县。

元 宵

初晴长空月如璧，淡淡青云飘何处？春日山河谁做主？宫廷园林寒如故。
春风渐暖西湖堤，游人困倦熏风顾。曾是当年繁华地，如今巨变谁料度。
当年香粉尘漫飞，遮暗多少游春路。华灯放彩如白昼，总是懒陪亲朋顾。
可怜今年元宵节，禁止夜行禁烟雾。风雨飘摇满城悲，黑灯瞎火愁云渡。

想起宣和繁华日，彩灯通宵尽歌舞。元宵美景历历在，直到京城向南渡。
珍贵书籍尽散失，空余乱发迎风竖。国土沦陷流异乡，提笔诗词悲难诉。
犹似杜甫鄜州夜，流落江南无归路。思亲思故又谁知，心上滴血泪如注。
空对残灯夜无眠，犹闻满村鸣社鼓。乞神拜佛迎新春，但求无灾无病苦。

宝鼎现·春月[1]

刘辰翁

红妆春骑，踏月影、竿旗穿市。望不尽楼台歌舞，习习香尘莲步底[2]。箫声断，约彩鸾归去[3]，未怕金吾呵醉[4]。甚辇路喧阗且止[5]，听得念奴歌起[6]。

父老犹记宣和事，抱铜仙、清泪如水。还转盼沙河多丽[7]。滉漾明光连邸第，帘影动、散红光成绮。月浸葡萄十里[8]。看往来神仙才子，肯把菱花扑碎[9]？

肠断竹马儿童，空见说、三千乐指[10]。等多时、春不归来，到春时欲睡。又说向灯前拥髻[11]，暗滴鲛珠坠。便当日亲见《霓裳》[12]，天上人间梦里。

【注释】①春月：词人根据词调三叠的结构布局，逐阕写北宋、南宋和元三个时代的元夕景况。深尽当时遗民和作者的极度哀伤。 ②习习：尘土飞扬的样子。 ③彩鸾：仙女名，此处指出游美女。 ④金吾：古代京城治安官员。 ⑤甚：为什么。辇路：皇家车队通过的路。 ⑥念奴：唐代著名歌女，这里指皇家乐队歌女。 ⑦沙河：宋时著名繁华区。 ⑧葡萄：形容西湖深绿湖水。 ⑨菱花镜：古代男女分别时破镜为二，各执一半，重逢时合上，以表忠诚。 ⑩三千乐指：三百人乐队。 ⑪拥髻：托起发鬓。 ⑫霓裳：即唐玄宗时的霓裳羽衣曲。

春 月

年年盛装骑马游，踏歌婆娑月光明。车水马龙人如织，繁华大街穿梭行。
歌舞楼台望不尽，高竿彩旗满京城。美人秀足莲花步，一路微尘香风生。
今日暗寻恋人归，陶醉忘情听箫声。不用担心官家禁，良夜尽享欢乐情。
皇家乐队缓缓来，鼎沸喧闹骤然停。臣民争相拥车队，喜听乐女歌莺莺。

父老犹记宣和年，北宋沦陷悲伤情。拥抱金铜仙人哭，臣民泪水如盆倾。
南宋承平今朝乐，沙河繁华暂安宁。歌楼绵绵两河岸，夜光灿灿一画屏。
灯火帘影如彩锦，红光散开满河星。西湖十里月波碧，宛如葡萄绿盈盈。
美女才子结伴游，好似神仙天街行。谁肯打破菱花镜？谁愿银河隔双星？

令人肠断痛心事，可怜竹马儿女们。几曾见过繁华景，空闻乐队三百人。
翘首企盼春归来，待到春来更苦闷。又向灯前理发鬓，欲把往日凄凉陈。
未曾开口泪先滴，如雨坠落湿衣襟。即使当时能亲见，《霓裳》已经入空云。
当年快乐似神仙，如今悲愤做遗民。往事不堪再回首，天上人间何处寻？

兰陵王·丙子送春

刘辰翁

送春去。春去人间无路。秋千外，芳草连天，谁遣风沙暗南浦[①]。依依甚意绪。漫忆海门飞絮[②]。乱鸦过，斗转城荒，不见来时试灯处[③]。

春去。最谁苦。但箭雁沉边[④]，梁燕无主。杜鹃声里长门暮。想玉树凋土，泪盘如露。咸阳送客屡回顾。斜日未能度。

春去。尚来否。正江令恨别[⑤]，庾信愁赋。苏堤尽日风和雨。叹神游故国，花记前度。人生流落，顾孺子[⑥]，共夜语。

【注释】①南浦：江边分别地借指南宋山河。

②海门飞絮：临安沦陷后，南宋官员，军队多从海上逃亡。

③试灯处：元宵花灯正月十五前试放的地方。

④箭雁沉边：比喻被元军掳走的南宋军民。

⑤恨别：南宋江淹曾任建安吴兴令，故称江令。他曾作《恨赋》《别赋》。

⑥孺子：刘辰翁的儿子。

丙子送春

欲送春归意踌躇，春去人间恐无路。萋萋芳草秋千外，绵绵直到天涯处。
是谁掀起风沙狂，遮暗故国江南土。此景此情怎堪忍，宫绿廷红遭凌辱。
斗转星移时空变，帝都南退海门路。乱鸦掠过古城头，再无元宵花灯舞。

试问春天归去后，触目惊心谁最苦？但见被射大雁落，已成虎狼口中物。
梁间栖燕失故主，杜鹃悲啼宫廷暮。皇家玉树荒土掩，承露金盘血泪注。
被迫迁徙离咸阳，怎忍离开频回顾。残阳血染天尽头，最是伤心断肠处。

春天悄然悲离别，可知春去能回否？我如江淹歌恨别，我如庾信吟愁赋。
无限伤感恋苏堤，尽日凄风苦雨渡。悲叹故国山河碎，当年繁华梦里睹。
悲叹沦落做遗民，不堪人生受屈辱。唯余夜阑语孺子，男儿莫忘闻鸡舞。

周密（1232—1308），字公谨，号草窗，晚年别号弁阳啸翁、四水潜夫等，宋亡后不仕，寓居杭州。晚年多抒发思国怀乡之情，忧伤凄楚，真挚感人。他工书善画。其词讲究格律，文字精美、词风清雅秀润。著有《草窗词》《草窗韵语》，编有《绝妙好词》。

玉京秋

周　密

长安独客，又见西风，素月、丹枫，凄然其为秋也，因调夹钟羽一解①。

烟水阔，高林弄残照，晚蜩凄切②。碧砧度韵③，银床飘叶④。衣湿桐阴露冷，采凉花⑤、时赋秋雪⑥。叹轻别，一襟幽事，砌蛩能说⑦。

客思吟商还怯⑧，怨歌长、琼壶暗缺。翠扇恩疏，红衣香褪⑨，翻成消歇。玉骨西风，恨最恨、闲却新凉时节。楚箫咽，谁倚西楼淡月。

【注释】①夹钟羽：词的乐调。一解：一段，一曲。
②蜩（tiáo）：蝉。
③碧砧度韵：青碧捣衣石上有节奏的捣衣声。
④银床：石床栏杆。　⑤琼花：这里指菊花。
⑥秋雪：洁白如雪的芦花。
⑦砌蛩：藏在石缝中的蟋蟀。
⑧吟商：五音中，秋属商，秋声为商声。吟商：歌吟秋天。
⑨红衣：红荷花。

感秋怀人

湖天烟水竟寂寥，高林夕照光烨烨。秋晚鸣蝉韵凄楚，捣衣砧上惊寒夜。
树荫久立露沾衣，井边梧桐飘枯叶。采枝黄菊伤晚秋，面对芦花悲暮雪。
幽怨哀伤愁满腹，长叹与她轻离别。阶下蟋蟀知我意，夜夜为我鸣不绝。

客居他乡咏秋色，幽独冷清倍寒怯。孤怀激越鸣商声，怨歌长击壶边裂。
如扇翠莲叶稀疏，红荷香消衣褪色。美景已化烟云散，千般思念难消竭。
怅然独立西风中，清境谁与共高洁？何处楚箫声凄咽？谁倚西楼披寒月？

曲游春

周 密

禁烟湖上薄游，施中山赋词甚佳，余因次其韵。盖平时游舫，至午后则尽入里湖，抵暮始出断桥，小驻而归，非习于游者不知也。故中山亟击节余“闲却半湖春色”之句，谓能道人之所未云。

禁苑东风外，飏暖丝晴絮，春思如织。燕约莺期[①]，恼芳情偏在，翠深红隙。漠漠香尘隔。沸十里，乱弦丛笛。看画船，尽入西泠[②]，闲却半湖春色。

柳陌，新烟凝碧。映帘底宫眉[③]，堤上游勒。轻暝笼寒，怕梨云梦冷，杏香愁幂。歌管酬寒食。奈蝶怨，良宵岑寂[④]。正满湖，碎月摇花，怎生去得？

【注释】①燕约莺期：这里代指青年男女幽会。

②西泠（líng）：西泠桥，西湖白堤上。

③宫眉：代指美女。

④岑寂：寂静，寂寞。

寒食西湖

皇家宫廷西湖边，东风着意秀新姿。暖日晴空柳枝忙，漫天飞絮牵游丝。
春日游湖情思涌，犹如丝网千千织。最喜春燕和黄莺，相约幽会赴佳期。
绿荫浓稠红相间，暗藏撩人春情意。游人如织生暖烟，风送漠漠香尘疾。
琴弦管笛乱纷纷，沸腾西湖声十里。各色画船荡悠悠，至午尽入白堤挤。
闲却半湖娇春色，赠我清怡别有意。

湖堤泛起渺渺烟，犹绕柳荫凝翠碧。香车帘里女儿媚，宝马鞍上士俊逸。
黄昏悄然下西湖，霭云淡淡生寒意。只怕杏香愁云罩，只怕梨花冷寒欺。
轻歌曼舞奏仙乐，年年寒食酬相知。飞绕花丛粉蝶怨，良宵岑寂不如昔。
入夜西湖别样景，风动满湖起涟漪。波光碎月万点鳞，花团摇影千条枝。
良辰美景惹人醉，难舍春色不言归。

花犯·赋水仙

周　密

楚江湄①，湘娥乍见②，无言洒清泪。淡然春意。空独倚东风，芳思谁寄。凌波路冷秋无际③，香云随步起。谩记得、汉宫仙掌④，亭亭明月底。

冰弦写怨更多情，骚人恨，枉赋芳兰幽芷。春思远，谁叹赏、国香风味⑤。相将共、岁寒伴侣，小窗净、沈烟熏翠袂⑥。幽梦觉，涓涓清露，一枝灯影里。

【注释】①湄：岸边。　②湘娥：湘江女神，这里指水仙。
③凌波：形容女子步态轻盈。
④汉宫仙掌：汉武帝铸仙人金掌承露盘。
⑤国香：兰香，这里指水仙为国香。
⑥沈：通“沉”。

赋水仙

湘江女神骤然现，静静伫立楚江畔。
一路水程凌波行，沿途洒下清泪点。
独倚东风默无言，失意无望徒期盼。
冰清玉洁无纤尘，楚楚动人春淡淡。
伤感怀春无限恋，谁是知音托情感。
凌波微步一路寒，幽冷清香意绵绵。
不由想起金铜仙，亭亭玉立汉宫前。
金掌高擎承露盘，身披明月头戴冠。

怅然弹起心中弦，抒怨难尽哀无边。
曾作《离骚》悲屈原，惨遭亡国恨冲天。
轻易忽视水仙情，芳兰幽芷枉赞叹。
国色天香韵难见，春思深长情悠远。
谁来讴歌谁品鉴？我与水仙岁寒伴。
小窗明亮绕香烟，最宜佳人舞回旋。
翠衣飘拂袖翩翩，醒见叶上露涓涓。
灯光摇曳缓缓来，好似新浴美天仙。

高阳台·送陈君衡被召[①]

周　密

照野旌旗，朝天车马，平沙万里天低。宝带金章[②]，尊前茸帽风欹[③]。秦关汴水经行地，想登临、都付新诗。纵英游，叠鼓清笳，骏马名姬。

酒酣应对燕山雪，正冰河月冻，晓陇云飞。投老残年，江南谁念方回[④]。东风渐绿西湖柳，雁已还、人未南归。最关情，折尽梅花，难寄相思。

【注释】①陈君衡受天朝统治者征召。这首词暗含对陈的讥讽。

②宝带金章：佩有官印的丝带，叫宝带；金章：指金印。

③茸帽：皮帽。

④方回：贺铸，字方回。这里代指作者自己或广大遗民。

送陈君衡被召

旌旗遍野风烈烈，朝天车马何急急。
浩浩队伍延天际，平沙万里暮云低。
风斜茸帽醉豪饮，宝带金章君神仪。
路过秦川汴水地，定会登临赋诗词。
旧日故土成异域，重游当有意新奇。
笳声清寒鼓频急，名姬陪伴骏马嘶。
纵然故土逍遥游，故土情怀几人知？

酒宴应酬正酣浓，燕山漫舞雪如席。
冰河月冻寒时节，拂晓陇头云飘移。
江南风烛残年翁，谁记遗民泪血滴！
东风渐绿西湖岸，悲春泣花断肠时。
远方大雁已飞还，朝京人马无归期。
令人关切伤情处，最是梅花傲雪时。
纵然折尽梅花枝，难寄故国长相思！

瑶花慢

周　密

后土之花[1]，天下无二本。方其初开，帅臣以金瓶飞骑进之天上[2]，间亦分致贵邸。余客辇下[3]，有以一枝……（下缺）

朱钿宝玦[4]。天上飞琼[5]，比人间春别。江南江北，曾未见，谩拟梨云梅雪。淮山春晚[6]，问谁识、芳心高洁。消几番、花落花开，老了玉关豪杰[7]。

金壶剪送琼枝，看一骑红尘，香度瑶阙。韶华正好，应自喜、初识长安蜂蝶。杜郎老矣[8]，想旧事、花须能说。记少年，一梦扬州，二十四桥明月。

【注释】①后土之花：指扬州后土祠的琼花，为扬州一大胜景。
②天上：指朝廷。　③客辇下：客居京城。
④朱钿宝玦：红色的名贵首饰宝石玉玦。
⑤飞琼：西王母侍女，这里指琼花。
⑥淮山：代指扬州。　⑦玉关：玉门关。
⑧杜郎：杜牧，代指作者自己。

琼　花

华丽美艳瑶池女，风采压倒三春绝。
头戴首饰朱红钿，腰佩珍贵白玉玦。
江南江北几曾见？此花稀罕谁识得！
或道梅朵万点雪，又拟梨花似云洁。
可叹心系淮山春，芳心何人能识别？
几番花开又花谢，徒老边关众豪杰。

剪下琼枝插金壶，飞马带香送天阙。
一骑红尘琼花艳，长安蜂蝶尽欢悦。
可叹人老身衰竭，往日旧事烟飞灭。
唯有琼花事能忆，犹似荔枝灭京阙。
曾记杜郎扬州梦，二十四桥明月夜。
美人吹箫归何处？空留桥下水呜咽。

齐天乐·蝉

周　密

槐薰忽送清商怨[①]，依稀正闻还歇。故苑愁深，危弦调苦[②]，前梦蜕痕枯叶。伤情念别。是几度斜阳，几回残月。转眼西风，一襟幽恨向谁说。

轻鬟犹记动影[③]，翠蛾应妒我，双鬓如雪[④]。枝冷频移，叶疏犹抱，孤负好秋时节。凄凄切切。渐迤逦黄昏[⑤]，砌蛩相接[⑥]。露洗余悲，暮烟声更咽。

【注释】①槐薰：槐树的郁郁香气。

②危弦：高音弦。

③轻鬟：指蝉翼薄而透明，这里代指少年时代。

④双鬓：蝉双翼。

⑤迤逦（yǐ lǐ）：曲折连绵不断。

⑥砌蛩：阶下蟋蟀。

蝉　怨

槐树荫荫南风吹，忽送蝉鸣怨声烈。
悲音渐高转清商，怀念故苑心如裂。
当年林茂枝繁华，长享熏风仙露液。
繁华美梦去不返，几番蝉蜕附枯叶。
秋风秋雨命将绝，残阳残月天变色。
一襟幽恨向谁说？空留躯壳对冷月。

轻鬟倩影忆当年，薄透双翼如冰雪。
轻歌曼舞夏日情，翠娥妒我芳华烨。
如今身衰寒渐紧，频频移步寻密叶。
犹抱残枝度寒秋，无奈辜负好时节。
凄凉悲鸣到黄昏，阶下鸣蛩夜相接。
夜露渐浓欲洗怨，暮烟沉沉声哽咽。

张炎（1248—1320），字叔夏，号玉田，又号乐笑翁，今浙江杭州人。张炎词多书写个人怨怀，词风学周邦彦、姜夔，在字句上功夫较深。词作清丽流畅，尤长于咏物。曾从事词学研究，著有《词源》，有《中山白云词》，存词三百余首。

清平乐·平原放马

张　炎

辔摇衔铁①，蹴踏平原雪②。勇趁军声曾汗血，闲过升平时节。
茸茸春草天涯③，涓涓野水晴沙。多少骅骝老去④，至今犹困盐车。

【注释】①辔：这里指缰绳。衔铁：马嚼子。
②蹴（cù）：踢，踏。　③茸茸：春草柔嫩的样子。
④骅骝：骏马名，指千里马。

平原放马

拉紧缰绳口中衔铁，
骏马不安踢踏积雪。
四蹄奔驰清冷荒野，
默默接受主人鞭策。
当年战场冲杀激越，
保家卫国流汗淌血。
如今边关忧患未绝，
为何沉醉升平时节？

春草萋萋铺向原野，
欲把天涯绣满绿色。
山野溪水涓涓清澈，
晴日水中沙清石洁。
多少骅骝壮志未灭，
无奈困老农家田舍。
至今拉着缓缓盐车，
眼望天边残阳如血。

高阳台·西湖春感

张 炎

接叶巢莺，平波卷絮，断桥斜日归船。能几番游，看花又是明年。东风且伴蔷薇住，到蔷薇、春已堪怜。更凄然。万绿西泠[①]，一抹荒烟。

当年燕子知何处，但苔深韦曲[②]，草暗斜川。见说新愁，如今也到鸥边。无心再续笙歌梦，掩重门、浅醉闲眠。莫开帘，怕见飞花，怕听啼鹃。

【注释】①西泠（líng）：西泠桥，在西湖孤山下。

②韦曲：长安韦家世居地，代指繁华地。

西湖春感

密叶浓荫枝交接，黄莺筑巢隐其间。
西湖春风吹微波，漫将柳絮收航帆。
斜阳余晖下断桥，抵暮归来游春船。
还能几日舒心游？西湖春老见衰颜。
欲览西湖春灿烂，还须花开待明年。
东风有意稍留停，呵护蔷薇陪红颜。
待到蔷薇花开时，已是春残景堪怜。
万绿青葱西泠桥，一抹荒烟水云间。

如今何处把家安？当年王谢堂前燕。
昔日高门繁华府，早已幽苔侵满院。
文人雅聚斜川地，也是衰草掩藤蔓。
眼见沙鸥身首白，莫非闲鸟也生怨？
笙歌欢乐旧日梦，早飞九天烟云散。
唯愿掩上重重门，浅酒微醉闭双眼。
静养闲居幽梦眠，千万莫把珠帘卷。
怕见落花惊断魂，怕听杜鹃啼哀怨。

八声甘州

张　炎

记玉关踏雪事清游[1]，寒气脆貂裘。傍枯林古道，长河饮马[2]，此意悠悠。短梦依然江表[3]，老泪洒西州[4]。一字无题外[5]，落叶都愁。

载取白云归去，问谁留楚佩[6]，弄影中洲？折芦花赠远，零落一身秋。向寻常、野桥流水，待招来，不是旧沙鸥[7]。空怀感，有斜阳处，却怕登楼。

【注释】①玉关：玉门关，这里泛指边关。　②长河：指黄河。

③江表：指长江以南地区。　④西州：古城名，在今南京市西。代指故国旧都。　⑤一字无题处：借用红叶题诗典故，表示每片树叶都写满哀怨。

⑥楚佩：借用《楚辞》中湘夫人捐玦遗佩的描写，借喻作者与友人之间的深切情谊。　⑦旧沙鸥：指志同道合的老朋友。

中洲怀旧

记得在北方边关，我们清雅踏雪赏游。
北国刺骨地寒冷，竟然快冻脆貂裘。
在黄河边上饮马，沿枯林古道游走。
每每想及此刻，心中情意悠悠。
犹如一场短梦，醒来仍在江南漂流。
禁不住老泪纵横，怎堪面对故都西州。
想借红叶题诗，却无法落下笔头。
那飘飞的红叶，片片写满了忧愁。

是谁把楚佩相赠，连同身影也留在中州。
你载着一船白云归去，却把无尽相思长留。
赠予我远方的朋友，一枝芦花你是否能收？
寄托零落凄况一身秋，更有家破国亡的哀愁。
去寻常野桥流水，独自寻胜探幽。
欲寻志同道合老友，无意招来一群沙鸥。
徒对往昔怀旧，空怀着眷恋悠悠。
想登楼却怕登楼，斜阳余晖血色长留。

渡江云

张　炎

久客山阴[①]，王菊存问予近作，书以寄之。

山空天入海，倚楼望极，风急暮潮初。一帘鸠外雨，几处闲田，隔水动春锄。新烟禁柳[②]，想如今、绿到西湖。犹记得、当年深隐，门掩两三株。

愁余。荒洲古溆[③]，断梗疏萍[④]，更漂流何处。空自觉、围羞带减，影怯灯孤。常疑即见桃花面，甚近来、翻致无书[⑤]。书纵远，如何梦也都无。

【注释】①山阴：旧名，今浙江绍兴市。

②新烟禁柳：寒食（禁烟火）过后的宫柳。

③溆（xù）：水边地。

④断梗疏萍：断枝浮草，比喻漂泊生活。

⑤翻致：反而。

怀　旧

青山隐隐暮色中，长天辽阔海上浮。
倚楼远望云天际，浪卷劲风暮潮初。
帘外斑鸠雨中啼，团团烟雾随风出。
几处闲置农田里，隔水村民动春锄。
寒食过后柳烟生，娇翠嫩绿满西湖。
犹记当年隐居处，门掩垂柳两三株。

古老江岸草枯瘦，已是无人荒凉渡。
纵有春色难到此，空引离人愁无数。
断梗疏萍任漂浮，不知漂泊向何处。
只觉腰减衣肥大，灯下常怯形影瘦。
常疑将见佳人面，空留相思化入骨。
纵然书信太遥远，为何梦境你也误。

解连环·孤雁①

张 炎

楚江空晚。怅离群万里，恍然惊散②。自顾影、欲下寒塘，正沙净草枯，水平天远。写不成书③，只寄得、相思一点。料因循误了，残毡拥雪④，故人心眼⑤。

谁怜旅愁荏苒。谩长门夜悄⑥，锦筝弹怨。想伴侣、犹宿芦花，也曾念春前，去程应转。暮雨相呼，怕蓦地、玉关重见。未羞他、双燕归来，画帘半卷。

【注释】①孤雁：通过描写离群失伴的孤雁，抒发羁旅漂泊之愁苦，家国痛失之悲恨，作者因这首诗获得了“张孤雁”的雅称。

②恍然：失意的样子。

③写不成书：一只雁不能排“人”字或“一”字。

④残毡拥雪：借用苏武故事，表达南宋守节不屈的艰难。

⑤心眼：指期盼的感情。

⑥长门：借陈皇后冷居长门表达自己的孤独凄苦。

孤 雁

楚江空阔夜晚，流浪一只孤雁。怅然离失队伍，已隔万里遥远。
丧魂落魄难安，只因惊吓离散。欲降寒塘休憩，惊见枯草沙岸。
孤飞孤宿凄楚，思念逐流飘远。群雁尚可成书，孤鸿相思一点。
难捎故人期盼，吞毡卧雪信念。怕误故国眷念，期盼归乡温暖。

谁人为之惜怜，荏苒旅愁无限。枉然长门静夜，锦瑟弹说哀怨。
遥想曾经伴侣，栖息芦苇荒蔓。曾想春天来前，旧路往回返转。
暮雨潇潇途中，寻伴相应呼唤。又怕骤然之间，边关荒野相见。
楼上画帘半卷，迎来双飞归燕。坚守到那时刻，应无羞愧遗憾。

疏影·咏荷叶

张　炎

碧圆自洁。向浅洲远浦，亭亭清绝。犹有遗簪，不展秋心，能卷几多炎热？鸳鸯密语同倾盖[①]，且莫与、浣纱人说。恐怨歌、忽断花风，碎却翠云千叠。

回首当年汉舞，怕飞去漫皱，留仙裙褶[②]。恋恋青衫，犹染枯香，还叹鬓丝飘雪。盘心清露如铅水，又一夜、西风吹折。喜净看、匹练飞光，倒泻半湖明月。

【注释】①倾盖：古人两车相遇，停车让车盖相碰，以示友好。这里指荷叶交叉。

②留仙裙：汉成帝怕皇后赵飞燕舞蹈时随风飞去，叫人拉住衣裙跳。风止后裙上留下褶皱。此后这种裙叫留仙裙。

咏荷叶

碧绿圆圆荷叶，天生清纯雅洁。向着清浅沙洲，遥远水天相接。
亭亭玉立身姿，丽质脱俗超绝。收卷细细嫩叶，玉簪湖中微斜。
不露半点愁情，能卷几多炎热？荷叶伞盖依倾，鸳鸯密语切切。
不对浣花女说，私语不可外泄。只恐秋风洗劫，浣女怨歌吹灭。
西风翻动揉碎，碧云荷叶千叠。

当年汉家歌舞，怕燕飞升仙界。拉住衣裙舞姿，终有留仙群褶。
清风吹拂荷叶，也有奇妙历阅。留恋枯荷青衫，犹带清香甘冽。
叹息鬓发霜染，自负身心高洁。荷叶盘中水滴，闪耀珠玉光泽。
又是一夜西风，忽将美好毁灭。最喜静谧月光，月华丝练倾泻。
粼粼半湖波光，皓皓一天明月。

文天祥（1236—1283），字宋瑞，号文山，今江西吉安人。曾官至丞相，后兵败被俘，被金关押数年，至死不屈。王国维盛赞文山词，风骨甚高，亦有境界。他的名句“人生自古谁无死，留取丹心照汗青”，更是为人们千古称颂。

酹江月

文天祥

乾坤能大[1]，算蛟龙，元不是池中物[2]。风雨牢愁无着处，那更寒虫四壁。横槊题诗[3]，登楼作赋[4]，万事空中雪。江流如此，方来还有英杰。

堪笑一叶漂零，重来淮水，正凉风新发。镜里朱颜都变尽，只有丹心难灭。去去龙沙，江山回首，一线青如发。故人应念，杜鹃枝上残月。

【注释】①能：这样。

②元：同“原”。

③横槊题诗：借用曹孟德破荆州时，横槊题诗的事表现作者的英雄气概。

④登楼作赋：借用王粲登楼作赋的内容，表达作者宏图难展的苦闷。

啼残月

天地有如此辽阔，蛟龙安能困池穴。囚笼锁身难锁心，心忧天下肠百结。
哪堪风雨飘摇夜，四壁寒虫鸣不绝。遥想当年曹孟德，横槊赋诗真豪杰。
王粲登楼作诗赋，壮志难酬空泣血。风流人物今何在？安能万事空中雪。
滚滚洪流英杰出，定能复我大宋业！

秋风兴起淮河畔，可笑身世飘如叶。历经艰险回淮水，苦撑大厦免崩裂。
镜里容颜尽日变，唯有丹心志难灭。被解北上路途遥，忧国忧民情难绝。
大宋江山悬一线，步步回首心如裂。但念朋友应相忆，区区五尺何惜舍！
死后化身杜鹃归，犹为黎民啼残月。

沁园春·题潮阳张许二公庙[1]

文天祥

为子死孝，为臣死忠，死又何妨。自光岳气分[2]，士无全节；君臣义缺，谁负刚肠。骂贼睢阳，爱君许远，留取声名万古香。后来者，无二公之操，百炼之钢。

人生翕欻云亡[3]。好烈烈轰轰做一场。使当时卖国，甘心降虏，受人唾骂，安得流芳。古庙幽沉，仪容俨雅[4]，枯木寒鸦几夕阳。邮亭下，有奸雄过此，仔细思量。

【注释】①潮阳：今属广东。张许二公庙：安史之乱，张许二人合力死守睢阳，被俘就义。后人表彰其功立庙纪念。

②光岳：指三光（日、月、星）和五岳，即天地。气分：精神品格。

③翕欻（xī xù）：一会儿。 ④俨（yǎn）雅：庄严典雅。

题潮阳张许二公庙

子孝父母臣忠君王，为忠孝死又有何妨！
张许二公的正气，堪称人间榜样。
如三山五岳之巍峨，如日月星辰之光芒。
而今君臣大义失缺，谁有他们刚强！
大骂叛贼的张巡，至死也不投降。
宽厚仁爱的许远，甘洒热血保睢阳。
二公忠烈精神，流传万古飘香。
可惜后人无节操，更无他们百炼钢。

应轰轰烈烈干一场，何惜此身存与亡。
假使当时二公，甘心卖国投降。
只会受人唾骂，安能千古流芳！
古庙幽邃深沉，塑像典雅端庄。
世间万物易衰变，古松寒鸦沐斜阳。
人心自有公道在，先烈虽死犹荣光。
请看二公祠堂在，依旧万众永颂扬。
奸雄若从邮亭过，反躬自省问天良。

编后记

宋词以及宋词的时代，离我们渐行渐远，但我们的怀念和欣赏之情却永远不衰。这本小书是一座搭在时空之涧上的小桥，虽然简陋，但不乏实用，也许能助喜爱宋词的有心人一臂之力。

宋词是精美的艺术品。原作深幽的意境，优美的文字，简练、含蓄的语言，想译作新诗，真是非常困难的。然作者知难而上，明知不可为而为之，实是向经典学习，向经典致敬！

这里作者还想说明的是，本书不是对宋词的翻译，而是对原词词意和诗境通俗再现的尝试。

我是诗歌门外的流浪汉，这些文字或许只能算是“顺口溜”。如果读者阅后有所收获，我就心满意足了。

本书的完成得到了周啸天教授、叶红女士的指导和帮助；并吸取了他们不少积极的修改意见；本书还得到了林玉龙、杨正德、徐礼斌、杨志东、钟光泰等教育同行的帮助，在此我谨向他们致以最诚挚的谢意！